KB061251

그의 옛 연인

Cheating at Canasta

WILLIAM TREVOR

그의 옛 연인

윌리엄 트레버 소설

민은영 옮김

한겨레출판

차례

재봉사의 아이

카할은 스패너로 풀리지 않는 딱 한 개의 나사에 WD-40*을 뿌렸다. 다른 나사들은 쉽사리 풀려 나왔으나 이 나사는 녹슬어 박혀버렸고, 거기 고정된 배기장치가 바닥으로 늘어져 있었다. 나사를 망치로 쳐내려고도 해봤고 배기장치를 뜯어내려고 이리저리 잡아당겨도 봤지만, 아무것도 달라지지 않았다. 다섯시 반, 헤슬린에게 그렇게 말했다, 이놈의 차는 그때까지 안 되겠다.

정비소에는 항상 전등이 켜져 있었다. 뒤편 벽의 옆으로 길게 난 창문 앞에 수납장이 놓여 있었기 때문이다. 부품 활용을 위해 보관 중인 버려진 자동차들, 부품 교환을 기다리는 자동

---

* 윤활 방청제.

차와 오토바이들, 바퀴로 이동 가능한 리프팅 잭 등등이 역시나 뒤편에 자리한 조그만 목조 사무실 양옆의 빈 공간을 차지하고 있었다. 공구들이 걸이에 매달려 있고, 고정용 죔쇠가 달린 작업대들이 벽을 따라 놓여 있으며, 줄줄이 늘어선 새 타이어와 수리된 타이어, 그리고 윤활유와 기름통 같은 것도 있었다. 정비소 한가운데에는 장방형 호(壕)가 두 군데 파여 있는데, 카할의 아버지는 그때 그중 한 곳에 들어가 클러치를 끼우고 있었다. 켜놓은 라디오에서 어항에 물고기를 키우는 방법에 대한 조언이 흘러나왔다. "그 물건 좀 끌 수 없겠냐?" 아버지가 정비 중인 차 아래편에서 소리쳤고, 카할은 주파수를 바꿔가며 아버지 시대의 음악을 찾아냈다.

카할은 딸 부잣집의 막내이자 외아들로, 누나들은 모두 다른 지역으로—셋은 잉글랜드, 하나는 골웨이의 던스 백화점, 하나는 결혼해서 네브래스카로—떠나고 없었다. 정비소는 카할이 잘 아는 세상이었다. 어려서부터 그곳에서 아버지 옆을 지켰고 이런저런 심부름을 하며 자랐다. 카할이 어릴 적에는 친척 노인이 아버지의 일손을 거들었는데, 그 역할을 나중에 카할이 대신하게 되었다.

나사를 다시 한 번 돌려보았지만 WD-40의 효력은 아직 나타나지 않았다. 그는 몸이 훌쭉하고 깡마르다시피 한 청년으로, 머리색은 어두웠고 기름한 얼굴에는 웃음기가 별로 없었다. 노란 티셔츠 위에 입은 작업복은 기름때 범벅이었고 녹색

물이 빠진 부분은 희끗희끗했다. 그는 열아홉 살이었다.

"안녕하세요." 어떤 목소리가 말했다. 낯선 남자와 여자가 문이 활짝 열린 정비소 입구에 서 있었다.

"어서 오세요." 카할이 말했다.

"가능합니까, 선생님." 남자가 물었다. "우리를 동정녀에게 데려다주겠습니까?"

"뭐라고요?" 카할의 아버지가 누가 왔는지 궁금해하며 구덩이 속에서 고함을 질렀다. "어떤 동정녀 말이에요?" 카할이 물었다.

두 사람은 대답을 못 하며 서로를 쳐다보았고, 그제야 카할은 그들이 외국인이라 말을 알아듣지 못했음을 깨달았다. 1년 전에는 독일 사람 하나가 엔진에서 소음이 난다며 정비소로 폭스바겐을 몰고 왔었다. "대단부(大端部) 문제였으면 좋았을 걸." 카할의 아버지가 나중에 실토했다. 하지만 보닛의 걸쇠가 약간 느슨해져서 생긴 문제였을 뿐이었다. 그 몇 주 후에는 미국인 부부가 와서 렌터카의 타이어를 교체했으나, 그 뒤로는 그런 일이 없었다.

"폴더그." 여자가 말했다. "여기에서는 그렇게 부르지요?"

"조각상을 찾으시는 거예요?"

그들은 머뭇머뭇 고개를 까딱이다 곧이어 좀 더 자신 있게, 두 사람이 동시에 끄덕끄덕했다.

"직접 운전 안 하세요?" 카할이 그들에게 물었다.

"우리는 차가 없어요." 남자가 말했다.

"우리는 아빌라에서 여행해요." 여자의 매끄러운 까만 머리는 뒤로 넘겨 빨간색과 파란색이 섞인 리본으로 묶여 있었다. 갈색 눈에 치아는 새하얗고 피부는 가무잡잡했다. 그녀의 차림새는 여행객답게 너저분했다. 청바지와 빨간색 줄무늬 블라우스 위에 모직 재킷. 남자도 같은 청바지에 별 특징 없는 청회색 셔츠를 입고 목에는 흰 스카프를 둘렀다. 자신보다 몇 살쯤 위, 카할은 그들의 나이가 그 정도일 거라고 짐작했다.

"아빌라?" 카할이 말했다.

"스페인." 남자가 말했다.

다시 아버지가 고함을 질렀고, 카할은 스페인 사람 둘이 정비소에 와 있다고 말했다.

"상점에서요." 남자가 설명했다. "당신이 차로 우리를 동정녀에게 데려다준다고 말해요."

"차가 고장 났대?" 아버지가 외쳤다.

폴더그 왕복이면 50유로는 불러도 되겠다, 카할은 헤아려보았다. 독일 대 네덜란드 경기 중계는 놓칠 것이다. 아마도 그 경기가 월드컵 최고의 경기겠지만, 50유로라면 전혀 아쉽지 않을 것이다.

"딱 하나만요." 그가 말했다. "배기장치를 달아야 해요."

헤슬린의 오래된 복스홀에서 덜렁거리고 있는 파이프와 소음장치를 손으로 가리키자 그들은 말뜻을 이해했다. 그는 잠시만 거기에서 기다리라는 뜻으로 손짓을 하며, 양 손바닥을 펴서 허공을 누르는 동작으로 바닥의 호에서 올라오는 소란은 무시하라는 뜻을 전했다. 두 사람 다 우스워했다. 카할이 다시 돌려보니 나사가 움직이기 시작했다.

배기장치와 소음장치가 덜컥거리며 땅으로 떨어지자 그는 엄지를 쳐들어 보였다. "일곱시쯤에는 모시러 갈 수 있겠어요." 그가 스페인 사람들이 서 있는 곳으로 다가가며 말했다. 아버지가 듣지 못하도록 목소리는 낮췄다. 그들을 앞마당으로 데리고 간 그는 머피스 스타우트 맥주 트럭에 기름을 채우는 동안 만날 약속을 정했다.

*

카할의 아버지는 에니스 로드를 타고 1.5킬로미터 정도 갔다가 종마 사육장 입구에서 차를 돌려 정비소로 돌아왔다. 시어 신부님 차에 단 클러치가 똑바로 맞춰져서 흡족했다. 그는 시어 신부님이 바로 가져갈 수 있도록 차를 앞마당에 세워두고 열쇠는 사무실에 걸어놓았다. 법원에서 일하는 헤슬린이 카할이 설치한 배기장치 비용을 수표로 지불하고 있었다. 카할은 작업복을 벗는 중이었고, 헤슬린이 가고 나자 아까 왔던 사람들이 폴더그까지 차로 데려다달라고 했다고 아버지에게 말했다. 스페인 사람들이다, 라고 카할이 재차 말했다. 좀 전에 그 얘기를 했을 때 아버지가 못 들었을 경우에 대비해.

"폴더그엔 뭐 하러 가겠다는 거야?"

"그냥, 조각상 때문에요."

"요즘엔 그 조각상 보러 가는 사람 없잖아."

"근데 거길 간대요."

"그래도 말은 해줬니? 상황이 어떤지?"

"물론 했죠."

"왜 거길 가려고 하지?"

"그거 사진 찍는 사람들도 있어요."

13년 전 당시의 주교와 본당 주임신부 두 명이 폴더그 도로변 조각상에 대한 숭배를 종식시켰다. 세 사람 중 누구도, 폴더그의 교차로에 가본 다른 신부나 수녀들도, 그 조각상에서 아무런 특이점을 감지하지 못했다. 죄 지은 이가 회개하며 용서를 간청하면 조각상의 내리깐 눈에서 흘러나온다는 눈물을 목격한 사람도 없었다. 그 조각상은 설교나 종교 출판물에서 비중 있게 다루어졌고, 관련 주장들은 어리석은 것으로 치부되어 맹렬한 비판을 받았다. 그러다가 당시의 보좌신부 한 명이 조각상 옆을 자주 지나다니던 지역 사람들 두세 명이 보았다는 것—눈 밑의 어떤 습기—은 과하게 함몰된 공동 두 곳에 고인 빗물에 지나지 않는다는 것을 밝혀냈다. 문제는 거기에서 끝이 났다. 실제로 보지도 않은 것을 그렇게 확실히 믿었던 사람들, 조각상 머리 위 높은 곳에 드리운 나뭇가지와 빗물을 머금은 이파리들을 보지 못한 사람들은 바보가 된 기분이었다. 그들이 언젠가는 그리될 것이라고 예견한 영적 지도자들의 말대로. 하루아침 사이에 폴더그의 눈물 흘리는 동정녀는 물감으로 칠한 조각상이라는 원래 위치로 되돌아갔다. '길가의 성모 마리아.' 한동안 그 조각상은 그런 이름으로 불렸다.

"거기에서 사진을 찍는 사람들이 있다는 말은 들어본 적도 없다." 아버지는 아들의 말을 믿을 수 없다는 듯 고개를 저었다. 그는 자주 아들의 말을 의심했고, 대개는 그럴 만한 이유가 있었다.

"웬 작자가 한참 전에 책을 썼어요. 눈물 흘리는 조각상들을 찾아 아일랜드 곳곳을 다니면서요."

"폴더그는 그냥 빗물이었잖아."

"책에 그렇게 썼겠죠. 그 작자가 모두 썼을 거라고요. 그런 조각상들이 전국에 있다는 거랑, 어떤 것은 괜찮은데 어떤 것은 아니라는 거랑, 다요."

"그럼 넌 그 스페인 사람들한테 폴더그에 대해 제대로 얘기했냐?"

"물론 했죠."

"레이히의 오토바이 연료통을 비워라. 그러고 나서 새는 데를 용접하자."

*

아버지가 품은 의심은 정당한 것이었다. 카할이 폴더그에 대해 스페인 사람들에게 한 말에서 진실이 차지한 비중은 아주 낮았다. 50유로 생각이 머리를 떠나지 않는 판에 폴더그의 조각상이 행한다는 기적이 근거 없다고 말해버린다면 그건 지능에 문제가 있는 거라고 그는 생각했다. 그들은 더블린의 주점에서 어쩌다 대화를 나누게 된 남자에게서, 그 조각상이 '길가의 성모 마리아'나 '폴더그의 성스러운 동정녀'라고 불리기도 하지만 '눈물의 성모 마리아'라고도 불린다는 사실을 들었다. 그들은 카할이 알아들을 때까지 그 얘기를 두어 번 반복해서 말해야 했지만, 결국 카할은 제대로 이해했다고 느꼈다. 7, 8킬로미터 정도 길을 돌아가는 것도 어렵진 않을 것이다. 그들이 더블린에서 조각상에 붙여진 이런저런 이름을 듣고 현혹되었다 한들 자신과 무슨 상관이랴. 차를 다 마시고 텔레비전을 조금 보고 난 후 일곱시 오분에 카할은 차를 몰고 메이시스 호텔 마당으로 갔다. 미리 말해둔 대로 거기에서 기다렸다. 그들은 거의 곧바로 나왔다.

두 사람은 뒷자리에 바짝 붙어 앉았다. 다시 시동을 켜기 전에 카할은 비용을 언급했고 그들은 좋다고 말했다. 그는 차를 몰고 시내를 지나갔다. 이 시간대가 되면 어김없이 그러하듯 시내는 조용했다. 일부 상점—신문 가판대, 담배 가게, 과

자점, 소규모 식품점, 퀸런스 슈퍼마켓, 그리고 모든 주점—은 아직 영업 중이고 앞으로도 몇 시간은 그러겠지만 그래도 거리는 한산했다.

"휴가 오신 거예요?" 카할이 물었다.

그는 그들의 대답을 제대로 이해할 수 없었다. 둘이 동시에 서로의 말을 정정해가며 대답을 했다. 아주 여러 번의 반복을 거쳐, 그들은 곧 결혼할 거라는 말을 하고 있는 것 같았다.

"아, 굉장하군요." 그가 말했다.

그는 차를 틀어 로이 로드를 탔다. 차 뒤편에서 스페인어 대화가 오갔다. 만약 고장 나지 않았다면 라디오라도 켜서 동행을 삼았을 것이다. 자동차는 검정색 포드 코티나, 계기판의 주행거리는 29만 킬로미터였다. 그의 아버지가 보상판매 대금의 일부로 인수한 중고차였다. 이 차를 자동차세 납부증명이 만료될 때까지 사용했고, 그 뒤로는 부품 활용을 위해 보관 중이었다. 카할은 말 한마디 제대로 할 줄 모르는 사람으로 보일까봐 이런 얘기라도 할까 생각했지만, 너무 어려울 게 뻔했다. 기독교 형제회*의 선생들은 카할을 말 한마디 제대로 못하는 사람이라고 낙인찍었다. 그것이 기억에 박힌 나머지, 때때로 그는 부족한 말주변 때문에 머리가 둔한 사람으로 비칠까 걱정스러웠다. 카할은 기회가 있을 때마다 한마디씩 해서 그렇

---

* 아일랜드의 가톨릭 교육 단체.

지 않음을 보여주려고 했다.

"여기 오래 계셨어요?" 그가 물었다. 그러자 여자가 자기들은 더블린에서 이틀간 있었다고 대답했다. 그는 자기도 더블린에 몇 번 가본 적이 있다고 말했다. 그는 이제부터 폴더그에 도착할 때까지는 산길이라고 알려주었다. 풍경이 참 아름답다, 라고 여자가 말했다.

그는 죽은 나무 두 그루가 있는 갈림길에서, 직진을 할 수 있음에도 옆길로 빠졌다. 더 돌아가는 길이기는 하지만 도로에 움푹 파인 곳이 너무 많았다. 산길을 가기에 좋은 차다, 남자가 그렇게 말했고 카할은 그 말을 알아들은 것이 반가워서 차종이 포드라고 말해주었다. 곧 익숙해질 거야, 그는 생각했다. 조금만 연습이 되면 저들 말을 이해하는 요령이 생길 거야.

"스페인어로는 뭐라고 하나요?" 카할은 어깨 너머로 그들에게 외쳤다. "조각상?"

"에스타투아(estatua)." 두 사람이 동시에 말했다. "에스타투아." 그들은 말했다.

"에스타투아." 카할은 그 말을 따라하며 로이에서 산길에 맞춰 기어를 바꿨다.

여자가 손뼉을 쳤고, 운전석 거울에 여자의 웃는 모습이 보였다. 세상에, 저런 여자라니, 그는 생각했다. 저런 여자가 내 여자라면, 그는 속으로 그렇게 말했다. 차 안에 여자와 단둘이 있다고 상상했다. 남자는 저기 없고, 여자와 함께 아일랜드에 오지 않았고, 존재하지 않는다고.

"아빌라의 성 테레사에 대해 알아요? 아일랜드에서도 그분에 대해 알아요?" 운전석 거울 속에서 여자의 입술이 열리고 닫히는데, 치아가 하얗게 빛나고 혀끝이 언뜻 비쳤다. 여자는 여느 현지인과 다를 바 없는 명확한 문장으로 그에게 질문했다.

"알지요, 당연히." 그가 말했다. 그는 아빌라의 성 테레사를 겸양의 삶과 작은 것들을 아끼는 마음으로 널리 알려졌던 다른 성 테레사와 혼동하고 있었다. "굉장해요"라고 하는 카할의 말에는 그녀를 칭찬하는 의미도 있었다. "정말 굉장해요."

실망스럽게도 다시 스페인어 대화가 시작되었다. 카할은 미니 페넬리와 사귀고 있었지만 의심할 여지없이 이 여자가 미니보다 훨씬 나았다. 그의 머릿속에 두 얼굴이 나란히 떠올랐고, 경쟁은 성립하지 않았다. 다리 너머에 있는 오두막들을 지나고 나자, 그 뒤로는 길이 계속 구불구불했다. 아까 라디오에서 소나기가 내릴 거라고 했는데 비는 올 기미도 없고 바람 한 점 없는 10월의 밤에 황혼이 내리고 있었다.

"1.5킬로미터 정도만 가면 돼요." 그가 고개를 돌리지 않고 말했지만 뒷자리의 스페인어 대화는 계속되고 있었다. 그들이 사진을 찍을 계획이더라도 도착할 무렵이 되면 운이 그리 좋지는 않을 터였다. 폴더그는 나무 때문에 한낮에도 컴컴했다. 그는 독일팀이 이미 점수를 냈는지 궁금했다. 남는 돈이 조금이라도 있었다면 독일팀에 돈을 걸었을 것이다.

목적지에 도착하기 전에, 카할은 널찍하고 마른 땅처럼 보이는 길가 풀밭에 차를 댔다. 운전대의 느낌으로 차에 문제가 있다는 것을 알 수 있었는데, 살펴보니 도로 안쪽에 놓인 앞바퀴의 타이어 밸브에서 공기가 새고 있었다. 공기압을 5, 6파운드 정도 잃었겠다, 그는 그렇게 추측했다.

"시간 별로 안 걸려요." 그는 동승자들을 안심시키며, 그들이 앉은 자리 뒤편에서 펌프를 찾느라 오래된 신문과 공구와 빈 페인트 통들 사이를 뒤졌다. 잠시 펌프가 거기 없을지도 모른다는 생각이 들었고, 보상판매로 인수한 중고차의 경우 가끔 그런 것처럼 스페어타이어가 펑크 나 있으면 어떡하나 생각했다. 하지만 펌프는 거기 있었다. 그는 한쪽이 꺼진 타이어가 일단은 굴러갈 수 있도록 얼마쯤 공기를 더 넣었다. 폴더그 교차로에 도착하면 상황이 어떤지 볼 참이었다.

목적지에 도착했을 때, 사진을 찍기에 빛이 충분하지는 않았지만 두 사람은 '길가의 동정녀'에 가까이 다가갔다. 성모상은 카할이 1년 전쯤 언젠가 차로 지나가며 본 가장 마지막의 기억보다 훨씬 더 기울어져 있었다. 타이어에 추가로 주입한 공기가 다 빠져버려서, 그는 두 사람이 정신을 팔고 있는 사이에 스페어타이어가 온전한 것을 확인하고 바퀴를 갈기 시작했다. 그러는 내내 두 사람은 계속 스페인어로 얘기했다. 목소리를 높이진 않았지만 그 소리가 그의 귀에 들려왔다. 그들이 차로 돌아왔을 때 차체는 아직도 들어 올려진 상태였다. 그들은 길가에서 그의 옆에 선 채로 한참을 기다려야 했지만, 크게 신경 쓰지는 않는 듯했다.

후반전은 거의 볼 수 있겠다, 카할은 마침내 차를 돌려 귀갓길에 올랐을 때 속으로 그렇게 말했다. 이런 경우에 시간이 얼마나 걸릴지, 여기저기 쑤시고 다니는 사람들을 얼마나 오래 기다리게 될지, 미리 알기는 힘든 법이다.

"성모상이 보시기에 괜찮던가요?" 그가 그렇게 물으며 도로에 파인 구멍들이 잘 보이도록 전조등을 켰다.

그들은 소용없다는 사실을 잊은 것처럼 스페인어로 대답했다. 성모상이 조금 더 앞으로 기울어졌더라, 하고 그가 말했지만 그들은 알아듣지 못했다. 그러더니 더블린에서 만난 남자 얘기를 꺼냈다. 계속 반복해서 뭐라 하는데, 결혼과 관련된 말을 영어로 주절거리는 것 같았다. 듣자하니 더블린에서 만난 남자가 그들에게 폴더그에 회개하러 오면 결혼을 축복받을 거라고 말한 듯했다.

"그 남자한테 술을 사줬나요?" 그가 물었지만 그들은 그 역시 알아듣지 못했다.

차가 한참을 내려갈 때까지 다른 차는 한 대도 없었고 심지어 자전거도 없었다. 타이어 문제와 관련해서는 운이 좋았다. 밤새 산에서 오도 가도 못하게 되었다면 저들은 필시 돈을 안 주겠다고 했을 것이다. 두 사람이 말이 없었다. 거울로 쳐다보니 키스를 하고 있었다. 서로에게 팔을 두른, 어둠 속 그림자에 불과한 모습.

바로 그때, 죽은 나무들을 막 지나쳤을 때, 그 아이가 달려 나왔다. 푸른색 오두막에서 나와 차로 달려든 것이다. 카할은 이 도로에서 차들을 향해 돌진하는 아이가 있다는 얘기를 전에 들은 적이 있었다. 그 자신은 그런 일을 겪은 적 없고 그곳을 지나가며 아이를 본 적도 없지만, 그 일은 종종 사람들 입에 오르내렸다. 쿵 하는 진동을 느낀 것은, 전조등이 벽 근처 흰 원피스와 이윽고 달려 나오는 아이의 갑작스러운 움직임을 비춘 뒤 1초도 채 지나지 않은 때였다.

카할은 차를 멈추지 않았다. 거울로 보니 도로는 다시 캄캄해져 있었다. 거기에 누워 있는 하얀 무언가를 보았지만 상상일 뿐이라고 속으로 말했다. 코티나 뒷좌석에서는 포옹이 계속되고 있었다.

카할의 손바닥에, 등에, 이마에 땀이 솟아났다. 아이는 차의 측면에 몸을 던졌고 부딪친 곳은 그가 앉은 쪽 문이었다. 아이의 어머니는 그 오두막에 사는 미혼모로, 그는 정비소에서 이곳 이야기를 여러 번 들었다. 피치 길은 손상된 자기 차의 펜더를 보여주며 아이가 손에 돌을 쥐고 있었을 거라고 말했다. 하지만 보통은 차에 손상이 없었고, 아이가 다쳤다고 말하는 사람은 아무도 없었다.

방갈로식 주택들이, 이제 모두 불을 켜고서, 시가지의 시작을 알렸다. 다시 스페인어가 들리기 시작하더니, 그들은 골웨이로 가는 버스가 몇 시에 출발하는지 아느냐고 물었다. 그는 오늘 밤차 얘기라고 생각했고 그래서 약간의 혼선이 있었지만, 이내 아침 차 얘기로 이해했다. 그는 차 시간을 알려주었다. 메이시스 호텔 마당에서 돈을 지불하면서 남자가 그에게 연필과 공책을 내밀었다. 카할이 영문을 몰라 하니 두 사람은 손짓으로 뜻을 전했다. 그는 버스 시간을 써주었다. 그들은 그와 악수를 나누고 호텔로 들어갔다.

*

꼭두새벽, 한시 반이 조금 지나 잠에서 깬 카할은 다시 잠들 수가 없었다. 축구 경기에서 본 것들을 떠올리려 해봤다. 경기 동작들, 선방 장면들, 두 번 나왔던 옐로카드. 하지만 모두가 이상하게 느껴졌다. 방송 화면이나 조각조각 떠오르는 해설자의 말들이 마치 꿈속의 일 같았다. 물론 아니란 걸 잘 알았지만. 아까 정비소에서 차체 측면을 살펴보았을 때 차에는 아무 흔적이 없었다. 그는 정비소 전등을 끄고 자물쇠를 잠갔다. 새넌스에 가서 축구 중계를 봤는데, 경기가 지지부진해지자 재미가 없어 끝까지 보지는 않았다. 차를 세웠어야 했다. 왜 안 그랬는지 알 수가 없었다. 브레이크를 밟은 기억도 나지 않았다. 밟으려고 시도를 했는지도 모르겠고, 그럴 만한 시간이 있기는 했나 싶기도 했다.

사람들은 로이 로드에서 출발했다가 다시 돌아오는 포드 코티나를 보았다. 그의 아버지도 그가 간 길, 미혼모의 오두막을 지나는 그 길을 알았다. 스페인 사람들은 호텔에 가서 동정녀를 봤다고 말했을 것이다. 호텔에서 그들은 골웨이로 간다고 말했을 것이다. 골웨이에서 그들을 찾아 심문하는 일도 가능할 것이다.

어둠 속에서 카할은 상황을 파악하려 애썼다. 그들은 쿵 소리를 들었을 것이다. 무슨 소린지는 몰랐겠지만, 키스를 하는 동안 그 소리를 듣기는 했을 것이다. 그러고 나서 메이시스 호텔 마당에서 차에서 내리기까지 시간이 얼마나 더 걸렸는지도 기억할 것이다. 그건 흰 원피스가 아니었다, 불현듯 카할은 깨달았다. 옷자락이 땅에 끌렸으니 원피스라 하기엔 너무 긴, 잠옷에 가까운 옷이었다.

그는 거기에 사는 여자를 몇 번쯤 본 적 있었다. 여자가 상점가에 나왔을 때였다. 사람들이 재봉사라고 하던 그 여자는 자그마하고 강단진 체구에 검은 눈은 무언가를 캐묻는 듯했고, 약간 비틀린 이목구비만 아니라면 보기 좋았을 얼굴이었다. 그녀의 아이가 태어났을 때 아무도 아이의 아버지가 누구인지 몰랐다. 심지어 본인도 모른다는 얘기가 있었지만 아마도 근거는 없을 것이다. 사람들은 그녀가 아이의 출생에 대해서는 입을 열지 않는다고 말했다.

어둠 속에 누운 카할은 일어나서 그곳으로 돌아가 직접 확인하고 싶은 충동과 싸웠다. 차를 몰고 가는 것은 어리석은 짓이므로 걸어서 파란 오두막까지 간 다음, 뭔지는 모르지만 거기 있을지도 모르는 것을 찾아 도로를 훑어보고 싶었다. 그와 미니 페넬리는 한밤중에 일어나 자주 페넬리의 집 뒷마당 헛간에서 만나곤 했다. 그곳에서 그들은 차곡차곡 포개놓은 그물망 위에 누워, 낮에는 어디에서도 가능하지 않은 방식으로 귓속말과 애무를 주고받았다. 낮에는 교외로 나가 포드 코티나 안에서 30분 정도 함께 있는 것이 고작이었다. 헛간에서는 밤 시간의 절반 정도를 함께 있을 수 있었다.

그는 사건이 일어난 곳까지 걸어가려면 얼마나 걸릴지 계산해보았다. 가보고 싶었다. 그곳에 가서 도로 위에 아무것도 없다는 것을 확인하고 안도감에 젖어 눈을 감고 싶었다. 때로 미니 페넬리와 동틀 무렵이 되어서야 헤어지는 경우도 있었다. 그는 그런 때를 상상했다. 편해진 마음으로 다시 집으로 걸어 돌아올 때 밝아오는 하늘빛. 하지만 그렇게는 안 될 것이다.

"언젠가 그 애는 죽고 말 거야." 그는 피치 길이 그렇게 말하는 것을 들은 적이 있었다. 그 여자는 아이를 돌볼 수 없는 사람이라고 말하는 사람도 있었다. 어미가 아이를 혼자 집에 두고, 사람들은 말했다, 심지어는 밤에도 그렇게 놔두고, 레이히스에서 혼자 술을 마시며 어울릴 남자를 찾아 두리번거린다.

그날 밤, 카할은 다시 잠들 수 없었다. 그리고 다음 날도 하루 종일, 누군가가 정비소로 걸어 들어와 무엇이 발견되었는지 말해주기만을 기다렸다. 하지만 그러는 사람은 없었다. 그 다음 날에도, 또 그다음 날에도, 그러는 사람은 없었다. 지금쯤 스페인 사람들은 골웨이를 떠났을 것이고, 포드 코티나를 봤을지도 모르는 사람들의 기억은 흐려지고 있을 것이다. 카할은 그 아이에 관해 유사한 경험을 한, 그가 확실히 아는 운전자들의 수를 세면서, 어쩌면 결국 자기는 운이 좋았는지도 모른다고 생각했다. 그렇긴 해도 다시 그 오두막 앞을 차로 지나가기까지는 긴 시간이 걸릴 것이다. 아니, 영영 못 지나갈지도 모른다.

그러던 중 그 모든 상황을 바꿔버리는 일이 일어났다. 어느 날 저녁, 사이버카페에서 미니 피넬리와 함께 앉아 있는데 미니 피넬리가 말했다. "돌아보지는 마, 근데 누가 널 뚫어져라 쳐다보고 있어."

"누군데?"

"그 재봉사 여자 알아?"

그들이 주문해둔 감자튀김이 바로 그때 나왔다. 카할은 아무 말도 하지 않았지만 머지않아 뒤를 돌아보지 않고는 배길 수 없으리란 걸 알았다. 여자가 아이와 함께 있는지 묻고 싶었지만, 시내에서 그는 항상 여자가 혼자 있는 모습만 봤으므로 아이가 거기 없을 것을 알았다. 애가 함께 있을 가능성은 천분의 일이나 될까, 그는 생각했다. 사건 당일 밤에 머리를 떠나지 않던 걱정이 그의 의식을 가득 채워 다른 모든 생각을 질식시켰다.

"세상에, 정말 소름 끼치는 사람이다!" 미니 피넬리가 감자튀김에 식초를 뿌리며 중얼거렸다.

카할은 주위를 둘러보았다. 혼자 있는 재봉사를 얼핏 보고는 재빨리 고개를 돌렸다. 등에 꽂힌 그녀의 시선을 느낄 수 있었다. 레이히스에 있다가 왔는지 앉아 있는 모습이 취한 것 같았다. 감자튀김을 다 먹고, 감자튀김을 기다리는 동안 먼저 나왔던 커피까지 다 마셨을 때 그는 아직도 그 여자가 있는지 물었다.

"응, 있어. 저 여자 알아? 정비소에 오는 사람이야?"

"아, 아니야. 저 사람은 차 없어. 오지 않아."

"이제 그만 가는 게 좋겠어, 카할."

그는 아직, 그 여자가 거기 있는 동안에는 나가고 싶지 않았다. 하지만 더 기다린다면 여기에서 몇 시간을 있게 될지 몰랐다. 그 여자 옆을 지나가고 싶지 않았지만 계산을 하고 일어나 보니 그러지 않을 수가 없었다. 실제로 옆을 지나갈 때, 그 여자는 그가 아니라 미니 피넬리에게 말을 걸었다.

"내가 아가씨 웨딩드레스 만들어줄까?" 재봉사가 제안했다. "웨딩드레스가 필요할 때 내 생각을 해줄 테야?"

그러자 미니 피넬리는 웃음을 터트리며 아직 웨딩드레스를 생각할 단계는 아니라고 말했다.

"어디 가면 날 찾을 수 있는지는 카할이 알아." 재봉사가 말했다. "그렇지 않아, 카할?"

"네가 저 여자 모르는 줄 알았어." 밖으로 나왔을 때 미니 피넬리가 말했다.

*

그로부터 사흘 뒤, 더컨 씨가 핸드브레이크가 자꾸 풀린다며 전전(戰前) 모델 라일리를 맡겼다. 네시에 다시 오겠다, 그렇게 정하고 나가는 길에 그가 말했다. "재봉사의 아이 얘기 들으셨습니까?"

그는 틀린 말을 하는 사람이 아니었다. 까탈스러운 성미에 까맣고 가느다란 콧수염을 길렀고, 라일리 스포츠카를 독신 생활의 자랑으로 여겼으며, 옷차림과 마찬가지로 말본새도 깔끔했다.

"실종되었답니다." 그가 그렇게 말했다. "경찰이 조사하고 있어요."

카할의 아버지에게 한 말이었다. 카할은 기브니스 빵집 밴에서 냉각장치를 뜯어 작업대 위에 올려놓고 튜브가 닳은 곳이 어디인지 막 찾아낸 참이었다.

"좀 모자란 애예요, 그 아이." 아버지가 말했다.

"그렇죠."

"들리는 얘기가 많아요."

"어쨌거나 혼자 나가버렸대요. 경찰이 도로 몇 곳에 차단막을 세워두고 아이를 목격한 사람이 있는지 탐문하고 있어요."

카할은 그 말을 듣자 사이버카페에서 재봉사를 만난 후로 가시지 않던 불안이 다시 들끓기 시작했다. 그는 경찰이 무슨 질문을 하고 있을지 궁금했고, 아이가 나간 때가 언제인지 궁금했다. 애를 써봐도 상황 파악이 되지 않았다.

"그 여자도 좀 모자란 사람 아니냐?" 더컨 씨가 떠나자 아버지가 말했다. "틀림없어. 아이 보는 일에 손가락 하나 까딱하는 걸 봤더냐?"

카할은 아무 말도 하지 않았다. 그는 생각을 미니 페넬리와의 결혼에 집중하려 애썼다. 아무것도 결정되지 않았고 당사자들끼리도 합의가 없었지만. 그녀의 통통하고 솔직한 얼굴이 잠시 그의 의식 속에서 생생해졌다. 팔과 손의 통통함도 함께. 그는 그 점이 매력적이라고 생각했다. 그녀가 아직 수녀원학교에 다니던 시절, 처음 봤을 때부터 항상 그렇게 생각했다. 스페인 여자를 두고 그런 생각들을 하지 말았어야 했다. 그런 생각을 허용하지 말았어야 했다. 조각상은 아무것도 아니라고, 더블린에서 만난 남자가 술을 얻어 마시려고 사기를 친 거라고 그들에게 말해주었어야 했다.

"네 어머니가 그치한테 뒷방 커튼을 맡겼더랬다." 아버지가 말했다. "야, 너 그때 기억나냐?"

카할은 고개를 저었다.

"아, 넌 그때 다섯 살도 안 됐겠다. 더 어렸거나. 그 여자가 막 재봉 일을 시작했을 때였어. 여자 아버지도 오두막에서 함께 살던 시절이었고. 신부님들이 도움이 필요한 사람이니 일을 좀 주라고 했지. 맙소사, 이젠 그런 소린 쏙 들어가겠구먼!"

카할은 라디오를 틀어 음량을 높였다. 마돈나의 노래가 나왔고, 그는 몇 년 전에 본인이 고안한 무대의상이라며 속옷과 가터벨트로 차림으로 나왔던 그녀를 떠올렸다. 그는 마돈나가 참 대단한 여자라고 생각했었다.

"도요타를 갖고 나가야겠다." 아버지가 말했다. 앞마당에서 벨이 울렸고 누군가 휘발유를 넣으려고 기다리고 있었다. 나와는 상관없는 일이다, 손님을 맞으러 밖으로 나가며 그는 속으로 말했다. 독일 대 네덜란드 경기가 있던 날 생긴 일은 더컨 씨가 가져온 소식과는 완전히 별개의 문제다. 관련이 있을 리가 없다.

"어서 오세요." 그는 주유기 앞에 선 스쿨버스 운전사에게 인사했다.

*

재봉사의 아이는 살던 곳에서 약 800미터 거리의 이제는 쓰지 않는 채석장에서, 갈라진 틈 바닥에 누워 이판암 조각들에 반쯤 가려진 모습으로 며칠 만에 발견되었다. 오래전에 마지막 바위 한 조각까지 수레에 실려 나간 뒤, 가시철사 울타리가 위험을 경고하는 표지판 두 개와 함께 설치된 곳이었다. 아이는 울타리 맨 아랫단 밑으로 기어들어갔을 것이다, 라고 경찰은 말했고, 바로 당일에 가시철사 울타리 대신 철조망이 설치되었다.

그런 슬픈 일과 관련해 재봉사는 시내에 나오면 등 뒤에서 온갖 저주와 비난을 받았다. 어머니가 일찍 세상을 떠난 뒤로 그녀를 손수 키운 아버지가 사실은 죽은 아이의 아버지라는 추악한 중상은 예전에는 목소리를 얻지 못했지만 이제는 비참하게 살다 죽은 아이의 보잘것없는 존재 안에 자연스럽게 자리를 차지한 듯했다.

"안녕, 카할?" 카할은 등 뒤에서 울리는 재봉사의 목소리를 들었다. 11월 초 꼭두새벽, 미니 페넬리와 애정을 나누는 헛간으로 가는 길이었다. 아직 한시도 안 된 시간이었고 시가지의 불빛은 중앙로 몇 곳만 제외하고는 모두 꺼진 지 오래였다. "나랑 우리 집에 갈 테야, 카할? 우리 걸어서 나 사는 데로 갈까?"

그런 말들이 줄곧 걷기만 하는 카할의 등에 부딪쳤다. 등 뒤에 누가 있는지 카할은 알았다. 누군지 알았으며 돌아볼 필요도 없었다.

"날 내버려둬요." 카할이 말했다.

"여러 날 밤을 난 강가 의자에 앉아 쉬고 있었지. 여러 날 밤, 널 봤어. 넌 항상 바쁘더구나, 카할."

"지금도 바빠요."

"새벽 한시에! 어쩜, 그런 말도 안 되는 소리를 하니, 카할!"

"난 당신 몰라요. 당신과 말하고 싶지 않아요."

"그 애가 사라지고 닷새 만에 경찰을 찾아갔어. 애가 사라진 게 처음은 아니었지. 잠시만 고개를 돌리면 도로에 나가곤 했거든."

카할은 아무 말도 하지 않았다. 여전히 돌아서지 않았지만, 여자에게서 나는 퀴퀴하고 싸한 술 냄새를 맡을 수 있었다.

"더 빨리 가지 않은 건, 단서가 생생할 때는 경찰이 어떻게 된 일인지 추적해낼 수 있을까봐서야. 무슨 말인지 알겠어, 카할?"

카할은 걸음을 멈췄다. 그가 돌아서자 걷고 있던 여자가 하마터면 그에게 부딪칠 뻔했다. 그는 여자에게 가버리라고 말했다.

"그 애한텐 도로가 문제였어. 아침에 눈만 뜨면 음식은 입에 대지도 않고 차들을 향해 달려가곤 했지. 또 다른 문제는 도로를 따라 올라가 조각상으로 가는 거. 하루 종일 조각상 앞에 무릎 꿇고 앉아 있는데, 그러다보면 어떤 노인이 애를 발견해서 내게 데리고 오곤 했어. 노인이 아이 손을 잡고 함께 문으로 걸어 들어오곤 했지. 아, 한두 번이 아니야, 카할. 내가 경사에게 그런 얘길 했을 때 경찰이 처음으로 조사한 곳이 바로 거기 아니었겠니? 어떤 여자라도 제 자식을 위해서는 최선을 다

하는 법이야, 카할."

"날 좀 내버려두라니까요!"

"일곱시가 넘었을 거야, 어쩌면 20분쯤 지났을까. 레이히스에 가려고 문을 열어두었는데, 검은 차가 지나가고 그 안에 네가 있더구나. 초저녁 시간에 움직이는 차는 눈에 띄게 마련이거든. 그런데 레이히스에서 늦게 돌아와보니 애가 없어진 거야. 내 말 알아들어, 카할?"

"나랑 상관없어요."

"그 길로 갔으니까 나올 때도 그 길로 왔을 거다, 난 속으로 생각했지. 하지만 경찰한테는 말 안 했어, 카할. 아이가 잠옷 차림으로 돌아다니는 습관이 있는가, 하고 경찰이 물었을 때 나는 잠시만 한눈을 팔면 애가 문밖에 나가 있다고 말했지. 우리 집에 함께 갈까, 카할?"

"난 당신과 어디에도 가지 않아요."

"널 탓하는 말은 한마디도 없을 거야, 카할."

"날 탓할 일은 아무것도 없어요. 그날 밤에 차에 함께 타고 있던 사람들도 있어요."

"하느님 앞에서 맹세해. 그 사건은 이미 지나간 일이야. 이제 나랑 함께 가자, 카할."

"사건 같은 건 없어요. 지나간 일도 없고요. 그때 스페인 사람들이 내내 함께 있었어요. 그 사람들을 폴더그까지 태워 갔다가 다시 메이시스 호텔로 데려다준 거라고요."

"미니 페넬리는 네게 어울리지 않아, 카할."

그때까지 그는 재봉사를 가까이에서 본 적이 없었다. 그녀는 생각보다 젊었지만, 그래도 그보다는 꽤 나이 들어 보였다. 열두 살이나 열세 살 차이. 얼굴의 비틀림은 추하지 않았지만 나름대로 아름다웠을 얼굴을 망쳐놓았다. 그는 스페인 여자의 흠 없는 아름다움과 비단결 같던 머리카락을 떠올렸다. 재봉사의 머리카락 역시 검은색이었지만 뭉치고 헝클어진 채로 어깨에 푸슬푸슬 힘없이 늘어져 있었다. 사이버카페에서 그를 강렬하게 노려보던 눈은 게슴츠레했다. 도톰한 입술이 미소와 함께 당겨져 올라가며 살짝 부러진 치아 하나가 드러났다. 카할은 자리를 떴고 그녀는 따라오지 않았다.

그것이 시작이었다. 끝은 없었다. 시내에서, 비록 밤에는 다시 나타나지 않았지만, 그녀는 항상 주변에 있었다. 카할은 그것이 망상임을, 실제로는 그녀가 항상 주변에 있지 않은데도 나타날 때마다 매번 그 존재가 너무 의미심장해서 그렇게 느끼는 것뿐임을 알았다. 그녀는 몸가짐을 단정히 했다. 검은 옷을 입은 그녀를 보고 사람들은 아이를 애도하는 것이라고 말했다. 이제 그녀가 레이히스 주점에 나타나지 않는다고도 말했다. 그들은 오두막 전면을 예의 그 파란색으로 칠하거나 진창 같은 앞마당을 정돈하는 여자의 모습을 보기도 했다. 그녀는 시내 상점가에 와서도 전처럼 차를 얻어 타려고 손 들고 서 있지 않고 걸어서 집으로 돌아갔다.

날마다 차를 수리하고 정비하고 주유 벨 소리에 답하는 익숙한 일상을 이어가면서도, 카할은 재봉사가 밤중에 뒤따라와 밝힌 둘 사이의 관련을 외면할 수가 없었다. 그는 그것을 생겨나게 한 뿌리가 자신 안에서 두려움이라는 양분을 먹고 힘을 모아 점점 자라고 있음을 알았다. 카할은 무엇을 두려워하는지 알지 못한 채로 두려워했고, 생각을 정리하려고 하면 당혹감에 빠졌다. 그는 그 어느 때보다 자주 미사와 고해성사에 참석하기 시작했다. 그의 아버지는 요즘 아들이 주유를 하거나 차를 맡기는 손님들에게 그나마 하던 말조차 잘 하지 않는 것을 눈여겨보았다. 어머니는 아들에게 빈혈이 있나 생각하여 철분제를 먹였다. 아직 아일랜드에 살면서 가끔씩 주말에 며칠간 다니러 오는 누이는, 동생이 겪는 문제가 틀림없이 미니 페넬리와 관련이 있을 거라고 말했다.

그 모든 시간 동안—다른 면에서는 꽤 정상적으로 흘러간 시간임에도—그 아이는 수없이 여러 번 바위틈에서 들어 올려졌다. 카할이 보았던 잠옷 차림 그대로 땅에 눕혀지고, 시체를 덮는 천에 감싸이기를 반복했다. 그가 바퀴를 갈지 않아도 되었다면 다른 시간에 그 오두막 앞을 지나갔을 것이고, 아마도 그때는 아이가 아직 뛰어나올 준비가 안 되었거나 그럴 생각이 들지 않았을 것이다. 스페인 사람들에게 동정녀의 눈물은 빗물에 지나지 않는다고 설명해줬더라면 아예 그 길을 갈 일도 없었을 것이다.

재봉사는 다시 카할에게 말을 걸거나 그럴 시도조차 하지 않았지만, 그는 새로 칠한 파란색 페인트와 시간이 지나도 벗지 않는 상복과 조그만 앞마당을 채우게 된 꽃들이 모두 그를 위한 것임을 알았다. 스페인 사람들을 폴더그로 태우고 간 그날 저녁으로부터 1년이 조금 지난 후, 그는 미니 페넬리와 아텐라이 출신 수의사 데스 다우니의 결혼식에 참석했다.

재봉사가 말로 표현하지는 않았지만 그 어두운 거리에서 둘 사이에는 이야기가 오갔고, 그 내용은 이런 것이었다. 그날 밤 잠들지 못하고 깨어 있던 때 그는 원했던 것처럼 걸어서 그곳으로 돌아갔고, 아이는 도로에서 쓰러진 자리에 그대로 누워 있었으며, 그런 아이를 그가 안아 채석장으로 옮겼다는 것. 또한 카할은 알았다. 그 일을 한 것은 자신이 아니라 바로 재봉사임을.

그는 '길가의 동정녀'를 찾아갔고, 매번 아이가 거기 있을지도 모른다고 기대했다. 그는 무릎을 꿇었고 그 무엇도 간구하지 않았다. 그는 마음속으로 보상을 다짐했고, 자신에게 무슨 일이 닥쳐도 받아들이겠다고 약속했다. 스페인 사람들이 더블린에서 우연히 만난 남자의 우롱에 자신이 가담했다는 이유로, 길가의 기울어진 조각상을 조롱했다는 이유로, 거짓말을 하고 50유로를 받았다는 이유로 자신에게 닥칠 모든 일을. 그는 그들이 키스하는 모습을 훔쳐보았다. 옷을 벗은 마돈나에 대해 생각했고, 그 여자가 그런 이름을 쓰는 데도 아랑곳하지 않았다.

폴더그에 찾아갔던 언제인가 카할은 동정녀의 뺨에서 예전에는 눈물이라고 간주되던 물기가 반짝이는 것을 보았다. 그는 물기가 고인 곳에 손을 대고 젖은 손가락을 입술로 가져갔다. 짠맛은 나지 않았지만 그렇다고 달라지는 것은 없었다. 차를 돌려 나오며 재봉사의 파란 오두막을 지나가는데, 그녀가 앞마당에 나와 화단의 잡초를 뽑고 있었다. 그녀는 고개를 들지 않았지만, 그는 그녀에게 가고 싶었다. 그리고 언젠가는 그렇게 하게 되리라는 것을 알았다.

방

"지금 왜 이런 일을 하는지 자기 맘을 잘 알고 있나요?" 그가 물었다. 캐서린은 망설이다 고개를 저었지만, 사실은 알고 있었다.

9년이 지나는 동안 하루하루 조금씩 나아지면서 쓰라림이 거의 치유되었으나, 일이 주는 위안을 빼앗기고 불쾌한 무위의 상태에 빠지자 치유는 중단되었다. 바로 그 때문에 여기 있는 것이고, 머리에 떠오르는 다른 이유는 없었지만 그녀는 그런 말을 하지 않았다.

"당신은요?" 대답 대신 그녀가 물었다.

그는 거리낌 없이 대답했다. 혹은 그렇게 들렸다. 아이들을 낳아 기르고 자신을 돌봐준 아내와 또다시 싸우고서 외로움에 빠져 있을 때 그녀에게 이끌린 거라고.

"방이 이래서 미안해요." 그가 말했다.

그의 물건들이 첩첩이 쌓여 있었다. 책들, 판지 상자들, 열려 있는 여행 가방과 아직 풀지 않은 짐. 워드프로세서는 아직 플러그를 꽂지 않아 전선이 바닥에 늘어져 있었다. 옷들이 옷걸이째로 문 안쪽 면에 어지럽게 걸려 있고, 한쪽 벽을 장식한 코끼리 해부도에는 가죽 아래 각 장기의 위치가 화살표로 표시되어 있었다. 이 우중충한 그림은 자신의 것이 아니다, 라고 그는 캐서린의 물음에 답했었다. 급히 구할 수 있는 유일한 방이었던 이곳에 원래 있던 그림이라고. 방 한구석에 싱크대가 있고, 근처에는 세면대, 전기 주전자, 선반에 놓인 가스레인지, 젖히지 않은 초록색 비닐 커튼이 있었다.

"당신이 여기 있으니 모든 게 조금은 더 특별해 보입니다." 그가 말했다.

캐서린이 옷을 입으려고 일어났을 때, 그는 그녀가 가지 않았으면 하는 것 같았다. 하지만 가야 하는 사람은 그녀가 아니라 그였다. 그녀는 오후 내내 있을 수도 있었다. 원피스 소매의 단추를 잠그며 그녀는 이젠 적어도 기만하는 느낌이 어떤지는 알 것 같다고 말했다.

"페어가 날 기만했을 때 어떤 느낌이었을지." 그녀가 말했다.

그녀는 방 안의 유일한 거울에 빛이 바로 비치도록 커튼 가장자리를 살짝 당겼다. 머리카락을, 아직 흰머리가 섞이지 않은 갈색 머리를 정돈했다. 그녀의 어머니는 머리가 전혀 세지 않았고 할머니의 머리가 센 것은 아주 많이 늙었을 때였다. 캐서린은 아주 많이 늙지 않아도 되기를 소망했다. 그녀는 마흔일곱 살이었다. 거울 속 자신의 검은 눈이 그녀를 응시했다. 번진 립스틱, 지워진 화장과는 관련 없는 이목구비의 공허함. 미모가 스러지고 있었다. 하지만 천천히. 그리고 아직은 아름다움이 남아 있었다.

"그게 궁금했어요?" 그가 물었다. "기만이?"

"네, 궁금했어요."

"또다시 궁금해질까요?"

흐트러진 얼굴을 매만지고 있던 캐서린은 바로 대답하지 않았다. 그러다가 말했다. "내가 그러기를 당신이 바란다면."

밖은 따뜻한 오후였고, 방이 자리한—마권 판매소 위층—거리는 좀 전에 한참을 걸어 들어올 때 본 것보다 더 밝고 품위 있게 느껴졌다. 상점들이 있고 차들이 오갔지만 오후의 고요한 분위기가 흘렀다. 프린스 앤드 도그 바깥의 테이블은 모두 비어 있었고, 왕자와 발 하나를 들어 올린 달마티안의 동상 양옆에는 피튜니아를 심은 바구니 화분이 매달려 있었다. 프레타망제 옆에 코스타 커피가 있어서 캐서린은 길을 건너 그곳으로 갔다. "라테요." 그녀는 가자 커피머신을 작동하고 있는 아가씨들에게 주문을 하고, 커피를 기다리는 동안 카운터 위 유리 케이스에서 플로렌틴 비스킷을 하나 꺼냈다.

그녀는 잠자리를 함께한 남자에 대해 거의 알지 못했다. 혼자서 갔던 파티에서 그 남자와 춤을 추었고, 그 뒤로 다시 한 번 춤을 추면서 그가 그녀를 바짝 껴안더니 이름을 묻고 자기 이름을 말했다. 근래에 페어는 파티에 동행하지 않았고, 그녀 역시 자주 다니지는 않았다. 하지만 이 파티에 갈 때 그녀는 자신이 뭘 하려는 건지 잘 알고 있었다.

몇 안 되는 테이블에 모두 손님이 있었다. 그녀는 한쪽 벽을 따라 길게 놓인 일인용 좌석에서 빈 의자를 하나 찾았다. 다른 사람이 보고 있는 석간신문의 머리기사 제목 '십대들의 통금!'이 분개한 어조로 항의의 뜻을 전했다. 그녀는 잠시 무슨 내용인지 궁금했지만 이내 흥미를 잃었다.

페어는 책상에 조용히 앉아 있을 것이다. 셔츠 소매를 걷어 올린 채로. 그저께 그녀가 다려준 파란 점무늬 셔츠, 그날 아침 집을 나설 때와 같은 붉은빛 곱슬머리, 다가오는 모든 이들을 반기는 상냥한 미소. 9년 전의 그 일에도 불구하고 페어는 잉여 인력이 되지 않았다. 해고를 뜻하는 그 유용한 완곡어법. 그가 자리를 지킬 수 있었던 건 과거의 업무 성과에 대한 감사의 표시였다. 그리고 물론, 쓰러진 사람을 밟아버리는 것은 적절치 못한 일이었다. "멀리 떠나야 돼." 그녀는 그렇게 말했었고, 그 기억이 지금 떠올랐다. 하지만 그는 원치 않았다. 도망치는 것 역시 적절치 못한 일이기 때문이었다. 그에게는 그것이 도망이었을 것이며, 실제로 그렇게 말하기도 했다.

오늘 저녁에 그는 그녀에게 하루 동안 있었던 일을 얘기할 것이고, 그녀는 자신의 하루에 대해 얘기하며 거짓말을 해야 할 것이다. 그들은 번갈아 귀를 기울일 것이고, 그러는 동안 그녀는 저녁 식탁에 이런저런 음식을 차릴 것이며, 그는 그녀에게 와인을 따라줄 것이다. 자기 잔에는 따르지 않을 텐데, 이제 그는 누군가 한사코 권할 때 불손하게 보이지 않기 위해서가 아니면 술을 마시지 않기 때문이다. "결혼 생활이 파탄 직전이에요." 그녀와 임시 거처에서 사랑을 나눈 그 남자가, 서로 모르는 사이로 춤을 추던 때 그렇게 털어놓았었다. "당신은 어때요?" 그가 물었고, 그녀는 잠시 망설이다가 말했다. 아니, 그렇지 않다. 그런 얘기는 나온 적 없다. 두 번째로 춤을 추고, 술을 한 잔 함께 마시고, 그런 다음 몇 잔 더 마신 후, 그는 그녀에게 아이가 있느냐고 물었고, 그녀는 없다고 말했다. 그녀가 아이를 가질 수 없다는 사실은 결혼 전에 이미 거론되었으며 결혼 생활의 기본 조건이 되었다. 또 하나의 기본 조건은 그녀가 차터하우스 교육원에서 일하는 것이었는데, 교육원이 6주 전에 폐쇄되면서 사정이 달라졌다.

"일을 안 하니 괴로워요." 춤을 추는 동안 그녀가 말했다. 그러고는 자신을 바짝 당겨 안은 남자에게 샤론 리치에 대해 들어봤느냐고 물었다. 많은 사람들이 처음에는 그 이름을 들어본 적 없다고 생각하다가도 이내 기억해내곤 했다. 그는 고개를 저었는데, 그 이름을 알 수도 있는 이유를 듣고 나서도 여전히 생소한 이름이라고 말했다. "샤론 리치는 살해당했어요." 그녀가 말했다. 술 몇 잔을 마시지 않았더라면 하지 않았을 말이었다. "제 남편이 피의자였고요."

그녀는 커피에 입김을 불었다. 그래도 커피는 너무 뜨거웠다. 그녀는 봉지를 기울여 설탕을 찻숟가락에 부은 다음 커피를 흡수한 설탕이 까맣게 변하는 모습을 바라보았다. 커피 맛이 너무나 좋았다. 그날 오후에 경험한 그 무엇 못지않은 쾌락이었다. "아, 질식사였어요." 샤론 리치라는 사람이 어떻게 죽었느냐는 질문을 받고 그녀는 말했다. "쿠션으로 숨을 막은 거죠." 샤론 리치는 난잡한 삶을 살았었다. 좋은 동네에서 화려한 생활을 하며 많은 남자의 방문을 받았다.

캐서린은 커피를 다 마시고 플로렌틴 부스러기를 응시하며 한참을 더 앉아 있었다. "우린 감수하며 살고 있어요." 그녀는 남자와 함께 파티장에서 나오며 말했다. 그는 사이가 안 좋은 아내에게로, 그녀는 누군가의 죽음으로 끝난 외도를 저지른 남편에게로. 그 부부가 감수하는 일에 매료된 그녀의 오후 연인은, 한 시간 전에 그의 임시 거처인 그 방 안에서, 모든 것을 알고 싶어 했다.

지하철에서도 그녀는 계속 그 방을 떠올렸다. 코끼리 그림, 여행 가방, 바닥에 늘어진 전선, 문 안쪽 면에 걸린 옷가지들. 방 안을 울리는 그들의 목소리, 그의 호기심, 회피하다가도 결국 조금 더 이야기하는 그녀, 왜냐하면 어쨌거나 그에게 무엇으로든 갚아줘야 하니까. "그이가 그 여자에게 수표로 결제한 적이 있어요. 아주 오래전에 한 번. 그것 때문에 경찰은 그이를 조사한 거고요. 그런데 경찰이 샤론 리치의 아파트 계단참 맞은편에 사는 할머니와 얘기하면서 사진을 보여줬을 때 그 할머니가 그이를 알아본 거예요. 네, 맞아요, 우리는 감수하며 살고 있어요."

지하철역에서 밖으로 나가려고 하는데 회전식 출구가 열리지 않았다. 그녀는 대충 요금을 계산해 표를 샀다는 기억이 떠올랐고, 그 계산이 틀렸으리라 짐작했다. 그런 실수들을 처리하기 위해 근무하는 인도 사람이 엄격하게 굴었다. 아까 갈 때와 다른 곳에서 출발해 그렇다, 그녀는 해명하려 했다. 요금을 착각했다고. "네, 늘 일어나는 일이죠." 인도 사람이 말했고, 그녀는 그의 엄격함이 본의가 아니라는 것을 깨달았다. 그녀는 미소를 지었지만 그는 신경 쓰지 않았다. 그 또한 그의 성향이구나, 그녀는 생각했다.

그녀는 방목해 기른 닭으로 만든 유기농 닭가슴살 두 덩어리와 호박, 대추야자를 샀다. 보통은 쇼핑 목록을 만들어 장을 보는데 이번엔 그러지 않았고, 오후를 그런 식으로 보내서일까 생각해보다가 아마도 그런 것 같다고 결론을 내렸다. 아침 식사용 시리얼 중에서 사다 채워놓아야 하는 게 어떤 것인지 기억을 더듬었지만 생각이 나지 않았다. 그러다 노르망디 버터가 생각났고, 브레이번 사과와 토마토가 생각났다. 다섯시 직전에 그녀는 아파트로 들어갔다. 전화가 울리고 있었다. 페어가 조금 늦겠다고, 많이는 아니고 아마 20분쯤 늦을 거라고 말했다. 그녀는 목욕물을 받았다.

*

그가 손끝으로 가까이에 놓인 그녀의 팔을 쓰다듬었다. 그녀를 사랑하는 것 같다고 그가 말했다. 캐서린은 고개를 저었다.

"말해줘요." 그가 말했다.

"했잖아요."

그는 고집하지 않았다. 그들은 한동안 말없이 누워 있었다. 그러다 캐서린이 말했다. "지금은 미안한 마음도 생겨서 그이를 더 사랑하게 됐어요. 우리 둘 다 아이를 원했는데, 내 인생에는 아이가 없다는 것을 알고 그이는 날 측은하게 여겼어요. 동정의 큰 부분을 차지하는 건 사랑이죠, 아니면 사랑의 큰 부분을 차지하는 게 동정이거나. 어느 쪽인지는 모르겠어요. 별로 중요하지도 않고."

그녀는 그에게 이야기를 더 해주었고, 전에는 미처 몰랐지만 자신도 그러고 싶었다는 것을 깨달았다. 이른 아침에 경찰관 두 명이 찾아왔을 때, 그녀는 아직 옷을 못 입었고 페어는 커피를 끓이고 있었다. "페어 알렉산더 워버턴." 경찰관 중 하나가 말했다. 욕조의 물이 여전히 꿀럭꿀럭 빠지고 있을 때 그녀는 침실에서 그 목소리를 들었다. 경찰관들은 사망 소식을 전하는 일도 하곤 하니까 그들도 그런 소식 때문에 온 것 아닐까 생각했다. 그녀의 어머니나 페어의 가장 가까운 친척 아주머니의 죽음. 내려가보니 그들은 그녀가 이름을 알지 못하는 사람의 죽음에 대해 이야기하고 있었다. "누구라고요?" 그녀는 물었고, 경찰관 두 명 중에 키가 더 큰 쪽이 샤론 리치라고 말했으며, 페어는 아무 말도 하지 않았다.

"남편분께서 설명하셨습니다." 다른 경찰관이 말했다. "부인은 리치 양에 대해 모르신다고요." 두 주 전, 이달 8일, 목요일 밤에, 그들이 물었다, 남편이 몇 시에 귀가했는지 기억할 수 있는가?

그녀는 정신이 혼란스러워 말을 더듬거렸다. "근데 그 사람이 누군가요? 경관님들은 여기 왜 오신 거죠?" 그러자 키가 큰 경찰관이 몇 가지 해명되지 않는 부분이 있다고 말했다. "자리에 좀 앉으시죠, 부인." 그의 동료가 끼어들었고, 그녀는 다시 한 번 남편이 몇 시에 귀가했느냐는 질문을 받았다. 북부 노선에서 으레 겪는 고달픈 상황이었다, 라고 그는 그날 밤, 두 주 전 목요일에 말했었다. 다른 사람들처럼 자신도 탑승을 포기했는데, 그러고 나서는 비 때문에 택시를 잡을 수가 없었다고. "기억나십니까, 부인?" 키가 큰 경찰관이 대답을 채근했고, 무엇 때문인지 그녀는 보통 때와 같은 시간이라고 말했다. 그녀는 생각을 할 수가 없었다. 페어가 샤론 리치에 대해

한 번이라도 언급한 적 있는지 기억을 짜내느라 그럴 수가 없었다. "남편분께서 리치 양을 방문하셨습니다." 같은 경찰관이 말했다. 다른 경찰관의 무전기가 울렸고, 그는 무전기를 창가로 가져가 등을 돌리고 섰다.

"아뇨, 지금 얘기 중입니다." 그가 무전기에 대고 중얼거렸다. 목소리를 낮췄지만 그녀는 들을 수 있었다.

"남편분 설명으로는 그 전날이었다는데요." 그의 동료가 말했다. "그리고 더 이른 시간—점심시간—이었다고요, 마지막으로 리치 양을 방문했을 때가 말입니다."

캐서린은 지금 이곳에 계속 있고 싶었다. 자고 싶었고, 옆에 있는 잘 알지 못하는 남자의 존재를 느끼고 싶었으며, 깨어나면 그가 기다리고 있기를 바랐다. 일주일 전에 시작된 폭염 때문에 그는 에어컨을 켜두었다. 창문에 설치된 구식 기계였다.

"난 가야 돼요." 그가 말했다.

"물론이죠. 나도 얼마 안 걸려요."

아래층에서는 또 한 번의 경마가 절정에 이르렀는지, 옷을 입는 동안 중계방송이 희미하게 들려왔다. 그들은 카펫이 깔리지 않은 좁은 계단을 함께 내려가 문이 열린 마권 판매소 앞을 지났다.

"또 올 거예요?" 그가 물었다.

"네."

그래서 그들이 정한 오후의 만남은 열흘 후였다. 그로서는 사무실에서 일하다 말고 언제든 나올 수 있는 형편이 아니기 때문에.

"그 일에 대해 얘기하게 하진 마세요." 헤어지기 전에 그녀가 말했다. "묻지도 말고, 말하게 하지도 마세요."

"당신이 원치 않는다면."

"다 끝난 일이에요. 당신도 듣기 지루할 테고, 지금은 아니라도 곧 그렇게 되겠죠."

그는 그렇지 않다고, 그게 바로 문제라고 말하려고 입을 열었다. 그가 그런 말을 하려 한다는 것을, 마음을 바꾸기 전 그의 얼굴을 보고 그녀는 알았다. 그리고 물론 그가 옳았다. 그는 바보가 아니니까. 호기심이란 억누른다고 사라지는 것이 아니다.

그들은 포옹도 없이 헤어졌고, 그런 것들은 이미 다 했으니까, 그는 서둘러 갈 길을 갔다. 그가 가는 모습을 바라보노라니 그녀는 이런 일이 벌써 습관처럼 느껴졌다. 코스타 카페로 가기 위해 길을 건너며 그녀는 생각했다. 이곳에서 보내는 오후가 계속 반복된다면 그토록 그리운 일터의 질서와 생활양식을 조금 변형된 방식으로 되찾을 수 있지 않을까. "아, 전혀 없어요." 그녀는 다른 일자리는 가망이 없느냐는 물음에 그렇게 대답했다. 이제 다시는 아침마다 인파로 붐비는 지하철역을 솜씨 있게 통과해 역시나 미어터지는 객차 안으로 끼어들며 런던을 가로질러 출근하는 일은 없을 것 같다고는 말하지 않았다. 어딘가에 자신만의 조그만 사무실과, 중요한 직책과, 암울한 마음을 달래주고 그 환영을 몰아내주는 너그러운 동료들이 있을 것 같지는 않다고도 말하지 않았다. 얼마 전 페어가 말했을 때에야 그녀는 알았다. 때때로 그에게는 반복되는 일상이 미치는 것을 막아주는 해독제처럼 느껴졌다는 것을.

오늘 오후에 그렇게 많은 말을 하지 말걸 그랬다, 캐서린은 속으로 생각하며 예전과 같은 자리에 다시 앉았다. 그녀는 지금껏 그 사람을 제외하고는 누구에게도 그런 말을 하지 않았고, 사건에 대해 아는 사람들에게도 내막을 이야기한 적 없었다. 내가 좀 불안한가봐, 그녀는 생각했다. 갑자기 밖에 비가 내리고 먼 천둥소리가 들리더니 극심해진 더위를 식혀주었다.

캐서린은 우산이 없었기 때문에 커피를 다 마시고도 카페에서 나가지 않았다. 그날 밤에도 비가 내렸었다. 비가 이야기에 등장한 것은 공동 계단 건너편에 사는 할머니가 비가 막 오기 시작했을 때, 그리고 라디오에서 여섯시 뉴스가 막 시작했을 때 밖을 내다봤기 때문이었다. 할머니는 얼마 전에 공동 계단 반 층 아래 창문이 활짝 열려 있었다는 사실이 생각나, 카펫이 또 비에 흠뻑 젖을까봐 창문을 닫으려고 즉시 내려갔다. 그러는 동안 아래층 현관문이 열리는 소리와 계단을 올라오는 발소리를 들었다. 할머니가 자기 집 문 앞에 이르렀을 때 그 남자는 계단참에 올라섰다. "아뇨, 눈살 찌푸릴 만한 점이 있다고는 생각 안 했어요." 할머니가 나중에 그렇게 말한 듯했다.

그 아파트에 사는 여자나 그 여자를 찾아오는 남자들에게 눈살 찌푸릴 만한 점은 없었다고. "엿보지는 않았어요." 할머니가 말했다. 자기 집 문을 연 할머니는 그날 밤 왔던 남자를 잠깐 돌아보았다. 전에 본 적 있는 사람이었다. 아가씨가 문을 열어주기를 기다리며 서 있는 모습, 옷차림, 머리 모양, 심지어 계단을 밟는 발소리까지, 의심의 여지가 전혀 없었다.

카페가 붐비기 시작했다. 비를 피해 들어온 사람들이 출입구를 메웠고, 카운터 앞에 줄을 선 사람들도 있었다. 캐서린은 휴대전화의 스타카토 수신음을 들었다. 애초에 자신이 고른 수신음인데도 지금은 싫어하게 된 소리. 어린애 같은 목소리가 무언가 알아들을 수 없는 말을 하더니 그녀가 못 알아듣겠다고 하자 반복해 말했고, 그 뒤로는 전화가 끊겼다. 요즘엔 아이 같은 목소리로 말하는 사람들이 너무 많다, 그녀는 생각하며 전화기를 핸드백에 다시 넣었다. "유행이지, 아이 같은 전화 목소리." 페어가 말했었다. "참 묘하긴 하지만."

그녀는 플로렌틴을 찔끔찔끔 베어 먹다가 설탕 봉지를 뜯었다. 밖에서는 어두워졌던 날빛이 다시 밝아지고 있었다. 출입구에 서 있던 사람들이 떠나가기 시작했다. 지난번 그때는 밤새 비가 내렸었다.

"오늘도 별 소득 없었어?" 페어는 집에 들어올 때마다 물었다. 그는 그녀가 전혀 예상하지 못한 상태에서 임의로 당한 일을 걱정했고, 한두 번쯤은 결원이 생긴 일자리에 관한 소문을 전하기도 했다. 하지만 그는 가장 세심하고 가장 자상한 순간에도, 자기 자신을 챙겨야 했다. 그 사건은 페어에게 더 힘든 일이었고 앞으로도 항상 그럴 거라는 사실, 그것은 당연했다.

휴대전화가 다시 울리고 그의 목소리가 들렸다. 그는 점심시간에 아스파라거스를 사두었다고, 진열대에 놓인 걸 보니 상태가 좋고 비싸지도 않더라고 말했다. 어제 둘이서 아스파라거스가 제철이라는 얘기를 한 참이라 그가 전화하지 않았다면 그녀가 아스파라거스를 좀 샀을 것이었다. "영화관에서 나가는 길이야." 그녀는 말했다. 앞서 〈길〉*을 다시 보러 온 참이라고 말했었다. 한 시간 전에 전화했는데, 그가 말했다, 휴대전화가 꺼져 있더라. "아, 그래, 그렇군." 그가 말했다.

*

뭔가 다른 문제가 있어서 시작된 외도의 지속 기간은 6개월이다, 그런 일에 대해 그녀보다 더 많이 아는 사람으로서, 캐서린의 오후의 남자가 그렇게 말했다. 그리고 자신이 그럴 것을 늘 알고 있었던 사람처럼 6개월이 조금 지났을 때 그는 아내에게 되돌아갔다. 그때부터 재결합이 확정되기까지—혹은 무산될 경우를 대비해—그는 방을 계속 유지했지만 그의 물

* 페데리코 펠리니의 1954년작 흑백영화.

건들은 이제 거기에 없었다. 물건들이 없으니 방이 더 커 보이고 더욱 지저분해 보였다.

"왜 남편을 사랑하는 거죠, 캐서린? 그런 일이 있었는데…… 그 사람이 그런 일을 겪게 했는데?"

"그건 아무도 대답할 수 없을 거예요."

"당신들은, 당신과 남편은, 서로에게서 숨고 있어요."

"맞아요."

"두려운 건가요, 캐서린?"

"네, 우리 둘 다 두려워해요. 우린 그 여자 꿈을 꾸고, 죽은 그 여자를 봐요. 그리고 아침이면 상대가 그런 꿈을 꾸었는지 알죠. 아는데 아무 말도 안 해요."

"두려워하면 안 돼요."

이 방에서 그들은 가볍게라도 언쟁을 하지 않았고, 의견이 달랐지만 그냥 놔두었다. 혹은 이해하지 못했지만 그냥 놔두었다. 이 방이 아직 이렇게 그들만의 공간으로 쓰이는데도 결혼 생활이 지탱될 수 있느냐고 캐서린은 묻지 않았다. 그녀의 한시적 연인은 아직 하지 않은 얘기를 어서 털어놓으라고 압박하지 않았다.

"그 사람이 상상이 안 되네요." 그는 말했다. 하지만 캐서린은 남편이 어떤지 묘사하려 하지 않고 이름과 잘 어울린다고만* 말했다. 원래는 성으로 쓰는 이름, 그녀는 덧붙였다.

"당신은 정말 대단해요. 그렇게 깊이 사랑하다니."

"그런데도 난 여기 있잖아요."

"그래서 더 대단한 건지도 모르겠네요."

"대개, 사람들은 자기가 하는 행동의 이유를 잘 몰라요."

"당신의 진지함이 부럽군요. 아마 그래서 당신을 사랑하는 거겠죠."

언젠가 그녀는 그가 가야 했을 때 혼자 방에 남은 적이 있었다. 그날 그는 시간이 급했고 그녀는 나갈 준비가 안 되어 있었다. "그냥 문만 꽉 닫고 가요." 그가 말했다.

탁탁거리며 계단을 내려가는 그의 발소리를 들으며 그녀는 페어의 발소리를 구분할 수 있었다고 말한 할머니를 떠올렸다. 그럴 기회가 있었다면 페어의 변호사는 법정에서 그 말이 확실한지 할머니에게 물었을 것이고, 어떻게 그게 가능한지 의문스럽다고 했을 것이다. 전에도 여러 번 그의 발소리를 들었으려면 그때마다 집 안이 아니라 계단참에 나와 있었어야 할 텐데 그랬을 리는 없었기 때문이다. 변호사는 할머니가 집 안이 아니라 공동 계단에서 더 많은 시간을 보내는 것 같다고 넌지시 꼬집었을 것이다. 그리고 스쳐 지나가는 낯선 사람의 이목구비를, 마주쳤다 하더라도 아주 잠깐에 지나지 않았을 텐데, 그토록 또렷이 기억하는 게 가능한지 의문스럽다고

---

* 남편의 이름 Phair는 흰 피부, 밝은 머리색, 아름다운 용모를 지닌 사람을 묘사하는 단어인 fair와 발음이 같다.

했을 것이다.

방에 홀로 남은 캐서린은 아직은 밖으로 나가고 싶지 않은 마음에 불과 몇 분 전에 나왔던 침대로 다시 기어 들어갔다. 춥지도 않은데 이불을 위로 당겨 덮었다. 창문 커튼은 아직 열지 않았고, 그래서 더 나았다. "그 여자에게 크게 마음을 준 건 아니야." 두 경찰관이 간 다음에 페어가 말했다. "하지만 다른 식으로 그 여자가 좋았어. 그 말은 하지 않을 수가 없군, 캐서린. 미안해." 그는 그녀에게 커피를 가져다주었고 있던 자리에 그대로 앉아 있게 했다. 어떤 남자들은 그냥 그렇게 생겨먹었다, 라고 그는 말했다. "우린 얘기만 했어. 그 여자가 이러저런 얘기를 많이 해줬지." 그런 여자들은 초인종에 답할 때마다 위험을 감수한다, 그는 그렇게 말했다. 그리고 그가 울었을 때, 그 눈물이 본인이 아니라 그 여자를 위한 것임을 캐서린은 알았다.

"아, 그래, 난 이해해." 캐서린은 말했다. "물론 이해하지." 고급 창녀와의 추잡한 관계, 그녀는 이해했다. 그녀가 아이를 갖지 못한다고 말했을 때 그가 이해했던 것처럼. 그는 상관없다고 말했지만 그녀는 그렇지 않다는 것을 알았던 그때처럼.

"소중한 것을 위험에 빠트리고 말았어." 그가 부끄러워하며 속삭였다. 기만하는 기분이 짜릿하기도 했다고 고백하기도 했다. 모든 면에서 위험한 일이었다. 위험은, 그리고 비밀스러운 은폐와 은밀함은, 그 일의 일부였다. 그리고 위험은 응분의 대가를 요구했다.

나중에 같은 경찰관들이 다시 찾아왔다. "그 점에 대해 정말 확신하십니까, 부인?" 그들은 물었고, 그 후로도 셀 수 없이 여러 번 같은 질문을 하면서 그 날짜를 반복해 말했으며, 매번 여섯시 오십분이 통상적인 귀가 시간이라고 하는 그녀의 대답을 들었다. 페어는 그녀가 왜 그렇게 대답했는지, 왜 자기가 실제보다 90분 일찍 들어왔다고 거듭 확언을 했는지, 그때도 알고 싶어 하지 않았고 지금도 마찬가지였다. 그녀는 그에게 이유를 말해줄 수 없었을 것이다. 그저 처음 그 질문을 받았을 때 당혹감과 혼란이 시킨 것처럼, 나중에는 본능이 시켜서 그런 거라고 말할 수밖에 없었을 것이다. 페어를 그녀 자신만큼이나 내밀하게 알았다고, 그 여자와 어떤 관계였건 간에 그가 여자의 목숨을 빼앗는다는 것은 상상할 수도 없다고 말했을 것이다. 물론 그것은—그가 물었다면 대답했을 텐데—고통스러운 일이었다. 그가 그 여자와 함께했다는 사실은, 아무리 대화만 나눴다고 해도. "다투셨습니까?" 키가 큰 경찰관이 그에게 물었다. 다투었던 게 뻔하지 않으냐, 경찰관이 캐물었다, 의견 충돌이 걷잡을 수 없이 커져서 그렇게 된 것 아니냐. 하지만 페어는 다툼에 휘말리는 사람이 아니었다. 그는 고개를 저었다. 그 모든 대답을 하면서 그는 죽음에 책임이 없다는 것을 제외하고는 거의 아무런 반박도 하지 않았다. 그 아파트를 드나들었다는 사실을 부인하지 않았고, 기억나는 대로 자세히 설명하기도 했다. 그는 그곳에서 자신의 지문이 나왔다는 말을 수긍했지만 그들은 어떤 말도 수긍하지 않았다. "확실합니까, 부인?" 그들은 다시 물었고, 그 질문에 내포된 의미는 터무니없는 것이었지만 막연한 걱정으로 인해 그녀의 본능은 더욱 강해졌다. 그렇다, 확실하다, 그녀는 그렇게 말했다. 그들은 정해진 장광설을 줄줄 읊고 나서 그를 체포했다.

잠에 빠졌던 캐서린은 깨어난 뒤 여기가 어딘가 싶어 어리둥절했다. 하지만 불과 몇 분, 10분도 안 되는 시간이 지났을 뿐이었다. 그녀는 구석에 있는 세면대에서 씻고 나서 천천히 옷을 입었다. 그가 끌려가 재판이 끝날 때까지 수감 생활을 했을 때, 교육원에서는 그녀가 못 나오더라도 한동안은 버틸 수 있다고 넌지시 말했었다. "아니, 아니요." 그녀는 주장했다. "저로선 나오는 게 나아요." 그리고 그 뒤로 이어진—길고 조용했던—재판 대기 기간 동안 그녀는 할머니의 빈약한 기억력에 대한 의구심이 퍼지고 있다는 사실을 알지 못했다. 할머니가 적절한 시기에 재판에 나와 선서를 하고 자신의 진술에 대해 증언을 해야 하는 상황이었다. 사안의 중대성에 짓눌린 할머니가 비가 오던 날—이미 어둑어둑해진—초저녁에 자신이 본 남자가 예전에도 본 적이 있는 사람인지 더 이상 확신할 수 없게 되었다는 사실도 알지 못했다. 지도와 격려를 받으면 할머니가 다시금 확신을 되찾을 것이라고, 할머니의 증언이 꼭 필요한 사람들은 그렇게 믿었음이 분명했다. 검찰이 혐의 입증에 기댈 곳은 목격자의 신원 확인 말고는 거의 없었기 때문이다. 하지만 재판이 오래 지연되자, 증인은 준비 과정 동안 지쳐버렸고 법정에서도 걱정되는 내심을 숨기지 않았다. 재판 첫날 오전이 다 지나갈 무렵, 화를 가라앉힌 판사는 검찰 측 증거가 부족하여 피고인의 변론을 들을 필요도 없을 것 같다는 견해를 밝혔다. 그날 오후에 배심원단이 해산했다.

캐서린은 커튼을 열고 화장을 고쳤으며 침대를 정리했다. 비난은 다른 곳에 쏟아졌지만—잘못된 기억, 경찰의 부주의, 검찰의 그릇된 확신—책임 소재를 밝힌다고 해서 만족스럽게 끝날 수 있는 일은 아니었다. 그것은 우연과 정황이 불러온 악몽이었고, 그 터무니없음이 드러나기 위해서는 한 판사의 호통이 있어야 했다. 판사는 그렇게 했으나 말로는 불충분하여, 너무 많은 것들이 뒤에 남았다. 페어 외에 기소된 다른 남자는 없었다. 물론 다른 남자는 있었지만.

그녀는 그가 시킨 대로 문을 꽉 닫고 나왔다. 작별인사를 나누지는 않았지만, 또 한 번 경마 중계방송의 속사포 같은 해설이 아련히 흘러나오는 계단을 내려가면서, 그녀는 이번이 마지막임을 알았다. 이 방과는 끝이었다. 이날 오후, 말로 표현되지는 않았지만 그녀는 느꼈다.

그녀는 커피를 마시지 않았고, 눈길을 주지 않고 프린스 앤드 도그 앞을 지나쳐갔다. 부엌에서 그녀는 장 봐온 식재료로 요리를 할 것이며, 그들은 함께 앉아 그날 하루에 대해 이야기할 것이다. 식탁 건너편, 그녀가 사랑하는 남편이 있는 곳을 바라보면 거기에는 그림자가 있을 것이다. 그들은 사소한 것들에 대해 이야기할 것이다.

그녀는 정처 없이 헤매고 다녔다. 분주하고도 품위 있는 그 거리를 떠나 일렬로 줄지어 선 단독주택들과 레이스 커튼이 달린 창문들을 지나 걸어갔다. 그녀의 오후의 연인은 실패했던 결혼 생활을 바로잡아나갈 것이다. 손상을 하나하나 고쳐나갈 것이다. 손상은 파괴가 아니며 파괴를 의도한 결과도 아니므로. 자주 싸운다는 것이 그리 끔찍한 일은 아니며, 사랑 없는 외도 또한 마찬가지다. 부부는 잘 이겨낼 수 있다고 마음을 모을 것이고, 나머지는 크게 기대하지 않았던 다정한 시간들이 생겨나 해결해줄 것이다. "그 여자는?" 언젠가 아내는 궁금할지도 모르고, 남편은 자신의 다른 여자는 그들 결혼 생활의 고비에 각주로서 존재했을 뿐이라고 말할 것이다. 아마도 그뿐일 것이다. 그 이상도 그 이하도 아닌.

캐서린은 강변에 의자가 늘어선 운하에 도착했다. 이날 저녁에 그녀는 거짓말을 할 것이고, 그들은 다시 한 번 사소한 것들에 대해 이야기할 것이다. 그녀는 두렵다고 말하지 않을 것이며, 그도 마찬가지일 것이다. 하지만 두려움은 분명히 존재해서, 그녀는 알 수 없는 방식으로 그를 감염시켰고, 그녀에게는 떨쳐낼 수 없는 의구심을 남겼다. 그녀는 의자들을 지나, 보모와 함께 나온 아이들을 지나, 계속 걸어갔다. 뱃머리에 장미를 그려 넣은 바지선이 둥근 통들을 싣고 지나갔다.

걸어가는 길이 황무지 같았다. 실제로 그런 것이 아니라 그녀의 기분 때문에 황무지가 된 곳. 아무런 연고 없는 이곳에서 그녀는 익명성을, 고독을 느꼈다. 그와 함께, 무엇인지 알아차리기 힘든 어떤 것이 찾아왔다. 아, 하지만 다 끝난 일이잖아, 그녀는 방금 느낀 가벼운 당혹감에 대한 반응처럼, 그렇게 혼잣말을 했다. 하지만 당혹감은 더욱 커져갔고, 그녀는 얼핏 알 것 같은 그것을 어떻게 아느냐고 자문했다. 생각은 쓸모가 없다. 이 모든 것은 감정이다. 그래서 그녀는 줄곧 걷는 동안, 생각을 하지 않았다.

그녀는 별 이유 없이 억제가 풀리는 것을 느꼈다. 그래, 맞다, 억제는 9년의 세월 내내 작동했다. 말해달라는 요구도, 그에게서 듣는 말이 진실이라고 장담해달라는 요구도 하지 않았다. 그 여자에 대해, 옷은 어떻게 입었는지, 목소리는, 얼굴은 어땠는지, 그 여자가 그냥 앉아서 얘기만 했는지, 정말 그 이상은 없었는지, 묻지도 않았다. 정말로 북부 노선에서 으레 겪는 고달픈 상황이 벌어졌는지, 빗속에서 택시를 기다렸는지 묻지도 않았다. 9년의 세월 내내, 두 사람 모두 일을 하며 억제를 유지할 수 있었지만, 그들이 대화하고, 사랑을 나누고, 주말에 산책을 하고, 여름에 해외로 여행을 떠나는 일상적인 교유에는 늘 침묵이 자리했다. 9년 내내, 사랑이 있었다. 단순한 위안을 넘어서는, 위안에 지나지 않는다고 하기엔 너무 강렬한 사랑. 은밀함은 아직도 짜릿할까? 그 의문 역시 입 밖에 낸 적 없었다. 또 다른 바지선이 다가오는 광경을 바라보며 잠시 걸음을 멈춘 캐서린은 앞으로도 그것을 묻는 일은 없으리란 걸 알았다. 누군가 그 아파트에 들어갔고 샤론 리치는 질식해 죽은 채로 소파에 누워 있었다. 그녀는 피해자 유형의 인간이었을까? 그 의문 역시 묻어두었다.

캐서린은 온 길을 되밟아 가기 위해 뒤로 돌아섰다. 충격도, 심지어는 놀랄 일도 아닐 것이다. 그는 그녀에게서 받은 것 이상을 기대하지 않았다. 그녀는 적당한 순간을 택해 떠나겠다고 말할 것이며, 그는 이해할 테니 이유를 말할 필요도 없을 것이다. 사랑이 할 수 있는 최선으로는 충분하지 않았다. 그는 그 또한 알 것이다.

아일랜드의 남자들

남자는 경쾌한 발걸음으로 내렸다. 자동차를 동반하지 않은 승객 중 맨 처음이었다. 그는 자기도 모르게 공기 냄새를 맡았다. 세상에! 그는 큰 소리를 내지 않고 말했다. 세상에, 냄새로도 알겠네. 그는 23년 만에 아일랜드에 왔다.

부두 가장자리로 내려왔을 때는, 맨 먼저 내린 터라 어디로 가야 할지 몰라 조금 더 조심스럽게 걸어갔다. "저기예요." 업무를 보던 공무원이 엄지손가락을 세워 등 뒤를 가리키며 말했다.

"알겠습니다." 남자가 말했다. "알겠어요."

그는 그쪽으로 갔다. 부두가 기억하는 모습과 달라서, 그는 기차가 들어오는 쪽이 어딘지 궁금했다. 기차를 탈 생각은 아니었지만 그걸 알면 방향감각이 생길 터였다. 그의 뒤로 내린 승객들에게 물어볼 수도 있었지만 왠지 그러기가 꺼려졌다. 그가 조금 더 천천히 걷자 다른 승객들이 그를 지나쳐갔다. 그 중 일부는 그와 같은 방향으로 가고 있었다. 그때 기차가 들어오는 것이 보였다. 먼지투성이에 조금 낡았지만, 그가 볼 수 있는 부분에는 낙서가 없었다.

그는 옷차림이 허름한 남자로, 몸에 걸친 것은 모두 누군가가 버린 물건들이었다. 그는 이번 여행을 염두에 두고 오랜 시간에 걸쳐 옷가지를 장만했다. 양복 한 벌의 일부였던 갈색 줄무늬 바지는 엉덩이와 무릎 부분이 닳아서 매끈했고, 원래 감청색이었던 재킷은 이제 별 특징 없는 색깔이 되었으며, 카키색 셔츠는 원래 군복의 일부였다. 신발은 쓸 만했다. 주머니에는 올드카투지언 넥타이가 들어 있었지만, 그렇다고 그가 차터하우스 학교를 다닌 것은 아니었다.* 그의 이름은 도널 프런티였다. 예전에는 크고 육중한 체격이었지만 지금은 많이 왜소해졌고, 그때는 발그레했던 얼굴의 이목구비는 늘어진 살가죽 위로 초췌해 보였다. 검은색 머리칼은 거칠게 잘랐다. 그는 쉰두 살이었다.

배에서 내린 차량들이 새로 지은 콘크리트 건물들을 돌아 그중 한 건물을 통과해 나가고 있었다. 혹은 그가 선 자리에서

---

* 차터하우스는 영국의 유서 깊은 공립학교로 1611년에 런던의 카르투지오회 수도원 터에 설립되었으며, 그런 이유로 재학생을 카투지언, 졸업생을 올드카투지언이라고 부르는 전통이 있다.

보면 그러는 것 같았다. 차량들이 향해 가는 도로가 그가 가려는 곳이기 때문에 그는 그 방향으로 걸어갔다. 이쪽으로 넘어올 때는 가축 트럭이 그를 태우고 배의 코앞까지 데려다주었었다. 23년이라니, 그는 또 한 번 생각했다, 믿을 수가 없다.

그는 이레 동안 이동하며 잉글랜드를 횡단하고 웨일스를 지나왔다. 옷가지가 잘 버텨주었다. 호스텔에서 얻을 수 있는 면도날들을 아껴두었다가 수염도 가능한 한 규칙적으로 깎으려고 했다. 면도날 하나면 날이 울퉁불퉁해지기 전까지 서른 번 정도 면도할 수 있다. 발에 신는 것은 뭐든 주의해서 얻어야 한다. 그 부분은 무엇보다 신경을 써줘야 한다. 그가 신은 구두는 캐번디시 호텔 뒤편 거리에 누워 있던 취객에게서 가로챈 것이었다. 그 밖에 그 취객에게서 가져갈 수 있는 것은 모두 사라지고 없었다. 지갑, 시계, 장식용 단추나 커프스단추, 잔돈, 만일 있었다면 만년필, 근처에 주차된 차에서 가져갈 만한 물건이 있을 경우를 예상해 자동차 열쇠까지. 풀었다가 다시 던져놓은 넥타이가 있어서 그는 신발을 벗긴 후에 그것까지 가져왔다.

웩스퍼드로 가는 길에 다다르자 차들은 이미 길 위를 달리고 있었다. 차가 거의 1분마다 한 대씩 지나갔고, 트럭들의 경우는 좀 더 급히 달려갔다. 하지만 승용차도 트럭도 태워주려고 멈추지 않아서 그는 2킬로미터 정도를 걸었고 그 뒤 2킬로미터도 대부분을 걸어가야 했다. 이제 그의 옆을 지나가는 차가 줄고 반대 방향으로 가는 차들이 더 많았는데, 피시가드로 회항하는 좀 전의 배를 타려는 차들이었다. 그는 갓길 쉼터에 정차한 밴에 다가갔다. 운전자가 운전석 창문을 열어둔 채 앞쪽 대시보드 위에 펩시콜라 캔을 올려놓고 감자칩을 먹고 있었다.

"차 좀 태워주시겠소?" 그가 물었다.

"어디 가시는데요?"

"멀리너배트."

"지금은 쉬는 중이에요."

"급하지 않아요. 진짜로 하나도 안 급해요."

"뉴로스에서 내려드릴게요. 간식 다 먹을 때까지만 기다리세요."

"멀리너배트 너머로는 몰라요? 갤러핑 고갯길을 넘어가면 글리번이라는 마을이 있는데."

"들어본 적 없어요."

"길을 조금 벗어나면 커다랗고 하얀 성당이 있어요. 주유소하고 소매점 겸 식당 하나를 빼면 글리번에는 아무것도 없지요. 1킬로미터 정도 더 가면 신학대학이 있고."

"전 그곳은 전혀 몰라요."

"언젠가 거기에서 산 적이 있어요. 지금은 더 커졌는지도 모르겠네."

"분명히 커졌겠죠. 요즘엔 어디든 다 그렇지 않나요? 타세요. 로스까지 가시죠."

프런티는 밴 운전자에게 돈을 좀 달라고 해볼까 생각했다. 로스에 가까워질 때까지는 가만있는 편이 나을 것이다. 돈 이야기가 나오면 곧바로 운전자가 차를 세우고 내리라고 할 수도 있으니까. 아니면 행선지가 갈리는 멀리너배트 방향 모퉁이에서 밴이 멈출 때까지 가만있는 편이 나을 수도 있겠다. 그는 로스가 어딘지, 멀리너배트 방향 도로가 어딘지 기억했다. 갈 수 있는 곳까지 최대한 가서, 여행자라면 누구라도 그럴 수 있듯이 빵 한 조각 값을 좀 달라고 한들 그게 무슨 대수겠는가?

프런티가 그런 생각을 하고 있는데, 밴 운전자가 자기 어머니가 타고트에서 돌봄을 받으며 살고 있다고 말했다. 일요일이면 타고트에 간다, 라고 그는 말했다. 프런티는 그날이 무슨 요일인지 알고 있었다. 그렇다고 뭐가 달라지는 것은 아니었지만. 도시에서는 일주일마다 돌아오는 그날을 항상 알게 되지만, 여행 중일 때는 그런 문제로 머릿속을 복잡하게 할 필요가 없다.

"어머니는 믿을 만한 사람과 함께 지내시죠." 밴 운전자가 말했다. "양로원이라든가 그런 데는 아니에요. 전 양로원은 취급 안 하거든요."

프런티는 옳은 말이라고 맞장구쳤다. 어머니는 그곳에 열두 달 동안 계셨는데, 밴 운전자가 말했다, 아무도 귀찮게 하지 않는 방에서 가만히 기다리면 매끼를 차려준다. 그는 그런 조건들이 놀라운 듯 고개를 깐닥거렸다. "시바의 여왕이 따로 없어요." 그가 말했다.

프런티의 어머니는 죽고 없었다. 그가 고향 땅을 떠나기 18개월 전, 어머니가 죽은 그날은 떠올리기 싫은 기억이었다. 카힐스 시설에 그 소식이 전해진 것은 1979년, 추적추적한 겨울날, 아마도 2월이었을 것이다.

"어머니는 딱 한 분밖에 안 계시죠." 그가 말했다. "나도 같은 이유로 온 거요."

프런티가 그런 연결 고리를 만든 것은 비슷한 처지라면 밴 운전자에게 동전 몇 푼 얻어내기가 수월해질까 싶어서였다.

"잉글랜드예요? 계신 곳이?" 밴 운전자가 물었다.

"아, 맞아요. 거기에 아주 오래 있었지요."

"전 아직 안 가봤어요."

"난 방금 전에 페리에서 내렸소."

"가볍게 여행하시네요."

"글리번에 짐이 더 있어요."

"어머니께서 거기 양로원에 계시나요?"

"나도 댁처럼 양로원은 취급 안 해요. 우리 어머니는 여든셋인데 여덟 자식이 태어난 집에서 아직도 사십니다. 집 안에는 티끌 하나 없고, 감사의 말이 절로 나오는 달걀 프라이를 해주시고, 소다빵을 날마다 두 종류나 구워주시지요."

밴 운전자는 상상이 된다고 말했다. 그들은 애덤스타운 방향으로 모퉁이를 돌았다. 프런티는 초저녁 날씨가 아직도 화창해서 다행이라고 생각했다. 아이가 둘인데, 밴 운전자가 말했다, 킬케니 지역 팀이 이겼는지 애들이 말해줄 수 있을 것이다. 일요일에 타고트에 찾아가는 것이 노년을 책임지는 방법이다, 밴 운전자가 말했다. 그 정도 희생은 감수해야 한다고. 그는 성당 앞을 지나갈 때 성호를 그었다. 프런티는 이제 그런 것도 다 잊어버렸다고 혼자서 생각했다.

"옛날에는 거기 가려면 웩스퍼드를 거쳐야 했는데." 프런티가 말했다.

"맞아요, 그랬어요."

"나라에서 잘하고 있군요."

"유럽연합에서 길을 놓아줘요. 아, 뭐 어쨌든 나라에서도 잘하고 있고요."

"댁은 늘 로스에서 사셨소?"

"아, 네."

"난 어쩔 수 없게 돼서 달아나버렸는데. 오래전에."

"그 시절엔 많은 사람들이 떠났죠."

당시에는 실감하지 못했을 거라고 프런티는 말했다. 온 사방에서 그런 일이 일어나고 있어서 정확한 이민의 규모를 알 수가 없는 것이다. 듣는 사람은 별다른 흥미를 보이지 않았다. 대화는 시들해졌다. 밴이 정차를 한 것은 몇 킬로미터에 걸쳐 침묵이 흐른 뒤였다. 그들은 일요일 저녁의 인적 없는 조용한 도로에 있었다. 프런티는 내리기 전에 조금 미적거렸다.

"혹시 돈 몇 푼만 좀 줄 순 없겠소?"

밴 운전자는 옆으로 허리를 숙여 문의 걸쇠를 풀었다. 그는 문을 밀어 열었다.

"수중에 돈 가진 거 있으면, 50펜스 동전 한 개라도 좀 안 되겠소?" 프런티가 말했다. 밴 운전자는 차 안에 돈을 가지고 다니지 않는다고 말했고 프런티는 그 말이 사실이 아님을 알았다. 프런티는 고개를 젓고 말했다. "잔돈 얼마라도 괜찮은데."

"이제 저 가야 합니다. 저기 가로등 기둥 옆에 쓰레기통이 있는 곳에서 좌회전을 하세요. 보이시죠? 그 길을 따라 쭉 가세요."

프런티는 차에서 내렸다. 문이 쾅 닫히는 동안 그는 물러서 있었다. 사람들이 저렇게 말하는 건 돈 이야기가 나오면 강도 당하는 상황을 생각하기 때문이었다. 저렇게 젊은 친구, 말같이 튼튼할 것 같은 사람까지도. 가진 것은 꽉 쥐고 놓지 말 것. 사람들은 모두 그런 식이었다.

그는 멀어지는 밴을 바라보고 있었다. 주황색 지시등이 깜빡거리고 차는 우회전을 했다. 그는 설명 들은 방향으로 걷기 시작했다. 도시를 벗어날 때까지 지나가는 차는 한 대도 없었다. 그 후로도 그를 위해 멈춰주는 차는 없었고, 탁 트인 도로를 걷자니 석양빛에 눈이 부셨다. 아일랜드에서는 처음으로 구걸을 해봤다, 그는 속으로 말했다. 그는 그런 생각을 곱씹으며 몇 킬로미터를 더 걸어간 후, 들판 가장자리에 몸을 뉘었다. 밤 날씨는 화창할 테고 나중에 이슬만 좀 내릴 것이다. 예측은 어렵지 않았다.

*

노인은 백발이 헝클어진 머리를 푹 수그리고 팔 하나를 늘어뜨린 채 잠들어 있었다. 초인종 소리도 그를 잠에서 불러내지 못했다. 브레허니 양은 그를 깨우는 것 외에는 다른 방법이 없다고 판단했다. 노크를 두 번 했는데도 여전히 듣지 못했기 때문이다. "미드 신부님." 그녀가 노인을 가만히 부르는 동안 방문객은 현관에서 기다리고 있었다. 그녀는 남자를 돌려보냈어야 했다. 미드 신부님이 미리 알고 기다릴 시간에 맞춰 다시 오라고 말했어야 했다. 점심 식사 후 날씨가 따뜻할 때면 신부는 대개 낮잠에 빠지곤 했다. "브레허니 양." 신부가 똑바로 앉으며 말했다.

그녀는 사택에 찾아온 남자에 대해 설명했다. 이름을 물었지만 질문이 아예 없었던 것처럼 무시당했다고 그녀는 말했다. 그녀가 다시 물었을 때는 대답을 알아들을 수가 없었다. 그녀는 신부가 양 손바닥으로 책상을 단단히 밀어 몸을 일으켜 세우는 모습을 바라보았다.

"셔츠에 넥타이 차림을 한 남자예요." 그녀가 말했다.

"조니 힐리 아닐까?"

"아니에요, 신부님. 조니 힐리보다 더 젊은 사람이에요."

"안으로 들여보내요, 로즈, 안으로. 그리고 물 한 잔만 갖다 줄래요?"

"그럼요, 갖다드려야죠."

미드 신부는 안으로 들어온 남자를, 언젠가 알았던 사람임에도, 알아보지 못했다. 본당 신자는 아닌데, 그는 속으로 말했다, 최근에 들어온 사람이 아니라면. 하지만 셔츠와 넥타이에 대한 가정부의 말은 맞았다. 미드 신부의 오랜 경험에 의하면, 그것들은 입은 이의 지위를 말해주는 남성복의 부속물이었다. 나머지 옷차림은, 로즈 브레허니는 덧붙일 수도 있었다, 별로 볼품이 없다.

"저 기억하시겠습니까, 신부님? 도널 프런티를 기억하시겠어요?"

물을 가지고 들어온 브레허니 양이 그 질문을 듣고, 미드 신부가 잠시 가만있다가 천천히 고개를 끄덕이는 모습을 주시했다. 그녀는 물을 가져다주어 고맙다는 인사를 받았다.

"자네가 도널 프런티인가?" 미드 신부가 물었다.

"신부님 미사에서 제가 복사(服事)를 했었지요, 신부님."

"그랬지, 도널, 정말 그랬어."

"제 어머니 장례식을 해주신 분은 신부님이 아니었어요."

"내가 아니었다면 로플린 신부였을 거야. 자네는 고향을 떠났지, 도널."

"맞아요, 그랬지요. 그리고 지금까지 돌아온 적이 없었습니다."

그는 구걸하고 있었다. 미드 신부는 알았다. 그런 건 척 보면 알 수 있는, 사제들이 계발하게 되는 감각 중 하나다. 그렇다고 외딴 지역 본당에 구걸하러 오는 사람들이 많다는 건 아니지만. 도시에서처럼 그렇게 많이 찾아오는 것은 아니니까.

"정원에서 산책이나 할까, 도널?"

"신부님이 좋으시면 뭐든 괜찮습니다. 뭐든지요."

미드 신부는 격자창의 걸쇠를 풀고 앞장서서 나갔다. "난 정원이 참 좋아." 고개를 돌리지 않고서 말했다.

"전 노숙을 합니다, 신부님."

"더블린에서 말인가?"

"잉글랜드로 건너갔습니다, 신부님."

"들은 적이 있는 것도 같네."

"여기에 무슨 일자리가 있었습니까? 다 똑같았죠."

"아, 알지, 알아. 그때가 천구백 몇 년이었지?"

"1981년에 건너갔습니다."

"거기에서 운이 별로 없었나?"

"운이 전혀 없었습니다, 신부님."

노인은 천천히 걸었다. 양쪽 발 잔뼈에 퍼진 관절염이 오늘 따라 말썽이었다. 사제관을 떠난 후 줄곧 살고 있는 이 사택은 소박했지만, 본당에서 고용한 사람이 가꿔주는 넓은 정원이 있었다. 주택과 정원은 본당의 자산으로, 늙은 사제들의 거처—상황에 따라 동시에 둘 이상이 함께 살기도 하는—등의 목적으로 사용되고 있었다. 미드 신부는 이곳을 혼자서 쓰는 데다 날마다 브레허니 양이 와주니 운이 좋은 편이었다.

"저거 대단하지 않은가? 저 덩굴식물 말일세." 그는 최근에 깎은 좁고 긴 풀밭 너머 높은 돌담 위에서 붉게 변해가는 양담쟁이 덩굴을 가리켰다. 돌담 위에는 시멘트를 발라 깨진 유리 조각들을 박아놓았다. 프런티는 문제를 일으키던 사람이었다. 처음에는 희미했던 기억이 조금씩 되살아났다. 추수 때나 감자 캐는 시기에 모두가 밭에 나가 있을 때 농가들을 털고 다녔다는 것. 항상 그런 식이었는데, 한번은 암 환자를 위한 기부금 상자를 훔치다 잡혔다. 그는 어머니가 땅에 묻히자마자 사라졌고, 1년 남짓 지나 또다시 문제를 일으킨 후 이 지역을 떠났다.

"갯개미취는 내가 가장 좋아하는 꽃이라네." 미드 신부가 다시 손짓을 하며 말했다. "가을을 환히 밝혀주니까."

"맞아요, 무슨 말씀이신지 알겠어요, 신부님."

그들은 몇 분 동안 말없이 걸었다. 그러다 미드 신부가 물었다. "이젠 노숙을 그만두려고 고향에 돌아온 건가, 도널?"

"잘 모르겠습니다. 글리번에 할 만한 일이 좀 있나요?"

"아, 있지, 있고말고. 음, 지금 이곳을 보고서 자네가 떠날 때와 비교해봐. 확실히, 대도시나 진배없지." 미드 신부는 웃음을 터트리고는 잠시 후 좀 더 진지하게 덧붙였다. "여기엔 존디어 대리점이 있고, 멀리너배트 로드 도로변과 성당 뒤편에 한 군데 더 주택 개발 부지가 있다네. 슈퍼밸류 체인점과 하드웨어코옵 철물점도 있고, 은행 출장소가 일주일에 두 번씩 열린다네. 돌런스 차량정비소와 리너핸스 포목잡화점도 있고, 스테이시스 바에 가서 기분 전환도 할 수 있지. 옛날에는 의사를 만나러 멀리너배트까지 갔었지. 그나마 거길 가면 의사가 있기는 했으니까. 지금은 지난 1년 넘게 화요일마다 여기로 와주는 젊은 의사가 있어."

정원의 경사진 땅을 몇 걸음 힘겹게 올라가자 산책로가 나왔다. 그들은 그 길 위에 있었다. 미드 신부가 일출을 보려고 내놓았던 의자가 아직도 그곳 잔디밭에 있었다. 양담쟁이 덩굴이 자라는 돌담 옆 좁고 긴 풀밭보다 훨씬 넓은 잔디밭이었다.

"역시, 나고 자란 곳으로 돌아오는 건 좋은 일이야. 자네 어머니가 기억나네."

"제게 뭐라도 좀 내주실 수 있을까요, 신부님?"

미드 신부는 돌아서서 다시 사택 쪽으로 걸어가기 시작했다. 신부는 그의 청을 듣고 이해했다는 의미로 고개를 까딱해 프런티에게 고려해보고 있다는 인상을 심어주었다. 하지만 좀 전에 자고 있던 방에 들어서자, 신부는 글리번과 인근 지역에 일자리가 있다는 말을 꺼냈다.

“스테이시스 바를 지나 계속 걸어가다가 킹스턴스 공장이 나오면 들어가서 킹스턴 씨에게 내가 보내서 왔다고 말하게. 킹스턴 씨가 직접 줄 일자리가 없다면 다른 곳에라도 자리를 마련해줄 거야.”

“킹스턴스 공장은 뭐 하는 곳이죠?”

“저 위 고갯길에서 길어낸 생수를 병에 담는 곳이지.”

“저는 일자리를 찾으러 온 게 아닙니다, 신부님.”

*

프런티는 자리에 앉았다. 그러고는 담뱃갑을 꺼내더니 다시 일어서서 신부에게 담배를 권했다. 격자창 옆에 서 있던 미드 신부는 방 안쪽으로 더 들어가 책상 뒤에 섰다. 방문객이 더 오래 있어도 좋다는 허락으로 받아들일까봐 자리에는 앉고 싶지 않았다. 신부는 손을 저어 담배를 거절했다.

“그 말을 하고 싶지는 않네요.” 프런티가 말했다.

그는 성냥을 두 개나 쓰고도 담배에 불을 붙이지 못해 쩔쩔매고 있었다. 미드 신부는 손 떨림을 통제하지 못하는 그를 보며 손에 무슨 문제가 있는 게 아닐까 생각했다. 하지만 프런티는 성냥이 눅눅하다고 말했다. 노숙을 하면 비가 오지 않아도 온몸이 눅눅해지는 법이다.

"하고 싶지 않다는 말이 뭐지, 프런티 씨?"

프런티가 웃음을 터트렸다. 치아가 변색되어 검은색에 가까웠다. "왜 제게 프런티 씨라고 하세요, 신부님?"

신부도 간신히 웃음을 지었다. 나이 탓이려니 해라, 그가 말했다. 때때로 이름을 잊어버렸다가 다시 기억하기도 한다.

"도널입니다." 프런티가 말했다.

"그렇지, 그렇고말고. 하고 싶은 말이 뭔가, 도널?"

성냥에 불이 붙었고, 이제는 아무도 담배를 피우지 않는 방안에 곧바로 담배 연기 냄새가 퍼져 나갔다.

"제가 복사로 일했을 때 어떤 일들이 있었습니다, 신부님."

"얼마 뒤에 자네는 엇나가기 시작했지, 도널."

"음료가 좀 있을까요, 신부님? 마실 것을 좀 주시겠어요?"

"로즈에게 차 한 잔 가져다달라고 하세."

프런티는 고개를 저었다. 움직임이라고 하기도 어려운 아주 작은 동작.

"술은 놔두지 않네." 미드 신부가 말했다. "나도 마시지 않고."

"예전엔 제게 술을 주셨잖아요."

"오, 아니지, 아니지. 원하는 게 뭔가, 도널?"

"돈이 아닐까 싶네요, 신부님. 제 뒤를 봐줄 사람이 어디에든 하나라도 남아 있다면 그건 바로 신부님이시다. 전 그렇게 말하고는 했어요. 다른 사람들과 함께 다리 밑에 누워 있으면 강물로 떨어지는 빗소리가 들렸지요. 화로에 불을 때고 있으면 그들이 와서 불을 꺼버리곤 했어요. 온 아일랜드 사람들이 거기 다 있을 거다, 하고 투미가 말했습니다. 전국 각지에서 온 남자들, 그리고 넬리 본저도 있었고, 튜엄에서 온 콜린도 있었지요. 메탄올 술이 몇 순배 돌고 나면 손가락이 덜덜 떨리는데요, 그렇게 술병들을 따면서 옛날이야기들을 듣게 됩니다. 저는 신부님이 강론대로 올라가셔서 손을 위로 뻗으시던 얘기를 얼마나 많이 했는지 모릅니다. '아일랜드어로 다시 말씀드릴 테니 아직 가지 마세요.' 신부님이 그렇게 말씀하시고 강론을 다시 시작하시면 여자들은 한마디도 알아듣지 못하면서도 고분고분 앉아 있었지요. 그래도 이미 외국어로 다 들은 거라 아무런 문제는 없었지만요. 영어를 외국어라고 부르는 사제들이 많지는 않았지요, 신부님?"

"자네가 그리 고생을 하고 살았다니 안됐네, 도널."

"율랄라는 신부의 아이를 밴 채로 건너왔습니다."

"도널……"

"율랄라는 다리 하나가 잘려 나가고 없었어요. 그래서 항상 목발을 짚고 다녔고요. 일흔한 살 나이에 말입니다. 아일랜드를 아주 오래전에 떠났다고 해요."

"도널……"

"사제에 대해 이런 얘기를 한다고 언짢아하지 마세요."

"입에 올리기 흉한 말이네, 도널."

"예전엔 제게 술을 주셨잖아요. 기억하시지 않아요? 사람들이 다 가고 나면 제의실에 함께 앉아 있곤 했지요. 신부님은 문밖이 괜찮은지 살피고 나서 문을 닫고 제게로 오셨어요. '오늘 네 생일 아니냐?' 하고 말씀하셨는데, 전혀 아니었죠. '남아 있는 술병을 열까?' 하고 신부님은 말씀하셨죠. 그건 성찬용 포도주였지만, 신부님은 제 옆에 앉으시며 아직 축성하지 않은 거라고 하셨어요. 괜찮단다, 그렇게 말씀하셨죠."

미드 신부는 고개를 저었다. 그는 눈을 깜빡거리고 얼굴을 찌푸렸는데, 브레허니 양이 와서 현관문에 어떤 남자가 있다고 말하는 듯한 느낌, 그녀의 목소리가 아직 잠들어 있는 그에게 들려오는 듯한 느낌이 잠시 들었다. 하지만 그는 잠들어 있지 않았다. 그랬으면 하고 바랐을 뿐.

"사제들 얘기가 얼마나 자주 나왔는데요." 프런티가 말했다. "숨겨진 아일랜드, 옛날에 있었던 그런 일들을 두고 투미가 한 말입니다. 그런 일들 다요, 신부님. '눈을 감아라.' 신부님이 제의실에서 그렇게 말씀하셨죠. '눈을 감아라, 꼬마야. 나중에 내게 고해성사를 해라.'"

방 안에 정적이 흘렀다. 잠시 후 미드 신부는 그에게 왜 거짓말을 하느냐고 물었다. 그게 거짓임을 누구보다 그 자신이 더 잘 알 것이기 때문이었다. "자네, 이제 그만 가줘야겠네." 신부는 말했다.

"그 얘기를 어머니에게 했더니 제게 매질을 하겠다고 하셨어요."

"자네는 어머니에게 아무 말도 하지 않았어. 누구에게도 말할 만한 일은 전혀 없었어."

"브레다 플린이 율랄라의 본명이었지요. 루마니아에서 온 남자가 그녀를 율랄라라고 불렀는데 본인이 아예 그 이름을 쓰게 된 거예요. 리머릭에서 온 여자였죠. 그 루마니아 남자랑 사귀고 있었고요. 투미는 고향이 칼로예요."

"자네가 지금 넌지시 내비치는 그 말은 역겹고 끔찍하고 수치스럽네. 이제 그만 가보라지 않나."

미드 신부는 자신이 그렇게 말했다는 것은 알았지만 목소리는 기어들어갔다. 자신이 다른 사제와 혼동되고 있는 건 아닐까 의문이 들었기 때문이다. 메탄올 술에 찌든 그의 뇌는 지금쯤 당연히 흐려졌을 것이다. 하지만 미드 신부에게 본당 사제들은 프런티의 일생보다 더 긴 세월 동안 잘 알고 지낸 사람들이었다. 그중 누군가가 프런티가 암시하는 역할을 했으리라고는 단 한순간도 상상할 수 없었다. 이 망령 난 상상에서 나오고 있는 말은 단 한마디도 본당 신자들 귀에 들어간 적 없었고, 사제들 중 누구도 손가락질을 받은 적 없었다. 그런 일이 있었다면 자신이 알았을 것이다. 들었을 것이다. 미드 신부는 확신했고, 본인의 신앙만큼이나 그에 대해 자신이 있었다. "자네에게 줄 돈은 없네, 프런티."

"오래전에 저는 신학교에서 젊은 사제들이 나오는 걸 보곤 했어요. 세 명 정도씩 함께 고갯길로 가는 길을 걷곤 했죠. 그들은 항상 대화를 나누고 있었는데, 저는 그걸 들으면서 나도 어쩌면 신학교에 갈지도 모른다고 생각했습니다. 그런데 어쩌다보니 빵에 갇힌 신세가 되고 그랬습니다. 다만 몇 실링이라도 좀 마련하실 수 있도록 내일 아침에 다시 올까요?"

"자네에게 줄 돈은 없어." 미드 신부는 다시 한 번 말했다.

"누구도 퍼뜨리고 싶지 않을 얘기입니다. 우린 지난 일들을 잊어버리기도 하지요, 신부님. 아주 옛날에 어떤 일들이 일어났는데, 그 일들을 잊어버리기도 해요. 당연히 그 때문에 신부님을 탓하는 사람은 없을 겁니다. 그냥 어느 날 밤에 제가 혼잣말로, 글리번에 돌아가야겠구나, 한 거지요."

"지금 자네가 거짓말을 하고 있다는 걸 알고 있나, 프런티? 그걸 의식은 하고 있나? 악행은 절대로 잊히지 않는 거야, 프런티. 그건 누구보다 사제가 잘 안다네. 사소한 일들이라면 노인의 머릿속에서 흩어져버릴 수도 있지만, 자네가 지금 말하려는 것과 같은 일은 반드시 남게 마련이야."

"나쁜 의도는 없었어요, 신부님."

"스테이시스 바에 가서 그런 이야기를 해보게, 프런티. 거기에서는 자네 말을 믿어줄지도 모르니까."

미드 신부는 자리에서 일어나 바지 주머니에 있는 동전들을 책상 위에 한 움큼 올려놓았다.

"고해성사를 해, 프런티. 최소한 그건 하게나."

*

프런티는 돈을 빤히 바라보며 눈으로 액수를 셌다. 그러다 손으로 동전을 쓸어 담았다. "여기에 지폐 몇 장만 더 있으면," 그가 말했다. "괜찮은 액수가 되겠는데요."

그는 천천히 말했다. 마치 서두르지 않고 또렷이 말하면 노인이 더 편하게 받아들일 것처럼. 다들 그 애기, 그가 말했다, 큰돈이 생길 거라는 애기였어요. 그런 애기를 놓칠 수는 없고, 그런 애기를 듣고 영향을 받지 않을 도리가 없어요.

그는 돈을 더 받게 될 것을 알았다. 사택에 있는 돈이 얼마가 되었든 챙겨 나갈 것이다. 그는 서랍의 자물쇠가 풀리며 활짝 열리는 것을, 판지 상자에서 돈이 꺼내지는 것을 지켜보았다. 상자에 남겨진 돈은 없었다.

"감사합니다, 신부님." 그는 그렇게 말하고 떠났다.

*

미드 신부는 담배 연기가 흘러 나가기를 바라며 격자창들을 열었다. 그 역시 예전에는 흡연자였고 하루에 서른 개비를 피우던 사람이었지만, 그건 아주 옛날 일이었다.

"저 이제 가볼게요, 신부님." 브레허니 양이 귀가하기 전에 알리러 들어와 말했다. 신부님이 드실 햄을 잘라놓았다, 라고 그녀가 말했다. 그녀는 그를 위해 다구도 챙겨서 주전자 옆에 내놓았다.

"고맙네, 로즈. 고마워."

그녀는 인사를 했고 그는 현관문 사슬고리를 걸었다. 정원에서 미드 신부는 앞서 앉았던 의자를 마지막 남은 햇볕 아래에 놓고서 얼굴에 따뜻한 햇살을 받았다. 그는 화가 나고 마음이 상했지만, 자신에게 발설된 말이 너무 혐오스러웠으므로 스스로를 탓하진 않았다. 가망 없는 사람을 탓할 수는 없으므로 도널 프런티를 탓하지도 않았다. 긴 삶을 사는 동안 사제는 많은 방문을 받고, 오래전에 잊었던 목소리들을 듣고, 자기 얼굴만큼이나 친숙했던 얼굴들을 알아보지 못하기도 한다. "그 아이가 알아듣게 타일러주세요, 신부님." 도널 프런티의 어머니는 아들이 어렸을 때 그렇게 간청했고, 그 역시 노력을 했다. 하지만 프런티는 그때도 거짓말을 했으며, 더 나은 사람이 되겠다고 지키지도 않을 약속을 했다. "아, 뭐, 돈이 좀 필요해서 그랬어요." 프런티는 암 환자 기부금 상자를 부숴 열다가 잡힌 지 일주일이 채 지나지 않았을 때도 그렇게 말했었다.

그가 아직도 그렇게 돈이 궁해 보여서일까, 미드 신부는 자문했다, 사택에 있는 돈을 모조리 가져가게 한 것은? 불쌍히 여길 수밖에 없어서 그런 걸까? 아니면 주는 행위에 어떤 절박함이 있었던 걸까? 옳고 그름을 구분하지 못하는 아이를 타일러달라는, 그보다 더한 절박함을 담은 간청을 들어주지 못한 자신의 무능을 깨닫고 그런 것일까?

햇볕을 받으며 쉬는 동안, 미드 신부는 이 결론들 중 하나를 택하고 숙고를 멈추고 싶은 유혹을 느꼈다. 하지만 더 생각을 하지 않고도 그는 그런 이유들이 방문객의 조잡한 사기만큼이나 사실과 다르다는 것을 깨달았다. 돈을 준 행위에 너그러운 의도는 전혀 없었고, 고결한 죄책감이나 자선의 동기가 있어 그렇게 한 것도 아니었다. 그는 침묵의 값을 치렀던 것이다.

그는 무고하지만 죄인이었고, 그의 과감한 반항은 그의 방문객의 반항과 다를 바 없는 속임수였다. 그는 예전에 저질러졌던 사소한 범죄들을 대단찮게 여길 수도 있었다. 교회를 배반하고 아일랜드의 성직자들을 수치스럽게 한 죄와 비교하면 그것은 정말 하찮은 범죄였으므로. 또한 빈털터리 노숙자가 된 글리번의 사내에게 무언가 좋은 말을 해줄 수도 있었다. 언젠가 그가 양심에 가책을 느끼는 날이 온다면, 그 말이 그의 양심을 어루만져줄 수도 있으므로. 하지만 그보다 그는 두려움에 사로잡혔고 성직에 큰 오점을 남기는 죄에 위축되었으며 자신의 동료들을 불신했다.

미드 신부는 풀밭과 꽃밭 위로 길게 드리워진 그림자가 사라질 때까지 정원에 남아 있었다. 공기가 싸늘해졌다. 하지만 그는 조금 더 그곳에 앉아 있었고, 그런 다음 사택 안으로 들어가 속죄를 하고 도널 프런티를 위해 기도했다.

*

프런티는 예전에 그곳에 살던 때와는 달라진 글리번 시가지를 통과해 걸어갔다. 권고받은 대로 성당에 들어가 고해성사를 하지는 않았다. 스테이시스 바에도 들어가지 않았고, 그 두 곳을 모두 지나쳐 새벽에 왔던 길을 되짚어갔다. 그는 아무런 감정도 느끼지 않았고, 돈이 어떻게 수중에 들어왔는지 개의치 않았으며 그저 수중에 들어왔다는 사실만을 중요하게 생각했다. 단지 예전에 버리고 떠났던 도시가 또다시 수치의 장소가 되었다는 생각만이 어슴푸레하게 떠올랐다. 그는 상관하지 않았다. 애초에 그 도시에 있는 느낌이 좋지 않았고, 그 신부가 사는 곳이 어딘지 물을 때도, 그곳에 갈 때도 기분이 좋지 않았다. 정원에서 산책할 때나 요구사항을 말할 때도, 심지어 이곳에 와서 받아내려고 했던 돈을, 두 번이나 못 받을 거라는 말을 듣고도 결국 받게 될 것을 알았을 때도 기분이 좋지 않았다. 오늘 밤에 그는 술로 이 돈을 조금 축내고 내일은 페리를 타러 갈 것이다. 그 뒤로는 서두르지 않을 것이다. 어떤 속도로 가든, 그가 있어야 할 곳인 그 거리들은 여전히 거기 있을 것이다.

속임수 커내스터

일요일 초저녁이었다. 하지만 해리스 바에서 일요일이란, 맬러리가 기억하기로는, 다른 날과 전혀 다를 바가 없었다. 위층 레스토랑에서는 웨이터들이 떠들썩한 말소리 너머로 서로를 부르며 음식이 담긴 쟁반들을 급히 나르고 있었다. 가자미, 밀라노식 에스칼로프, 구운 갈비, 베이컨이나 훈제연어를 넣은 스크램블드에그, 콩이나 시금치 버터 볶음, 특별히 맛있게 조리된 으깬 감자, 이 모든 음식이 이 레스토랑의 전문 요리였다. 이곳에서 웨이터들의 가장 눈부신 기술은 테이블보를 가는 날랜 손기술이었으며, 밤마다 백 번 정도의 감탄을 불러일으켰고 때로는 박수를 받기도 했다. 아래층에서는 미국 사람들과 이탈리아 사람들이 바 주위를 세 겹, 네 겹으로 둘러싸며 서 있는데, 누가 무슨 말을 해도 거의 알아듣지 못했다.

덩치는 크지만 뚱뚱하지는 않은 체격, 햇볕에 그을린 피부, 파란 눈, 그리고 피로한 여행자의 행색을 한 맬러리는 중년의 영국 남자로 오늘은 혼자였다. 아내와 함께 해리스 바에서 마지막으로 저녁 식사를 한 이후로 4년이 흘렀다. "우리 둘 모두를 위해 다시 거기에 가겠다고 약속해줘." 줄리아는 베네치아에 다시 갈 수 없음을 알았을 때 그렇게 간청했고, 그는 그러기로 약속했다. 하지만 생각보다 많은 시간이 흐른 후에야 약속을 이행하게 되었다. "거기 이름이 뭐였지?" 줄리아가 기억하려 애썼고 그는 해리스 바라고 말해주었다.

주문했던 칵테일 키르가 나왔다. 그는 가자미를 주문하며 먼저 시저 샐러드를 달라고 했다. 그리고 예전에는 와인 목록에 없었던 가비를 손으로 가리켰다. "완벽해요(Perfetto)!" 웨이터가 그의 선택을 칭찬했다.

그들은 줄리아가 아직도 카드 게임을 할 수 있는 것처럼 가장했고, 어떤 면에서는 사실이기도 했다. 면회를 가면 그들은 시설의 응접실 소파에 함께 앉아 또 한 번 커내스터를 하며 승부를 겨루었다. 그들이 여행지에서나 결혼 후 아이들을 낳아 기르며 함께 살던 집의 정원에서 그리도 자주 했던 게임이었다. "무슨 일이 일어나도," 앞으로 닥칠 일을 알았을 때 줄리아가 말했다. "카드 게임은 항상 하기로 해." 그리고 그들은 그렇게 했다. 날마다 조금씩 그녀의 기억이—아이들에 대한, 집과 꽃밭과 소유물과 옷들에 대한 기억이—사라지고 나서도, 공동 응접실에서 하던 그 게임들은 그녀의 병이 아직은 허락하는 현실로 남아 있었다. 그렇다고 그들의 게임에 어떤 질서가 있는 것은 아니었고 정말로 게임이라고 할 수도 없었지만, 그래도 받은 카드 중에서 조커나 2를* 발견하면 그녀는 얼굴에 화색을 띠면서 방문객이 하고 있는 것을 자기도 할 수 있다는 사실에 기뻐했다. 제대로 할 수 있지도 않았고, 이따금은 그가 누군지도 몰랐지만. 그는 그녀의 어설픈 손가락에서 떨어진 킹이나 잭, 8과 10 카드들을 바닥에서 집어 한쪽으로 치웠다. 어디로 치우는지는 중요하지 않았다. 커내스터를 하며 그는 속임수를 썼고, 그녀는 이겼다.

줄리아가 남편에게서 받아낸 약속은 그녀의 마지막 고집이었다. 너무 이른 나이에 그녀를 집어삼키게 될 잿빛 어둠, 그 가장자리에 있는 작은 변화들이 이미 시작된 참이었다. 오늘 밤, 그녀와 함께 자주 왔던 곳에 홀로 있어서인지, 맬러리는 그녀가 요구했고 자신이 동의했던 그 약속을 떠올리며 뼈아픈 쓰라림을 느꼈다. 그는 그녀가 다른 요구를 하길 바라면서도 망설이지 않고 즉시 동의했었다. 결국 이 길을 오지 않았다고 한들, 그는 붐비는 레스토랑에 앉아 자문했다, 그게 그리 대수였을까? 그녀가 남편에게 바랐던 여러 번의 여정을 시작조차 하지 않았던들? 어둠에 덮여가는 그녀의 황혼녘 저 깊은 곳에,

* 커내스터에서 조커와 2 카드는 다른 카드를 대체할 수 있는 유용한 패다.

그는 알지 못하는 어린 시절에, 그의 것도 그들의 것도 아니고 오직 그녀의 것인 그림자 속에서, 아직도 두 사람이 자리할 곳이 남아 있다 해도. 그 모든 잊힌 것들 속에서, 역시 잊혀버린 충동적인 약속 하나를 그녀의 손에서 툭툭 떨어지는 카드들처럼 한쪽으로 치워둔다 한들 그게 무슨 대수일까?

한쪽 구석의 6인용 테이블이 활기를 띠면서 유리잔들이 높이 들어 올려졌다. 생일 파티인 듯했다. 예약을 안 했거나 너무 일찍 도착한 듯 보이는 커플이 돌려보내졌다. 키가 크고 마른 여자 하나가 주변을 돌아보며 누군가를 찾았지만 그녀가 찾는 사람은 그곳에 없었다. 지난번에 그들이 앉은 곳은, 맬러리가 기억하기로는, 출입문 근처였다.

그는 지갑 속 내용물을 살펴보았다. 눈에 익은 카드들, 해외여행을 할 때면 항상 챙기는 전화번호 목록, 사용하지 않은 파리 지하철 표 몇 장, 아무것도 적히지 않은 종잇조각들, 쓸데없이 보관 중인 색깔 있는 영수증들. 그리고 파리에서 묵은 호텔 청구서가 지불에 쓰인 은행카드와 함께 두 번 접혀 있어서, 깔끔하게 겹쳐놓은 유로화 현금 뭉치만큼이나 두툼했다. 50유로짜리 지폐 뒷면에 누군가 리사라고 휘갈겨놓은 글씨가 있었다. 주문한 와인이 나왔다.

그는 오늘 몬테로소에 있는 친퀘테레의 해안가 소도시들을 돌아보고 이곳으로 왔는데, 이곳은 9월에 아내와 함께 산길을 따라 자주 걷던 곳이었다. 날씨가 너무 더워 불편한 여정이었다. 중간에 끊었어야 했다, 그녀라면 그렇게 말했을 것이다. 밀라노에서 하룻밤 자거나 브레시아에 들러 포파의 그림과 수녀원을 다시 둘러봤어야 했다고. 당연히 일정을 그렇게 짰어야 했다, 맬러리는 그런 생각이 들었고 그렇게 하지 않은 것이 어리석게 느껴졌으며, 그러자 그곳에 즐기려고 온 사람들이나 자신보다 더 분별 있는 이유로 와 있는 사람들 사이에서 그렇게 앉아 있는 자신 또한 어리석게 느껴졌다. 그때, 생각을 돌릴 만한 곳을 발견한 그는 바로 안도감을 느꼈다. 어떤 남자의 목소리가 그의 울적한 생각을 끊어놓은 것이었다.

“왜 우는 거야?” 어디에선가 미국인이 말했다.

그 목소리는 가장 가까운 테이블에서 들려오는 것이 거의 확실했지만, 고개를 살짝 돌렸을 때 맬러리의 눈에 들어온 것은 테이블 가장자리에 있는 소금통뿐이었다. 질문에 대한 답은 없었고, 혹은 그가 듣지 못했고, 침묵은 쌓여만 갔다. 그는 벽에 걸린 흑백사진 액자를—삼각기둥 형태의 고층건물이 우뚝 서 있는 거리 풍경—좀 더 잘 보려고 하는 것처럼, 의자 등받이에 깊숙이 몸을 기댔다. 그만큼 움직여서 확인한 바에 의하면, 왜 우느냐는 질문을 받았던 젊은 여자는 이제 울고 있지 않았다. 테이블보 위에 놓인 가늘고 연약해 보이는 손가락이 손수건을 꽉 쥐고 있는 것도 아니었다. 다른 손에 쥔 포크는 접시 위의 콩을 굴리며 이리저리 밀었다. 여자는 음식을 먹고 있지 않았다.

어른으로 변장한 아이 같은 여자는 신혼이라 치더라도 너무 어려 보였지만, 맬러리는 본능적으로 그녀가 맞은편에 앉은 남자와 이미 결혼한 사이라는 것을 알아차렸다. 이마 뒤로 넘긴 흑단처럼 매끄러운 머리를 흰 머리띠가 정돈해주었다. 역시 검은색인 원피스 역시 비슷한 식으로 엄격히 절제된 것이어서 무늬도 없었고, 장식이라고는 조그만 한 알짜리 진주 귀걸이와 짝을 이루는 목걸이뿐이었다. 맬러리는 여자의 미모에 깜짝 놀랐는데—섬세한 이목구비, 웃음기 없는 깊은 눈—지금은 불만 때문에 의미 없이 엄숙한 분위기를 띠어서 그렇지, 더한 미모가 숨겨져 있다는 것을 알 수 있었다.

"나보다는 나은 인간이지." 그녀의 남편은 혈색이 불그레했고, 머리는 깔끔하게 가르마를 타서 빗어 넘겼다. 빳빳한 흰 셔츠 위로 붉은 실크 넥타이의 매듭은 너무 조그맣지도, 너무 어설프게 크지도 않았으며 마직 양복에는 구김이 없었다. 다른 누군가가 본인보다 나은 인간이라고 한 말에도 역시 대답이 없자 그는 허허 웃으며 덧붙였다. "그러니까, 아침 일찍 일어나는 부류라는 거지."

맬러리는 이들이 '스콧 피츠제럴드족(族)'이라고 불린다는 사람들이 아닐까 생각하면서, 잠시 자신이 그 생각을 큰 소리로 입 밖에 냈다고 상상했다. 마치 줄리아가 결국에는 다시 베네치아에 함께 오기라도 한 것처럼. 그들의 멋스러움과 행동거지, 젊은 아내의 미모, 계속되는 그녀의 침묵 등이 스콧 피츠제럴드를 연상시켰다. 행복하지 않아도 유지하는 겉모습. "오, 하지만." 줄리아가 말했다. "저 남자는 여자의 감정에 무심하네."

"실례합니다, 손님(Prego, signore)." 맬러리의 시저 샐러드가 도착하자 근거 없는 공상이 깨졌고, 그는 좀 더 적절한 곳으로 주의를 돌리면서 거기 있지도 않은 무언가에 관심을 가장하는 행동을 멈추게 되었다. 이번에는 더 어린 웨이터였는데, 어쩌면 예전에 줄리아가 '메인 요리(primo piatto) 총각'이라고 부르면서 연습 삼아 이탈리아어로 말을 걸어본—그때보다 조금 더 나이 먹은—그 청년일 수도 있을 듯했다. 맛있게 드세요(Buon appetito)" 하는 인사가 들려오는 동안, 테이블 위의 오일과 식초가 사용하기 편하도록 옮겨지는 동안, 맬러리는 맞다, 확실히 태도 면에서 비슷한 느낌이 있다, 하고 생각했다. 웨이터 일을 한 지 얼마나 되었는지 줄리아가 이탈리아어로 묻자, 처음에 청년은 질문을 제대로 이해하지 못하더니, 곧이어 해리스 바에서 일한 지 며칠밖에 안 됐으며 다른 곳에서 일해본 적은 없다고 대답했다. "곧 드리겠습니다, 손님(Subito, signore)." 맬러리가 후추를 달라고 하자 그는 그렇게 말했고 와인을 조금 더 따라주고 갔다.

"제프리가 일찍 일어나는지 난 몰랐어." 보이지 않는 테이블에서 들려오는 여자의 목소리는 부드러웠고, 목소리가 전달하는 내용보다는 음색의 고요함이 더 확실히 와 닿았다. 그녀의 남편은 무슨 말인지 못 들었다고 말했다. "제프리가 일찍 일어나는지 몰랐다고." 그녀는 다시 한 번 말했다.

"그 사람이 일찍 일어나는지 아닌지는 중요하지 않아. 몇 시에 일어나는지가 중요한 게 아니라고. 내가 그 말을 한 건 그 사람과 나는 어떤 면에서도 비슷하지 않다는 걸 설명하기 위해서야."

"당신이 제프리와 다르다는 건 나도 알아."

"근데 왜 울었어?"

이번에도 대답은 없었다. 알아듣기 힘든 중얼거림이나 억양에 묻혀버린 말도.

"당신 지금 피곤해."

"그렇지 않아."

"자꾸 당신이 하는 말이 안 들리는군."

"피곤하지 않다고 말했어."

맬러리는 말이 안 들렸다는 그의 말을 믿지 않았다. 남편은 자신보다 더 가까운 곳에 있었으며, 자신은 "그렇지 않아"라는 말을 분명히 들었기 때문이다. 까칠한 짜증이 두 사람 사이에 예기치 않은 악감정을 키워, 여자가 왜 울었는지 말하지 않게 했고 남자가 거짓말을 하게 했다. 세상에, 맬러리는 생각했다, 저들은 지금 무얼 낭비하고 있는지!

"당신이 피곤하다 해도 뭐라 할 사람 없어. 피곤해지는 걸 어떻게 막겠어."

여자는 그 말을 받아치지 않았고 두 사람 사이에는 침묵이 흘렀으며, 그동안 또다시 겉모습은 유지되었고 맬러리는 시저 샐러드를 다 먹었다. 위층 레스토랑 안에서 혼자 식사를 하는 손님은 그가 유일했다. 이곳에 도착했을 때 그는 자신을 알아보는 사람이 없다는 사실에 잠시 희미한 실망감을 느꼈다. 그 자신은 자리를 안내해주던 웨이터의 얼굴을 알아보았고, 그다음에 젊은 웨이터에게서 느낀 익숙함도 있었다. 4년 전에는 안면이 있는 손님을 대하는 듯한 편안하고 따뜻한 환대를 받았던 기억도 어쩔 수 없이 떠올랐다. 하지만 4년 전에 그는 홀로 온 손님이 아니었으며, 레스토랑 웨이터의 입장에서도 전에 본 어떤 것이 일부만 주어진다면 알아보기가 어려운 게 당연했다. 그리고 아마도 그는 전보다 조금 더 쭈글쭈글해졌을 것이고, 과거에는 방문 간격이 4년씩이나 되었던 적이 없었다.

"제프리랑 결혼한 건 우리 언니잖아." 그의 뒤편 테이블에서 여자가 말했다.

"그렇지. 그리고 내가 하려는 말은……"

"당신이 하려는 말이 뭔지 나도 알아."

"정말로 아는지 궁금해서 그런 것뿐이야."

"당신은 지금 내가 제프리와 엘런 같은 생활을 생각했었다고 말하는 거잖아. 있지도 않은 것을 기대했다고 말이야."

"누구든 왜 제프리 같은 사람이랑 결혼을 하는지 참 이해가 안 돼."

오늘 밤, 그들이 무슨 말을 하는지는 중요하지 않았다. 따분한 제프리, 일찍 일어나 이메일을 읽거나 은행 입출금 내역을 꼼꼼히 살피며 정돈된 생활을 즐기는 그 사람은 오늘 밤 서로를 벌주려는 그들의 욕구를 충족시킬 핑곗거리로 충분했다. 여자의 언니의 결혼 생활이 별거 아니라는 점은, 아마도 그 전까지는 거론한 적이 없었기 때문에, 오늘 밤 그들의 언쟁에 꼭 끼워 넣어 한마디 논평할 만한 문제였다. "자, 우린 저 얘기에 대해 손톱만큼도 아는 게 없잖아." 줄리아가 있었다면, 이따금씩 보이는 근엄한 태도로 그렇게 말했을지도 모른다. 그러고 보니 지금 그녀가 그렇게 말하는 것 같기도 했다. "그러지 말고 나랑 얘기해."

그는 미소를 지었다. 레스토랑 저편에서 유쾌한 생일파티 무리 중 한 여자가 그에게 손을 흔들었다. 마치 그가 자신에게 미소를 지었다고 생각하는 듯, 혹은 그를 아는 것 같은데 딱히 누군지 모르겠다고 생각하는 듯, 혹은 그저 이 흥겨운 분위기 속에서 그렇게 홀로 앉아 있는 그가 딱하다고 느끼는 듯. 그는 미소를 거두지 않은 채 고개를 까딱하고 시선을 돌렸다. 그 같은 줄리아의 근엄한 태도와는 상관없이, 둘이서 함께 여행할 때 그녀가 모르는 사람들에 대해 멋대로 추측하는 일은 또 얼마나 잦았는지! 포숑 찻집에서 포옹하는 연인들, 우피치 미술관의 일본 사람들, 리도 섬에서 일광욕을 하는 독일 사람들, 혹은 어디든 관계없이 카페 테이블의 잡담까지. 그들의 말 또한 누군가에게 들렸으리라는 건 당연한 이치였다. 그는 시골 의사처럼 보일 것이고, 줄리아는 주장했다, 자신은 의료 관련 사회복지사나 그 비슷한 사람으로 보일 거다. 둘 다 영국인이라는 건 누가 봐도 당연히 알 테고, 또 말할 때 목소리를 듣고 상류층으로 여길 것이다. 그 점에 대해 호기심이 이는 경우라면.

"맛이 괜찮았나요(Va bene)?" 전에 '메인 요리 총각'이었던 웨이터가 시저 샐러드 접시를 치우며 물었다. "좋았어요?"

"좋았어요. 좋았어요(Va bene. Va bene)."

"감사합니다, 손님(Grazie, signore)."

브라고라의 산 조반니 성당은 그들이 좋아하는, 치마의 〈세례〉*가 있는 곳이었다. 그날 아침 기차에서부터 내내 떠오를 듯 말 듯 하던 그 이름이 마침내 기억났다. 때로 그 그림을 보고 있으면 그리스도가 여전히 얕은 물속에 있는 것처럼 보이는데, 다시 보면 그렇지 않았다. 그 알몸이나 다름없는 행색의 인물은 물가의 마른 땅 위에 서 있었다. 프라리 성당에는 벨리니의 세 폭짜리 제단화가 있고, 화가가 여든이 넘은 나이에 그린 성인들은 산 조반니 크리소스토모 성당에 있었다. 무슨 차이가 있을 것인가, 혼자 다시 가서 그 그림들을 감상하지 않는

---

* 이탈리아 화가 치마 다 코넬리아노의 그림 〈그리스도의 세례〉.

다 한들? 산 조베 성당에 있는 비바리니의 〈수태고지〉와 마돈나 델로르토 성당에 있는 그 어떤 그림이든, 그 앞에 서 있거나 그러지 않거나? 지금쯤 그녀는 잠들어 있을 것이다. 그곳에서는 때로 다섯시밖에 안 된 시간에도 잠을 재웠다.

"난 아니야." 여자가 말했다. "터놓고 얘기하면, 난 아니라고."

"항상 행복하기만 할 거라고 기대할 수는 없어."

"당신이 물었잖아. 난 당신이 물어서 대답한 것뿐이야."

그들의 웨이터가 머랭과 아이스크림을 곁들인 라즈베리를 갖다주었다. 맬러리는 옆으로 지나가는 디저트를 보았고, 남편의 중얼거림을 들었다.

"우리가 이걸 왜 시킨 거지?" 웨이터가 가고 나서 여자가 불평했다.

"당신이 원했잖아."

"당신은 왜 내가 제프리랑 결혼했어야 한다고 말한 거야?"

"난 그런 말 안……"

"뭐, 됐어."

"여보, 당신 지금 피곤해."

"우린 여기에 왜 온 걸까?"

"누가 좋은 곳이라고 말해줬잖아."

"베네치아에는 왜 온 거지?"

이번에는 남편이 대답을 거부할 차례였다. 결혼은 계산되지 않은 위험이다. 맬러리는 언젠가 자신이 그런 말을 했던 기억이 났다. 가장 까다로운 사업, 그것이 결혼이라 말하면서, 그 사실을 아는 것이야말로 최악의 상황에 대비한 보험이라고, 결혼은 달갑잖은 놀라움을 주는 일들이 있음을 불가피하게 의식하는 일이라고 말했던 것도 같았다. "그만큼 아는 것도 다행이지." 줄리아가 맞장구를 쳤고, 그 정도만 알아도 충분하다면 좋겠다고 말했었다. "사랑의 잔인한 천사들이 나섰군." 그녀는 두 사람이 서로의 속을 뒤집는 경우를 그렇게 묘사했다.

다른 테이블에서 정적이 계속되었다. "대단히 감사합니다, 손님(Grazie mille, signore)." 맬러리의 귀에 이 말이 들려오면서 마침내 정적이 깨지고 음식값이 지불되었다. 의자가 뒤로 밀리는 소리가 난 뒤 말다툼을 하던 부부가 그가 앉은 곳 가까이로 지나가자, 그는 충동적으로 위를 올려다보며 그들에게 말을 걸었다. 그러면서 그는 술을 너무 마신 게 아닐까 생각했다. 모르는 사람을 붙잡고 성가시게 하는 건 그답지 않은 일이었기 때문이다. 그는 그들이 가던 길을 계속 가기를 바라며 작별인사를 하듯 한 손을 들었다. 하지만 그들은 멈칫거렸고, 그는 자신이 미국인이 아니라 영국인이라는 사실을 그들이 단번에 깨달았음을 감지했다. 잠시 아연해하다 이내 체념하는 표정. 그것이 그들의 이목구비에 드러났고, 수치심이 떠오르는가 싶더니 말다툼이 이어지는 동안 흩어졌던 멋스러움이 곧 되돌아와 그들을 구조해주었다. 옆으로 지나가는 부부에게 즐거운 밤을 기원하는 그의 정중한 선의를 역시 정중하게 받아들이는 그들의 미소와 유쾌함은 방금 전까지 그가 들은 모든 것을 부인하는 무해한 거짓말이었다. "명성이 과장이 아니군요." 여자의 남편이 편안한 매력을 풍기며 평했다. "좋습니다, 이곳." 갈비가 참 맛있었다, 여자는 그렇게 말했다.

맬러리는 그 말에 동의하면서, 베네치아에 처음 왔느냐고 물었다. 난처한 기색은 아직도 남아 있었지만, 그들은 그것이 말다툼으로 그를 괴롭혔다는 자책처럼 느껴지게 행동했다.

"아, 네 맞아요." 그들은 동시에 대답했는데, 두 사람 다 이런 상황에서 어떻게 말해야 하는지를 본능적으로 아는 듯했다.

"선생님은 그렇지 않으신 것 같군요?" 남편이 덧붙였고, 맬러리는 고개를 저었다. 처음으로 여행 경비를 감당할 수 있게 된 뒤로 지금까지 계속 베네치아에 왔다, 라고 그는 말했다. 그러고는 이번에는 혼자 온 이유도 설명했다.

그러는 동안 맬러리는 어리석게도 굳이 이곳에 왔다는 후회의 기미를 자신의 목소리에서 감지했다. 그런 말을 하지는 않았다. 말하자마자 잊어버렸을 충동적인 약속을 존중하기 위해 이곳에 왔다는 말은 하지 않았다. 피곤하고 덧없는 여행을 개탄하지도 않았다. 하지만 거의 그렇게 할 뻔하고 나자, 이번에는 그가 수치심을 느꼈다. 그의 정중한 태도는 좀 전에 엿들은 마찰을 결혼 생활에 있을 법한 볼썽사나운 일로 일축했었다.

하지만 자신의 교활한 위반을 일축하기는 그보다 더 어려웠고, 그래서 여전히 수치심에 괴로웠다.

"부인 일은 유감이네요." 여자의 미소는 부드러웠다. "정말로 유감이에요."

"아, 뭘요." 울적함이 별거 아닌 양 그는 고개를 저었다.

또다시 카드들이 바닥으로 떨어진다. 또다시 그는 그것들을 집는다. 그녀는 이기고, 왜 그런지도 모른 채 행복하다.

구석 테이블의 파티는 끝났고, 말소리는 더욱 왁자지껄해지다가 곧 잠잠해졌다. 남겨진 핸드백 하나가 웨이터에게 구조되었다. 다른 사람들이 들어왔다.

내일이면, 무너진 기억 속에서 사라진 것들이 그녀가 아는 모습 그대로 회복될 것이다. 산 조베 성당의 〈수태고지〉 성화 속 분홍색과 금색, 비둘기, 동정녀의 이목구비, 조그만 나무들, 그리고 하느님까지도. 내일이면, 소리를 죽였던 음악이 산 마르코 광장에서 연주될 것이고, 관광객들은 오솔길 위를 터벅터벅 걸어 다닐 것이며, 배들이 여러 섬으로 나갈 것이다. 내일이면, 베네치아의 고양이들이 메마른 공원에서 숙녀들이 주는 먹이를 받아먹을 것이고, 자테레 산책로에서 마시는 커피 한 잔이 있을 것이다.

"아니, 아닙니다." 그는 남편 역시 유감을 표시했을 때 그렇게 중얼거렸다. "아니, 아니에요."

그는 부부가 나가는 모습을 지켜보다가 그들이 문간에 다다랐을 때 붐비는 레스토랑 저편으로 미소를 보냈다. 수치심은 나쁘지 않아, 어딘가 다른 곳에서 들려오는 그녀의 목소리가 주장한다. 수치심의 선물인 겸허함도 마찬가지야.

개기

낙엽이 이미 떨어지기 시작했다. 선덜랜드 애비뉴 전역에서 너도밤나무 아래 포장도로 위로 이슬비가 내렸다. 낙엽이 더 떨어지고 본격적으로 비가 올 경우 생길 질퍽한 불편은, 결국엔 그렇게 되겠지만, 아직은 없었다. 돌아다니는 사람들은 많지 않았다. 자정이 지나 한시가 가까운 시간이었고, 드문드문 세워진 가로등이 뿌옇고 노란 빛의 웅덩이들을 바닥에 드리우고 있었다. 한 남자가 블레닝 로드에서 이처럼 얼룩덜룩한 가로등 불빛을 받으며 개를 산책시켰고, 그 불빛 속에도 그해 첫 낙엽들이 쌓이고 있었다. 버던 크레센트의 길가에서 위층 창문 하나가 열리고, 나온 손이 화단을 파헤치는 고양이를 쫓아내려고 손뼉을 쳤다. 차 한 대가 선덜랜드 애비뉴로 들어섰고, 전조등이 약해졌다가 꺼진 후 야간 경보장치가 작동하며 주황과 빨강 불빛이 깜박거렸다. 이 한가로운 거리에서 도심의 교통은 그저 희미한 웅성거림으로만 느껴졌으며, 이따금 멀리서 들리는 경찰차나 구급차의 날카로운 경보음이 그들의 평화를 조금 더 긴박하게 방해했다.

불과 1킬로미터 정도 떨어진 곳에서는 사뭇 다른 밤풍경이 펼쳐졌다. 젊은이들이 스타 나이트클럽 밖을 배회했고, 클럽의 밴드—빅 시티—는 휴식 중이었다. 아직 문을 열고 야간 영업을 하는 상점의 문간에서는 주의 깊은 인도인이 오가는 사람들을 주시했다. 자동차 몇 대가 떠났지만 남은 차들이 더 많았다. 그때 응급 사태나 재난 경고로도 들릴 법한 갑작스러운 쿵 소리와 함께 스타 나이트클럽에서 음악이 다시 시작되었다.

한시 반경이 되자 이 동네 역시 조용해졌다. 나이트클럽 문지기들이 차를 몰고 떠났고 커플들은 어둑하고 은밀한 곳을 찾아 인근 운하의 제방으로 갔다. 다른 이들은 여기저기 서 있다가 무리 지어 모이기도 하고 흩어지기도 했다. 상점 문을 잠그던 인도인 남자는 술과 감자칩을 달라는 요구를 거절당한 사람들에게 항의를 받고 욕을 먹었다. 주차된 차들 중 나머지가 떠났다.

친구 사이인 두 젊은이는 사는 곳까지 걸어서 한 시간이 걸릴 거라는 사실에 굴하지 않고 함께 길을 나섰다. 한 명은 날이 쌀쌀한데도 셔츠만 입은 채 빨간 아노락의 소매를 어깨에 둘러 묶었고, 다른 한 명은 찢어진 청바지 위에 검은색 모직 스웨터를 입었다. 그들은 댄스플로어에서 마주쳤던 여자들에 대해 얘기를 했는데, 그중 한 명은 둘 다 잘 아는 사이였고 나머지는 처음 만난 사람들이었다. 그들은 앞으로의 계획에 대해서도 얘기했다. 하나는 상선에서, 다른 하나는 삼촌이 경영하는 자동차 판매점에서 일할 예정이었다. 머지않아 학업을 마치면, 그토록 오랫동안 알고 지내던 많은 것을 영원히 뒤로하고 떠날 때가 오면 일어날 변화였다. 기독교 형제회 성직자들과 평신도 교사들, 이름의 첫 글자들을 엮어 만든 기호나 하트, 화살표 등을 새겨 넣은 비좁은 책상들, 자기 보호와 생존 기술에 대해 배운 모든 것을 떠날 때가 오면. 그들의 대화에는 아쉬움의 기미가 없었다.

그들이 잠시 걸음을 멈춘 동안, 아노락이 어깨에서 풀려나 제대로 입혀지고 지퍼와 단추가 채워졌다. 이런 일들이 이루어지는 동안, 그들은 꽤나 즐거운 저녁 외출이었다, 라고 목소리를 모았다. "무지 신났어." 둘 중 하나가 말했다. "빅 시티는 끝내줘." 그들은 계속 걸으며 밴드의 천재성에 대해 얘기했다.

인도인 남자는 휴대전화를 입 가까이에 대고 목청을 높여 경찰을 불렀다. 이 시간이면 그가 으레 쓰는 술책으로, 전화기 너머에는 아무도 없었다. 그를 괴롭히던 이들이 욕지거리를 해대다가 독설에도 지쳤는지 멀어져갔다. 모두 다섯 명이었고 그중 소녀 둘은 행패에 합세하지 않았는데, 소녀들이 더 험하게 구는 경우를 많이 봤던 그로서는 놀라운 일이었다. 그는 다섯 명이 무리를 지어 떠나는 모습, 그들이 도로를 건너는 동안 다가오던 차 한 대가 속도를 늦춰 서행하는 모습을 주시했다. 그런 다음 상점 문을 잠그면서, 불상사가 일어나지 않아 다행이라고 생각했다.

"안녕하쇼?" 매닝이 자동차 운전자에게 소리쳤다. 그가 주먹으로 자동차 보닛을 두들기자 그의 패거리도 동참해—하지만 소녀들은 빼고—같은 짓을 했다. 자동차는 계속 움직이다가 멈추더니 후진해서 다른 길로 가버렸다.

"따라잡을 수 있겠어?" 매닝은 웃음을 터트리며 길 한복판에서 차를 바라보았다. 그는 무리 중 가장 키가 컸고 불그스름한 머리카락이 이마 위로 아무렇게나 늘어져 있었는데, 그 머리카락을 자랑스럽게 여긴다고 알려져 있었다. 어딘가 태평한 분위기가 태도에 배어 있어, 나른하게 어슬렁거리는 걸음걸이나 미소 짓는 표정에서도 그런 느낌이 묻어났다. 매닝은 도너번과 킬로이와 함께 있을 때는 늘 앞장을 섰는데, 두 친구와 함께 있는 때가 대부분이었고 오늘 밤도 마찬가지였다. 그의 여자친구 애슬링은 금발에 얼굴이 예쁘고 푸른 눈에는 표정이 풍부했으며 매닝보다 한 살 이상 어렸다. 두 번째 소녀는 그들 무리와 처음 만난 사이로, 좀 전에 그들에게 어느 방향으로 가는지 묻더니 자기도 그쪽에 산다며 같이 가도 되느냐고 물었었다. 그녀의 이름은 프랜시였다.

애슬링은 매닝에게 매달려 걸어갔다. 킬로이는 프랜시에게 팔을 두르고 걸음을 늦춰, 충분히 뒤처졌을 때 뭔가 해볼 기회를 만들려고 했다. 하지만 그의 의도를 아는 프랜시는 꾸준한 속도로 걸어갔다. 프랜시는 자그마했고 자주 꼬마라고 불리기도 했지만 태도가 신중하고 단호했다. 그녀 역시 예쁘장했지만 애슬링처럼 빛나는 미모는 아니었다. 매닝은 애슬링을 숨막히게 멋지다고 묘사하곤 했는데, 그녀는 아니라고 하면서도 매닝이 주기적으로 반복하는 칭찬이 싫지는 않았다.

이제 그녀는 그가 하는 말을 듣고 있었다. 다시는 스타에 발을 들이지 않겠다며, 머리를 빡빡 민 문지기들이 미니 술병을 지니고 있는지 확인하려고 몸수색을 한 방식을 비판했다. 한 병을 가져가놓고는 나중에 그런 적 없다고 하더라, 그런 양아치 같은 놈들은 지들이 사람을 소유하기라도 한 것처럼 군다. "야, 카우보이, 너 여자 사귀어본 적 있냐?" 그가 애슬링 너머로 도너번에게 외쳤다.

"지금 에미어 플린이랑 사귀고 있는 거 아닌가?"

"이 바보!"

다시 웃음을 터트리는 매닝의 목소리가 취한 듯했다. 아주 많이는 아니고, 애슬링은 생각했다, 하지만 약간. 자신도 한두 번 술에 취해본 적이 있지만 애슬링은 그 느낌이 싫었다. 모든 것이 제멋대로 흘러가버리고 아침에 일어날 때 기분도 나빴다.

"아니, 진짜 사귀어본 적 있냐고." 매닝이 도너번에게 담배를 한 개비 건네며 캐물었다.

도너번은 물론 그런 적 있다고, 많다고 말했는데, 애슬링은 이 모든 게 자신을 의식해서, 그리고 이름은 깜빡했지만 그들에게 따라붙은 여자애를 의식해서 하는 말임을 알았다. "지랄, 끝내주네." 도너번이 말했다. 그와 매닝은 성냥 한 개를 나누어 담배에 불을 붙이고 있었다. 담배를 피우는 사람은 둘뿐이었다.

그들은 이제 염색 공장을 지나고 있었다. 언젠가 이곳에서 매닝은 높고 뾰족한 철책을 넘어간 적이 있었다. 애슬링에게 보여주려고, 그리고 모라 배너먼이라는 다른 여자애에게 보여주려고 한 행동이었다. 방범등이 켜졌고, 나머지 아이들은 철책 틈으로 매닝이 예전에 정신병원이었다는 육중한 붉은 벽돌 건물의 아래층 창문 안을 기웃거리며 돌아다니는 모습을 바라보았었다.

애슬링은 뒤편에서 킬로이가 제 옆에 붙잡아둔 여자애에게 그날 밤에 대해 얘기하는 소리를 들었다. 철책 꼭대기에는 뾰족한 쇠침 사이로 가시철사가 얽혀 있었고, 그래서 더 위험했다. 어떻게 그럴 수 있었는지 아무도 모르지만, 그때 매닝은 철책을 용케도 넘어갔다. 그때도 약간 취한 상태였지만.

킬로이는 옆으로 째진 눈이 그의 미덥지 못한 성품을 적절히 나타내주었다. 도너번은 우둔하다고들 했다. 도너번은 거의 매닝만큼 키가 크고 덩치가 크며, 움직임이 어설프고 말이 느렸다. 킬로이는 체구가 왜소했는데, 기름 바른 머리를 매끈하게 빗어 넘겨 정수리가 평평하게 보이는 바람에 그런 외모가 더욱 강조되었다. 애슬링은 둘 다 그다지 맘에 들지 않았다.

처음으로 스타에 갔을 때—군중 속의 얼굴 하나에 지나지 않았던 매닝을 처음 봤을 때—그녀는 그를 감탄하며 바라봤다. 그녀가 호감을 가진 걸 알아봤다, 매닝은 나중에 그렇게 말했고, 그녀가 자기가 좋아하는 유형이라고 했다. 그가 사귀자고 했을 때 그녀는 잠시도 주저하지 않았다. 그는 더블린 식으로 매노라는 별칭으로 통했지만, 원래 이름은 마틴 존이었다. 가족들은 그를 마틴이라고 불렀는데, 수녀원 학교 교실에서나 매일 밤 잠자리에 들기 전 그를 생각할 때 애슬링에게도 그는 마틴이었다. 그녀와 자기는 한 쌍이다, 그는 그렇게 말했다. 애슬링은 그때까지 누구와도 한 쌍이었던 적이 없었다.

"한잔 더 할 수 있으면 수천도 내놓겠다." 그는 이제 그런 말을 하고 있었다. 목소리가 살짝 올라갔고 다시 웃음기가 섞여 들었다. "우리 어디 가면 한잔할 수 있지, 카우보이?"

도너번은 아마 더티 도일스에 가면 될 거라고 했고, 킬로이는 캐플 스트리트를 제안했다. 일종의 연극이었다. 거물 흉내를 내는 마틴 매닝, 그녀의 아버지라면 그렇게 말했을 것이다. 애슬링은 이미 오래전에 그런 모습에 익숙해졌다.

그들은 조용한 거리에 도착했다. 굿차일드 스트리트 모퉁이에 세인트 스티븐스 성당이 있었고, 그들 앞 선덜랜드 애비뉴 양편으로는 나무들이 컴컴하게 늘어서 있었다.

"저 멍청이들은 누구지?" 도너번이 갑자기 소리치는 바람에 모두가 걸음을 멈췄다. 처음에는 다들 어디를 봐야 할지 몰랐지만 프랜시가 손가락으로 가리키자 빨간 아노락이 그들의 눈에 들어왔다.

"빌어먹을 달게티잖아." 매닝이 말했다.

*

선덜랜드 애비뉴에서 친구와 헤어진 후 달게티는 블레닝 로드로 들어섰다. 혼자가 되자 조금 더 빨리 걸었지만, 지나는 길에 있는 정원의 문이 어서 오라는 듯 열린 것을 보고 잠시 걸음을 멈췄다. 문 안으로 들어간 그는 잔디밭을 가로질러 집 건물 근처, 창문에서 보이지 않는 구석으로 갔다. 그는 보리수 덤불 그림자 속에서 소변을 봤다.

나이트클럽을 나와 걸어오는 동안 달게티와 친구는 뒤쪽에서 사람 목소리를 한두 번 들었지만, 대화에 빠져 있어서 누구인지 돌아보지는 않았다. 이제는 목소리가 들리지 않았고, 그래서 달게티는 그게 누구였든 다른 방향으로 갔을 거라고 생각했다. 집 안에서는 불이 켜지지 않았는데, 방금 그에게 필요했던 용도로 편리하게 쓰이는 정원들에서는 그런 경우가 종종 있다. 그는 아노락 지퍼의 이가 맞지 않은 것을 보았던 참이라 지퍼를 다시 열었다. 지퍼를 다시 닫는 동안 그는 머리 오른쪽을 강타당했다. 그는 집에서 누군가 나왔다고 생각했고, 현관문이 열리는 소리를 듣지 못했다는 생각을 하고 있을 때 두 번째 타격이 가해졌다. 그는 휘청거리다 쓰러졌다. 풀밭에 누워 있는 그의 턱을 어떤 발이 내리쳤다. 달게티는 일어서려 했으나 그럴 수가 없었다.

*

애슬링은 그 광경을 지켜보았다. 보고 싶지 않았지만 결국은 보았다. 프랜시는 어떤 일이 일어나는지 보고는 고개를 돌렸다. 처음에는 뒤에 서서 가담하지 않았던 도너번이 정원 풀밭에 청년이 쓰러지자 앞으로 나섰다. 킬로이는 그냥 여자애와 함께 있었다. 합세할 경우 여자애를 놓칠 거라고 계산해서 그런 것이다. 공격이 벌어지는 동안, 정원에서나 길에서나 아무도 말을 하지 않았다. 다시 무리를 지어 다 함께 걸어갈 때도 말을 하는 사람은 없었다.

애슬링은 그 청년이 무슨 짓을 한 것인지, 스타에서나 그 전에라도 어떤 욕설이 오간 것인지, 그 청년이 무엇을 잘못한 것인지 궁금했다. 나이트클럽에서 느꼈던 어지러운 흥분이 어느 정도 되살아나는 것 같았다. 음악이 뿜어낸 에너지, 댄스플로어에 있을 때 눈앞을 휙 지나쳐 질식할 듯 빽빽한 군중 속으로 빨려드는 얼굴에서 자주 보이던 격렬한 무언가가 거기 있었다.

“아, 좀 가만 놔둬요!” 프랜시가 갑자기 소리를 질렀다. “날 좀 가만 놔두라고요!”

“점잖게 좀 굴지 그러냐, 카우보이.” 매닝이 가볍게 핀잔을 주었다. 애슬링은 그의 이가 잠시 하얗게 드러나는 것을 봤다.

킬로이는 중얼중얼하며 잠시 멈췄다가 다시 시도했고 다시 뿌리쳐졌다. 찰스턴 로드에서 프랜시는 무리에서 벗어나 작별 인사도 없이 종종걸음으로 떠나갔다. 킬로이는 잠시 망설였지만 그녀를 따라가지 않았다.

“달게티는 쪼다 새끼야.” 달게티가 왜 얻어맞았느냐는 애슬링의 질문에 매닝은 그렇게 말했다. “잊어버려.” 그는 말했다.

“난 들어본 적이 없는데,” 애슬링이 말했다. “달게티라는 이름은.”

“그래, 그런 찌질한 놈이 있어.”

그렇게 대화가 끝나는가 싶었는데, 그린뱅크스 호텔 입구를 지날 때 도너번이 자기 누이 얘기를 꺼냈다. 누이가 정신과에 다니는데, 일주일에 한 번씩 하는 상담을 너무 싫어해서 가끔씩 안 가버릴 때도 있다는 것이었다.

“어떤 자식이 너무 험하게 들러붙으면,” 도너번이 말했다. “결국 정신과로 가는 거라고.”

아무도 대꾸하지 않았다. 도너번은 말을 잇지 않았고, 비집고 들어온 침묵은 계속되었다. 그래서 그런 거였구나, 애슬링은 그렇게 생각하자 안도감이 들었고, 신경이 바짝 긴장했다가 풀린 것처럼 몸이 이완되는 것을 느꼈다. 그 달게티라는 사람이 도너번의 누이를 괴롭힌 것이다. 여자가 원치 않는데 너무 세게 밀고 들어왔고, 어떤 식으로 억지를 부렸든 여자가 정신과 치료를 받아야 할 정도가 된 것이다. 그러자 애슬링은 정원에서 목격했던 분노가 뭉클하게 느껴지면서 사건이 달리 보이고, 당시에 받은 인상이 보다 더 가볍게 여겨졌다.

"또 보자, 매노." 도너번이 말했다. "안녕, 애슬링."

그녀는 잘 가라고 인사했다. 도너번이 케임브리지 로드로 걸어갔고, 바로 뒤이어 킬로이도 다른 길로 갔다.

"괜찮았지, 그 사람?" 그때 애슬링이 물었다.

"누구 말이야?"

"달게티."

"젠장, 당연히 괜찮았지."

그들은 스파이어 뷰 레인으로 들어섰다. 이만큼 늦은 시간이면 그들은 항상 이 길로 가곤 했다. "오늘 밤에 너 진짜 눈이 부시더라." 매닝이 속삭이며 그녀의 옷 아래로 손을 집어넣었다.

그녀는 눈을 감고 키스에 응했다. 밤새 돋아난 그의 수염이 그녀의 턱에 닿아 거칠거칠했다. 그 거친 느낌을 처음 경험했을 때 그녀는 기분이 짜릿했고, 그 후로도 매번 그랬다. "나 이제 돌아가야 해." 그녀는 말했지만, 어디로든 돌아가고 싶은 마음은 없었다.

개 한 마리가 다가와 코를 킁킁거렸다. 검은색인지 회색인지 어둠 속에서는 분간이 되지 않는, 작은 종의 개였다. 누군가가 휘파람을 불자 개는 달려갔다.

"바래다줄게." 매닝이 말했다. 그녀가 집에 가야 할 때면 그는 항상 그렇게 해주었다. 담배에 불을 붙이는 것도 이때 항상 하는 행동이었다. 담배 연기는 옷에 스며들 것이고, 아래층에 아직 누군가가 깨어 있다면 담배 냄새에 대해 물어올 것이다. 대개는 아무도 없긴 하지만.

"내가 뒤돌아봤어." 매닝이 말했다. "그 자식이 일어서 있더라고."

*

버나데트가 전화했다. 부엌에 그녀에게 남겨진 쪽지가 있었다. 그리고 테리사 수녀님이 전화하셔서 목요일에 네가 할 대사를 외우라고 하셨어.

깨어 있는 사람은 없었다. 아니라면 쪽지가 없었을 것이다. 애슬링은 코코아를 타서 식탁에 앉아 비스킷과 함께 먹으며 〈이브닝 헤럴드〉를 들췄다가 치웠다. 그녀는 아까 그 일이 일어나지 않았기를 바랐다가, 심한 타격을 입고 정신과 치료를 받아야 하는 헤이즐 도너번을 생각했다. 그러다 코코아를 마저 다 마시기도 전에 자신의 바람이 진심인지 의문이 들었다. 말릴 수 있었겠지만 그녀는 그렇게 하지 않았으며, 기억을 떠올려보니 그러고 싶지 않았다는 생각도 들었다. "센 녀석." 매닝의 친구들은 그에게 알은체를 할 때 그렇게 말했다. 그들은 매닝을 잘 알았고 그가 위험한 짓을 서슴지 않는다는 것을 알았다. "에이, 얼른." 그가 재촉하며 그녀를 자전거의 가로대 위에 태웠던 날, 그들은 그녀의 아버지에게 걸렸다. 아버지 역시 자전거를 타고 반대편에서 오는 중이었고 손잡이에 수의사 가방이 매달려 있었다. "다시는 그런 꼴 보이지 마라." 집에 돌아가자 아버지가 호통을 쳤다. 아버지가 가장 아끼는 자식이라 더 크게 혼나는 거다, 어머니는 설명했다. 두 분 다 마틴 매닝을 탐탁지 않게 여겼다. 그들은 이해하지 못했다.

그녀는 코코아를 마신 머그컵을 개수대에서 씻고 비스킷 깡통 뚜껑을 닫았다. 그녀는 테리사 수녀님이 인쇄해준 대본을 들고 위층으로 올라갔다. 〈햄릿의 여러 장면들〉은 수녀님이 짜깁기한 독백 대사집의 제목이었다. 수녀님이 전통적인 희곡이 아닌 작품을 시도하는 것은 이번이 처음이었다. 이 회향꽃은 당신에게. 애슬링은 이미 반쯤 잠에 빠진 채로 중얼거렸다. 그리고 매발톱꽃은……*

---

* 연극 〈햄릿〉에 나오는 오필리어의 대사.

*

블레닝 로드 6번가에서는 일곱 달 전 과부가 된 후 그곳에서 혼자 살고 있던 나이 든 여자가 다시 아이가 된 꿈을 꾸다가 현실로 불려 나왔다. 여자는 계단 끝으로 가서 난간 너머로 몸을 숙이고 현관문 쪽을 향해 거기 누구냐고 외쳐 물었다. 하지만 다시 초인종 소리만 울릴 뿐이었다. 겨우 저 정도로, 그녀는 속으로 말했다, 이 시간에 문을 열러 갈 수는 없다.

초인종 소리가 멈추자 문을 쾅쾅 치고 똑똑 두드리는 소리가 들렸다. 보청기를 낄 시간이 없어서 사람의 목소리는 멀리서 아련히 들려왔다. 편지함이 덜컹거리고 목소리가 더욱 요란해졌을 때도 그녀는 말을 전혀 알아듣지 못했다. 그녀는 침실로 가서 보청기를 낀 다음 현관으로 터덜터덜 걸어 내려왔다.

"무슨 일이에요?" 그녀는 편지함에다 대고 외쳤다.

손가락이 쑥 들어와 덮개가 열려 있도록 붙잡았다.

"실례합니다, 부인. 실례합니다만, 이 집 정원에 사람이 누워 있어요."

"지금 여섯시 반이에요."

"경찰에 전화 좀 걸어주시겠어요, 부인?"

현관에서, 그녀는 그 말에 대답하지 않고 고개를 저었다. 그녀는 그 사람이 있는 곳이 정원 어디쯤인지 물었다.

"풀밭에 누워 있어요. 제 휴대전화 배터리가 닳지만 않았어도 제가 직접 전화했을 겁니다."

그녀는 전화를 걸었다. 못 할 이유는 없다, 그녀는 생각했다. 그녀는 이 집을 곧 떠날 거라 다행이라고 생각했다. 안 그래도 오래전부터 두 사람이 살기에는 너무 큰 집이었는데, 혼자 살게 된 지금은 말도 안 되게 컸다. 전에도 후련하게 여긴 일이지만, 이제는 옳은 결정을 했다는 확신이 더욱더 강해졌다. 식당 창문 밖으로 경찰차가 도착하고 뒤이어 구급차가 오는 광경을 바라보며 그녀는 다시 한 번 그런 생각을 했다. 그러고는 현관문을 열었는데, 사람의 몸이 실려 나가는 모습이 보였다. 한 남자가 그녀에게 다가와 편지함을 통해 말을 건 사람이 자신이라고 말했다. 경찰관 한 명이 그녀의 집 보리수 근처에서 쓰러진 채 발견된 사람이 사망했다고 말해주었다.

*

뉴스에서는 주소를 밝히지 않았다. 어느 집 앞마당이라고만 보도하며 구역 이름만 말했을 뿐이다. 보급소로 가던 우유배달부가 발견했다. 그 이상은 없었다.

애슬링이 여덟시 오분에 아래층으로 내려왔을 때, 식구들이 부엌에서 그 얘기를 하고 있었다. 그녀는 곧바로 알았다.

"괜찮니?" 어머니가 물었고 그녀는 괜찮다고 말했다. 그녀는 잊은 게 있다고 말하며 방으로 되돌아갔다.

*

초저녁에 나온 〈이브닝 헤럴드〉 일면에 자세한 보도가 있었다. 아직 경찰 기소는 없었지만 그날 느지막이 기소가 이루어질 것으로 예견했다. 사망자는 사체가 발견된 정원이 있는 집의 거주자와 아는 사이가 아니며, 거주자는 밤중에 이상한 낌새로 자다 깬 일이 없다고 말했다고 보도되었다. 사망자의 신원은 아직 확인되지 않았으나 약간의 세부 정보는 알려졌는데, 열여섯 살가량 된 소년이 외부 공격을 받아 숨졌다는 것 정도에 불과했다. 목격자가 있으면 연락해달라는 요청이 있었다.

애슬링은 연락하지 않았지만 그날 그들을 따라왔던 소녀는 했다. 스타 나이트클럽에서부터 희생자와 함께 걸었던 사람이 둘이 함께 출발한 시간과 헤어졌을 때의 대략적인 시간을 알려주었다. 나이트클럽 문지기들도 기꺼이 도움을 주었지만 이미 밝혀진 것 외에 새로운 내용은 별로 없었다. 연락한 소녀는 경찰서에서 몇 시간 동안 구금 상태로 취조를 받았다. 소녀는 명확한 증거를 제공했다는 칭찬을 들었고, 함께 있었던 네 사람의 이름을 기억해보라고 종용받았다. 하지만 소녀는 그들의 이름을 몰랐으며, 아는 거라고는 빨간 머리 남자애가 매노라고 불렸고 그는 함께 있던 애들 중 두 명을 '카우보이'라고 불렀다는 사실뿐이었다. 체포는 자정 직전에 이루어졌다.

애슬링은 그 모든 것을 다음 날 아침에, 집으로 배달된 신문

〈아이리시 인디펜던스〉에서 읽었다. 같은 날 오후에는 거의 동일한 설명을 〈아이리시 타임스〉에서도 읽었다. 그 신문은 아는 사람이 없는 동네의 가판대에서 산 것이었다. 두 신문 모두 그녀를 거론하며 '두 번째 소녀'라고 묘사했고, 경찰이 그녀의 소재를 파악하느라 여념이 없다고 보도했다. 신문에 실린 사진에, 머리와 어깨 위로 외투를 뒤집어쓴 인물이 한쪽 손목을 수갑으로 결박당한 채 제복 입은 경찰관에게 끌려가고 있었다. 라널라에 있는 어느 집에서 이루어진 두 번째 체포에서는 더 이상 새로운 이야기가 없었다. 처음에는 이름도 공개되지 않았다.

그들의 이름이 공개되었을 때, 애슬링은 자신이 두 번째 소녀임을 고백하는 진술서를 썼고, 그럼으로써 그 사건의 일부가 되었다. 사람들은 그녀에게 그 일에 대해 얘기하려 들지 않았으며 수녀원 학교에서도 그런 행동은 금지되었다. 하지만 호기심을 억누르기란 때로 힘든 일이어서, 모르는 사람들의 표정에서조차 호기심이 역력한 경우가 빈번했다. 시간이 좀 더 흐른 뒤에는 재판이 열렸고 그 뒤로 배심원단의 평결이 있었다. 체포된 두 사람은 살인죄는 면하여 징역 11년형을 받았다. 전과가 없다는 점, 그리고 그들에게 닥친 일에 우연적 요소가 작용했다는 점이 정상참작되었고, 판사도 이를 부정하지 않았다. 즉, 희생자가 심장이 약하고 불완전하다는 사실을 두 사람 다 몰랐다는 것이다.

애슬링의 아버지는 맘에 안 드는 사람과 어울렸다며 딸을 꾸짖는 말은 다시는 반복하지 않았다. 발생한 사건이 너무 심각해서 자잘한 책망은 의미가 없었다. 아버지는 비록 겉모습은 편협해 보였어도, 날마다 동물들을 돌보고 위안을 주는 삶을 통해 온화함을 유지할 수 있었다. "우리는 감수하며 살아야 해." 그는 말했다. 그 사건의 폭력성이 자신에게까지 영향을 미쳤음을, 죄책감이 사람을 가리지 않고 널리 퍼졌음을 인정하는 것처럼.

애슬링에게, 흐르는 시간은 전에 알던 낮과 밤보다 생소하게 느껴졌다. 영향을 받지 않은 것은 아무것도 없었다. 급히 준비된 수녀원 학교 연극에서 셰익스피어의 시어를 낭송할 때도, 그녀는 대사를 완벽하게 외웠고 청중도 상냥했다. 하지만 박수 소리에는 연민이 묻어났다. 그녀는 비극을 목격한 여파로 부당하게 고난을 받은 사람이었으므로. 그녀는 연민을 감지했고, 의식 깊은 곳에서 그것은 조롱처럼 느껴졌는데 왜 그런지는 알지 못했다.

긴 시간이 지난 후, 편지가 왔다. 현란한 필체가 과거에 은밀한 쪽지를 주고받으며 느낀 흥분을 떠올리게 했다. 예전에 그토록 자주 들었던 그녀가 자기 것이라는 주장도, 헌신을 다짐하는 선언도 없었다. 멀리 떠날 것이다. 아무도 귀찮게 하지 않을 것이다. 이제는 새사람이 되었다. 신부님이 많은 도움을 주셨다.

편지는 뉘우침을 표현하기에는 충분히 길었지만, 그래도 여전히 짧았다. 한 장짜리 편지에서 빠진 것은 법원의 심리에서도 빠졌던 것, 즉 희생자가 도너번의 누이를 괴롭히던 사람이라는 설명이었다. 신문에 실린 사진에서—여러 번 실린 같은 사진—달게티는 검은 머리와 균형 잡힌 이목구비에 살짝 미소를 띤 모습이었는데. 턱에 있는 사마귀만 아니면 별 특징이 없는 사람이었다. 그 사진을 정말이지 자주 들여다보면서 애슬링은 매번 그가 헤이즐 도너번에게 우격다짐으로 들이대는 모습을 상상했고, 그의 이목구비에 떠오른 무구함이 거짓이라고 이해했다. 그 점이 법정에서 폭행 사유로 제시되지 않은 것은 이상한 일이었고, 이 편지에 뉘우침과 후회와 더불어 당연히 담겨야 할 그 이야기가 전혀 언급되지 않았다는 사실은 더욱 이상했다. "어떤 자식이 너무 험하게 들러붙으면." 도너번은 그날 밤에 그렇게 말했었다.

침묵이 이어지던 그때, 도너번은 그 침묵을 깨면서 자기 가족에게 일어난 이 문제를 언급했었다. 마치 누군가 무슨 말이든 해야 한다고 생각한 것처럼. 스스럼 없는 그의 말투로 보아 계속 말을 이어갈 것 같았지만 그는 그러지 않았다. 그녀는 위안을 갈망한 나머지, 분위기 전환을 위한 그의 어설픈 노력에 그가 말하지도 않은 인물의 정체를 맘대로 끼워 넣어 그것을 진실로 받아들였고, 결국은 시간이 기만을 드러냈다.

수녀원 학교를 졸업한 후 애슬링은 자격증을 따고 교육용

서적 출판업자들의 중앙 사무소에서 일했다. 그녀는 혼자 지내는 것을 좋아하게 되었고 밤에는 혼자서 영화관에 종종 갔으며 주말에는 호스로 가서, 혹은 달키의 바닷가에서 산책을 했다. 어느 날 오후에 묘지에 가본 뒤로 그녀는 그곳을 자주 찾았다. 그곳에 세워진 묘비에 새로 새겨진 글자들은 간단하여 이름과 날짜가 전부였다. 사람들이 무덤 사이를 오갔지만 이 무덤에는 오지 않았고, 간간이 꽃만 놓여 있었다.

음산한 묘지에서 애슬링은 받아들이기에 너무 추한 진실 앞에서 허위를 끌어안은 자신에 대해 죽은 이에게 용서를 빌었다. 그 전의 다른 행위들이 그랬듯이 자신에게 잘 보이려고, 자신에게 사랑받을 자격을 얻으려고 저지른 행위를 그녀는 말없이 지켜보기만 했었다. 그리고 지켜보는 순간에는 쾌락도 있었다. 잠시뿐이었다 해도, 있기는 있었다.

어쩌면 그녀는 떠나게 될 수도 있으며, 그렇게 하리라고 생각할 때도 많았다. 평온을 주는 다른 시간과 장소에서 한때의 객기가 드리운 그림자를 떨쳐내기 위해. 하지만 그녀는 그곳에 남았다. 자신 또한 새사람이 되어, 그 일이 일어난 곳에 속한 채로.

오후

재스민은 알았다. 그는 다를 거라는 걸, 다르지 않을 수가 없다는 걸. 빡빡 깎은 머리에 야구 모자를 거꾸로 눌러쓰고 있을 리가 없고, 루키 긱스처럼 미련스러울 리도 없으며, 대런 핀이 말이 잘 안 나올 때 그러는 것처럼 꺽꺽 소리를 낼 리도 없었다. 그녀는 짐작할 수 없었다. 다만 아는 거라곤 그 애는 그들과 다를 거라는 것뿐이었다. 로딜 그룹의, 이름은 잘 모르겠지만, 그 드러머나 〈닥터 마틴〉*의 앨을 연상시키는 사람일 수도 있을 거다. 하지만 버스 정류장에 있는 아이는 둘 중 누구와도 비슷하지 않았다. 게다가 아이도 아니었다, 전혀.

그녀를 제외하고 혼자서 누군가 기다리는 사람은 그 사람뿐

---

* 영국 텔레비전 드라마 시리즈.

이었다. 그는 막 도착한 버스나 곧 출발하는 버스에 대한 안내에 관심이 없는 것 같았다. 그는 사람들이 들어와도 고개를 들지 않았다. 한 번도 그녀 쪽으로 눈길을 돌리지 않았다.

마침내 재스민은 아무 일도 일어나지 않는다면 자신이 뻔뻔하게 나가야 한다는 것을 알았다. 마음속으로 그런 표현을 쓴 것은 사실 그건 뻔뻔한 짓임에 틀림없기 때문이고, 뻔뻔해지지 않으면 무엇도 이룰 수 없기 때문이었다. 뻔뻔해지지 않으면, 평생을 간이식당에서 트럭기사들에게 차나 나르고 탁자나 닦고 플라스틱 접시나 치우면서, 트럭기사들이 뿜어대는 연기에 푹 젖어 몸이나 상하게 될 것이다. "야, 뻔뻔하게 좀 굴지 마, 앤지." 그녀가 대여섯 살도 되지 않았을 무렵, 프라이스라이트 슈퍼마켓에서 요리용 대추나 초콜릿바에 손을 뻗고 엄마가 안 보는 사이에 상품을 뜯곤 하면, 엄마는 그렇게 야단을 치고는 했다.

"매대 정리하는 아줌마한테 가져가. 실수라고 해. 네가 직접 말해. 뻔뻔한 것 같으니." 엄마는 항상 그런 식이었다. "조심하는 게 좋을 거다, 요것아." 하지만 그녀는 아무 말도 하지 않았다. 매대를 정리하는 여자에게 찾아가지 않고 자신이 손댄 물건을 콘플레이크나 키친타월 뒤에 넣어두었다.

재스민(Jasmin)은 그녀가 직접 고른 이름이었다. 어려서부터 앤지라는 이름이 지긋지긋하게 싫었고 더 자란 후에는 너무 흔한 이름이라 생각했다. "어휴, 대단하셔요!" 뻔뻔함을 또

한 번 증명하는 그 이름에 대한 엄마의 응수였다. "우리 귀부인이 하는 말 좀 들어봐요!" 그녀는 지금 함께 사는 남편인 홀비를 채근하며 언쟁에 끌어들이려고 했지만, 삐걱거리는 결혼생활로 끌려 들어왔을 때 배운 바가 있는 홀비는 이런 일에는 도가 터 있었다. 철자법도 틀렸다, 엄마는 경멸조로 논평했다. 맨 끝에 'e'를 빼버리는 건 빌어먹을 이슬람 방식 아니냐. 하지만 엄마가 없을 때 홀비는 그런 건 다 허튼소리라고 했다. "네 이름이니까 네 맘에 맞게 써야지." 그는 조언했다. "계속 네가 원하는 대로 해." 엄마는 폭력적인 여자다, 재스민은 그렇게 생각했고, 홀비도 같은 생각이라는 것을 알았다.

"저기요." 그녀가 남자가 기다리는 곳으로 건너가며 말했다. "전 재스민이에요."

그가 미소를 지었다. 그는 낯빛이 창백했고 치아가 앞쪽에 몰려 있었으며 밝은색 머리는 길게 자라 있었다. 그녀는 플란넬 바지에 재킷을 걸친 그의 차림새에 놀랐다. 재킷은 작은 반점 무늬가 있는 감청색 종류였고 회색 타이도 매고 있었다. 그리고 운동화가 아니라 구두를 신었으며, 모든 것이 깔끔했다. 그녀를 더욱 놀라게 한 것은 그가 삼십대 중반이거나 어쩌면 그보다 몇 살 더 들어 보인다는 사실이었다. 전화 대화 서비스에서 그의 목소리를 들었을 때 그녀는 열아홉 정도일 거라고 생각했었다.

"커피 괜찮아, 재스민?" 그가 말했다.

그가 말을 하자 그녀는 가슴이 설레었다. 처음으로, 전화로 대화하면서, 그가 그녀를 재스민이라고 불렀을 때도 그런 느낌이었다. 그리고 어제 그가 한번 만나보면 어떨까, 했을 때도.

"네, 그럼요." 그녀가 말했다.

줄곧 그의 입가에서는 미소가 가시지 않았다. 자신은 성격이 밝은 편이다, 그는 전화 대화에서 그렇게 말했었다. 처음은 아니고 아마도 세 번째나 네 번째였을 것이다. 그는 그녀에게도 성격이 밝은 편이냐고 물었고, 그녀는 자신이 그렇지 않다는 것을 알면서도 그렇다고 말했었다. 축 처진 아이, 그녀는 홀비가 집에 들어와 살게 되었을 때 엄마가 그렇게 말하는 것을 들은 적이 있었다. 나중에 엄마가 없을 때 홀비는 힘든 일이 있느냐고 물었고 그녀는 아무 말도 하지 않았다. "아빠가 보고 싶니?" 홀비가 넌지시 물었다. 일곱 살이었다, 그때는.

"이 안에 들어갈까?" 맥도널드 앞에 이르렀을 때 남자가 제안했다. "맥도널드 괜찮아, 재스민?"

커피만, 그가 버거를 권했을 때 그녀는 그렇게 말했고, 그는 자기가 가져다주겠다고 했다. 그녀의 아버지는 엄마가 홀비와 연애하는 것을 알고 집을 나갔다. 엄마는 상관없다고 말했지만, 6개월이 지나자 홀비와의 결혼을 밀어붙였다. 애초에 그와 눈이 맞은 것도 당시에 재스민의 아버지와 정식으로 결혼을 하지 않아서라고 주장하면서.

"난 맥도널드가 좋아." 남자가 커피를 가져오며 말했다.

역시나 웃는 얼굴이어서, 그녀는 그가 카운터에서도 계속 웃고 있었는지 궁금했다. 그녀는 그의 이름을 몰랐다. 3주 전에 처음으로 전화 대화 서비스에서 그의 목소리를 들었다. "난 재스민이에요." 그녀가 말했고, 그도 자기 이름을 말하기를 기대했지만 그는 그러지 않았다.

"네 나이를 거의 알 것 같았어." 이제 그가 말했다. "얘기를 해보니 거의 알겠더라고."

"열여섯이에요."

"열여섯일 거라고 생각했지."

그들은 창문을 따라 길게 난 자리에 앉았다. 바깥 보도에서는 사람들이 서로를 밀치며 급하게 다니고 있었다. 승용차나 버스는 다닐 수 없는 길이었다.

"예쁘다." 그가 말했다. "너 참 예뻐, 재스민."

*

사실은 예쁘지 않았다. 그녀는 예쁘다고 하기는 힘들었지만 그래도 그는 그렇게 말했다. 그러면서 이와 유사한 아침 중에서 자신이 들으면 특히 기분 좋을 만한 게 있나 생각해보았다. 둘이 함께 거리의 사람들을 바라보는 동안 그는 그런 생각을 하면서, 그녀가 아이 같은 목소리로 자신에게 참 아는 게 많다든가 태도가 느긋하다고 지절거리는 모습을 상상했다.

"내가 더 어릴 거라고 생각했지?" 그는 그녀에게 물었다.

"네, 아마도요." 그녀가 어깨를 으쓱하는데 가녀린 어깨가 잽싸게 위아래로 들썩거렸다. 그녀가 입은 파란색 아노락은 더럽지는 않았지만 빛이 바래고 물이 빠져 있었다. 다른 여자애들 같았으면 버렸을 것이다.

"그 장식 맘에 든다." 그가 말했다. 원피스의 얄팍한 분홍 천에 꽂은 브로치를 두고 한 말임을 그녀가 알지 못해서 그는 손가락으로 가리켰다. 그녀의 가슴은 납작했는데, 그는 그것도 맘에 든다고 말할 수도 있었을 것이다. 사실이니까. 하지만 사실이라고 해서 항상 괜찮지는 않다는 것을 오래전에 배운 바 있는 그는 그냥 미소만 지었다. 그녀의 창백한 맨다리가 껍질을 벗긴 나뭇가지 같아서, 예전에 나무껍질을 벗기던 기억이 떠올랐다. 역시 오래전이었다. 그녀의 구두는 분홍빛이 돌았고 굽이 높았다.

"별거 아니에요." 그녀는 브로치를 언급하며 그렇게 말했다. 그러고는 다시 아까처럼 어깨를 잽싸게 들썩거렸는데, 흡사 그 모습이 경련처럼 보였다. 아니라는 걸 그는 알긴 했지만. "물고기." 그녀가 말했다. "원래 물고기 모양인데."

"아름다워, 재스민."

"홀비가 준 거예요."

"근데 홀비가 누구야?"

"엄마가 결혼한 사람."

"아버지, 그럼?"

"헐, 아니죠."

그는 미소를 지었다. 전화 대화 중에 예쁘냐고 물었을 때 그녀는 아마도요, 라고 말했는데 말하는 품으로 보아 그렇지 않을 거라고 추측했었다. 그들은 환상을 즐겼고, 아닌 것을 그런 척했다. 뭐, 물론 다들 그러고 산다.

"너랑 같은 나이라고, 재스민…… 우리 대화할 때 그렇게 생각했지? 몇 살이라고 생각해?"

"말투가 애 같진 않았어요." 그녀는 말했다.

그녀는 코 한쪽에는 단추 모양의, 한쪽 귀 가장자리에는 조그만 코일 모양의 피어싱을 하고 있었다. 그는 배꼽에도 뭔가를 했나 궁금해서 물어보고 싶었지만 그러면 안 된다는 것을 알았다. 그는 눈을 감고서 뭔가 반짝이는 것이 안에 쏙 박혀 있는 모습을 그려보고 싶었지만 그냥 미소만 지었다. 힘없이 축 늘어진 그녀의 머리는 부스스한 잔머리 없이 밝게 염색되어 있었다.

"부지런한 성격이구나." 그가 말했다. "그런 사람일 거라고 생각했어. 자신에 대해 부지런한 사람이란 걸 알 수 있었지."

또다시 어깨가 으쓱 올라갔다. 그녀는 손이 시린 것처럼 커피 머그잔을 양손으로 잡고 있었다. 그녀는 그에게 직업이 있는지 물었고 그는 그렇다고, 법 계통이라고 말했다.

"법이요? 경찰?" 그녀는 놀란 눈빛에 불안한 몸짓으로 주위를 둘러보았다. 손을 잡아도 될 것 같다, 그는 생각했다, 자연스러운 행동 아닌가. 하지만 그 역시 그는 참았다.

"법원 일이야." 그가 말했다. "분쟁이 있을 때, 문제가 생겼을 때, 사건을 재판에 부치는 거지. 아니야, 경찰은. 경찰과는 아무 관련 없어."

그녀는 고개를 끄덕였고, 불안은 서서히 잦아들었다.

"간호사가 되겠다고 했지, 재스민? 사람들을 보살피려고? 사람들을 보살피는 네 모습이 잘 그려진다, 재스민."

누가 물으면 그는 항상 법원 일이라고 대답했다. 그리고 대개는 사람들을 돌보는 그들의 모습이 잘 그려진다고 말했다.

*

그가 아는 곳 중에 골드마인이라는 곳이 있어서 그들은 거기에 가서 슬롯머신 게임을 했다. 자기는 항상 돈을 딴다, 라고 그는 말했지만 오늘은 그러지 못했다. 그는 신경 쓰지 않았다. 자기 돈이 허투루 새어 나갔을 때 긱스가 그러는 것처럼 난동을 부리지 않았다. 모든 게 다 조작이라는 말도 하지 않았다. 좋은 날도 있고, 나쁜 날도 있다, 라고만 그는 말했다.

"아니, 가져가." 그녀가 돈이 전혀 없다고 설명해야 했을 때 그는 말했고, 결국 그녀는 그가 준 2파운드짜리 동전을 가지고 잔돈 바꾸는 곳으로 갔다. 그가 집게손으로 목걸이를 뽑아주었는데, 그는 집게손을 요령 있게 움직이다가 적절한 때에 집게를 펼쳤으며, 닫을 때도 서두르지 않고 확신이 들 때까지 기다려야 한다는 것을 잘 알았다. 언젠가 거기 나와 있는 걸 싹쓸이한 적도 있었다, 라고 그는 말했다. 사탕, 장신구, 주사위, 카드 세 벌, 주머니칼 두 개, 춤추는 인형, 미니마우스, 장식품 등. 그는 목걸이를 뽑아준 후 집게손이 달린 크레인을 회전시키며 다음으로 뭘 원하는지 물었다. 하지만 이번에는 집게를 간발의 차이로 빨리 닫는 바람에 그가 뽑으려던 팔찌는 아주 조금 움직이고는 다시 떨어져버렸다. 그들은 골드마인에서 한 시간을 보냈다.

"버스 정류장에 잠깐 다시 갈까?" 그가 제안했고 재스민은 그래도 된다고 말했다. 하지만 가는 도중에 앉을 만한 자리가 있었다. 콘크리트로 구유 같은 구조물을 만들어 가운데에는 관목을 심고 양옆으로는 의자처럼 앉을 자리를 마련한 곳이었다. 관목들은 거의 죽었지만 빈자리가 하나 있었고 그는 그녀에게 거기 앉겠느냐고 물었다.

"그래요, 좋네요." 재스민이 말했다.

빈자리 반대편에는 나이 든 남자가 몸을 뻗고 잠들어 있었다. 다른 자리에서는 엄마와 아이들이 감자튀김을 먹었다. 세 번째 의자에는 두 여자가 멍한 눈빛으로 말없이 앉아 있었다.

"난 햇볕이 좋으면 여기에 와." 재스민과 함께 앉은 남자가 말했다. "달리 할 일이 없으면 여기에 오지."

좀 전에 그는 그녀에게 목걸이를 하라고 했다. 직접 목걸이를 걸어주며 잠금쇠를 만지작거릴 때 목에 닿는 그의 손가락이 차갑게 느껴졌다. 그는 목걸이가 잘 어울린다고 말했다. 눈색깔과 잘 어울린다, 라고 말했는데 목걸이 구슬에 노란빛이 도는 터라 그녀는 좀 의아했다. 우주여행 게임기 쪽으로 가는 길에 그는 자신이 스물아홉이라고 말했고, 그녀는 그가 나이가 많아서 좋다고 말하고 싶었으며 거의 그럴 뻔했다.

"햇볕 괜찮아, 재스민?"

두 여자가 그들을 쳐다보았다. 한 사람, 그리고 다음 사람, 여전히 말없이. 다른 자리의 엄마는 감자튀김을 더 사달라는 아이들을 혼냈다. 그녀는 빈 포장용기를 쓰레기통에 넣고 아이들과 함께 자리를 떴다.

"햇볕에는 비타민이 있어. 그거 알아, 재스민?"

그녀는 알지 못했지만 고개를 끄덕였다. 목걸이를 보려 했지만, 구슬들을 팽팽히 당기고 눈을 찡긋하며 내려다보아도 제대로 보이지 않았다. 혼자였다면 목걸이를 풀었겠지만, 지금 그렇게 하고 싶지는 않았다.

"재스민은 멋진 이름이야." 그가 말했다. 전화로 대화할 때도 그렇게 말했다. 그녀가 직접 붙인 이름이라는 사실은 몰랐지만 그녀를 칭찬했다. 그녀는 전화 대화에서도 자주 그가 다정한 사람이라고 생각했었다. 물론 몇 번인가 자신이 와 있는 공중전화 박스가 어떻게 생겼는지 묘사하거나 벽에 적힌 글을 읽어줄 때는 좀 어리둥절하긴 했다. 맨 처음에 낙서라는 말도 없이 다짜고짜 글을 읽어주었을 때는 정신이 온전한 사람인가 의문이 들었지만, 이내 설명을 해주었고 그래서 괜찮았다. 그녀는 텔레비전에서 본 것처럼 그가 법정에 서 있는 모습을 상상했다. 그가 한 손에 서류를 들고 주장을 펼치는 모습을 상상했다. 방청석에 있는 자신에게 눈길을 보내는 그와 그의 얼굴에 떠오르는 미소, 손을 흔들어주고 싶지만 그가 미리 말해줘서 그러면 안 된다는 걸 잘 아는 자신을 상상했다. 전화 대화 서비스에 접속했을 때도 그는 그녀의 목소리를 언급했었다. "편하게 대해." 그는 말했었고, 그녀는 그가 가지 않길 바랐기 때문에 연결을 끊지 않았다. "목소리가 너무 좋아" 하고 그가 말했을 때 그녀는 자기 목소리 얘기라는 것을 깨달았다.

이제 그는 그녀를 보며 미소를 지었다. 그들은 나이 든 남자가 잠에서 깨는 것을 지켜보았다. 남자는 비닐봉지에 아마도 옷일 것 같은 물건을 가득 채워 베개로 썼다. 그는 구두끈을 풀고는 다시 묶었다. 그러고는 주변을 둘러보더니 그곳을 떠나갔다.

"난 네가 싫다고 할 줄 알았어, 재스민. 내가 한번 만나자고 했을 때 말이야. 무슨 말인지 알아, 재스민? 더 진행되는 걸 네가 원치 않을 거라고 생각했어."

그녀는 고개를 저어 그 말을 부정했다. 그녀는 엄마가 그곳을 지나가기를 바랐다. 홀비는 모르는, 마권 판매소에서 일하는 그 남자에게서 돌아오는 길에. 홀비는 한심한 인간이다, 엄마는 말했다. 자신이 저지른 또 하나의 실수이며, 재스민의 아버지와 똑같다고. 엄마는 마권 판매소 남자와 연애 중이고, 이 다음에는 그 사람 역시 실수가 될 것이다. 그러지 않을 리가 없다.

“절대로.” 재스민은 항변하고 있는 제 목소리를 들었다. “절대로 싫다고 하지 않았을 거예요.”

그녀는 그에게 확신을 심어주려고 고개를 저었다. 그녀가 싫다고 할까봐 걱정했다는 말을 했을 때 그는 목소리를 낮췄다. 그녀는 그 무엇도 망쳐지는 걸 원치 않았다. 모든 것이 전화 대화 서비스에서처럼, 그리고 바로 지금처럼 잘 흘러가기를 바랐다.

“지금 달리 할 일 없지, 재스민? 오늘 시간 있으면 우리 집에 갈래?”

또다시 설렘이 물결처럼 퍼졌다. 그것은 핀과 바늘이 온몸을 콕콕 찌르는 듯한 느낌이었지만 실제로 그런 건 아니라는 걸 그녀는 알았다. 그녀는 그와 함께 있는 것이 너무도 좋았다. 애초에 그럴 것을 알았었다. “그래요.” 그녀는 주저 없이 말했다. 주저했다고 그가 생각하는 게 싫었다. “그래요, 오늘 시간 있어요.”

“걸어가는 게 가장 좋아.” 그가 말했다. “걸어가도 괜찮아, 재스민?”

"물론 괜찮아요." 그리고 지금이 적당할 것 같아서, 재스민은 아직 그의 이름을 모른다고 덧붙였다.

"클라이브." 그가 말했다.

*

그는 그 이름이 좋아서 자주 사용했다. 대개 그들은 이름을 물었는데, 때로는 심지어 전화 대화 도중에, 더 진도가 나가기 전에 묻기도 했다. 로드니도 좋아하는 이름이었다. 켄도 좋았다. 앨리스터도.

"이름이 클라이브인 사람은 하나도 모르는데." 그녀가 말했다.

"집에서 사니, 재스민?"

"아, 네."

"네가 말했지. 바로 얼마 전에 말했어. 이제는 집에서 나와 사는 건가 싶어서 물어본 거야."

"그럴 수 있으면 좋겠어요."

"거리가 있지, 그 사람들이랑?"

그녀가 무슨 말인지 알아듣지 못하자 그는 그녀의 어머니와 그 외 아무나라고 말했다. 전화로 대화할 때 그녀가 외동이라고 말했던 것을 그는 기억했다. 어머니는 그 당시에 언급했고 그 남자에 대해서는 버스정류장에서 얘기했다. 그 남자가 혹시 서인도제도 사람 아니냐고 그가 물었을 때 그녀는 그렇다고 했다. 피부색은 연하다, 라고 그녀는 말했다. "다들 몰라봐요."

그들은 북적이는 거리를 벗어나 블레넘 로로 들어섰다. 소웰 스트리트로 이어지는 그 구역에는 공중화장실이 있고 맨 끝에는 학교가 있었다.

"여기에서 서인도제도 출신 아이가 살해당했어." 그가 말했다. "백인 아이들이 칼을 빼들었거든. 그런 거 본 적 있어, 재스민?"

"아뇨." 격렬하게, 그녀는 고개를 저었다. 그는 웃음을 터트렸고 그녀도 따라 웃었다.

"집에서 나와 살 생각 있어, 재스민? 그런 생각, 해본 적 없어? 너만의 공간을 갖는다는?"

항상, 그녀는 그렇게 말했다. 단지 문제는, 자신이 돈을 벌지 않는다는 것.

"네가 거의 맨 처음 한 얘기지. 들어오는 돈이 하나도 없다고."

"얘기하기 참 편한 사람이에요, 클라이브."

그가 그녀의 손을 잡았고, 그녀는 뿌리치지 않았다. 맥도널드에 있을 때 그는 그녀의 손톱에 은빛이 도는 것을, 몇 개는 끝부분이 부러져 거칠거칠한 것을 봤다. 어린애가 아닐 리가 없었다. 열여섯 살이 되었을 리도 없고, 잘해야 열두 살쯤일 것이었다. 그녀의 손은 따뜻했다. 그의 손 안에서 손가락을 엮고 있는 약간 축축한 손.

"어떤 노래가 있었어." 그가 말했다. "'세상 고민 다 짊어지고.' 이렇게 시작하는 노래야. '온갖 겉멋 다 부리고.' 너는 어려서 모를 거야, 재스. 제목은 다를지도 모르겠지만 가사가 그랬어. '젊은 애들이 줄곧 하는 거라곤 그뿐이라네.' 좋은 노래야."

"나도 언제 한 번쯤 들어봤을 텐데, 잘 모르겠어요."

"정말로 몇 살이야, 재스?"

"열일곱."

"아니, 정말로 몇 살?"

그녀는 열다섯이라고 말했다. 10월이면 열여섯, 그녀는 그렇게 말했다.

*

퀸 앤드 에인절을 지날 때 그는 그녀에게 술을 마셔본 적 있는지 물었다. 정식 술집에 그녀를 데려가면 자신에게 좋을 것이 없다, 라고 그는 설명했다. 그녀는 술에 관해 까다롭게 굴지 않는다고 말하며 맥주 맛을 떠올렸는데, 별로 좋아하지 않는 맛이었다. 그는 기다리라고 이르고 길 건너에 있는 주류 판매점에 갔다가 비닐봉지를 들고 돌아왔다. 그가 그녀에게 윙크를 하자 그녀는 웃음을 터트렸다. "불량 청소년이 되면 안 되지." 그가 말했다. "그냥 몇 모금만 마시자."

그들은 강 위에 놓인 다리로 갔다. 다리를 건너지는 않고 강변의 예선로로 내려갔다. 그게 지름길이라고 그는 말했다.

주변에는 아무도 없었고, 그들은 다리의 일부를 이루는 벽돌담에 기댔다. 그는 사온 술병의 뚜껑을 돌려 열고는, 재킷 주머니에서 꺼낸 플라스틱 원반이 펼쳐지며 텀블러가 되는 것을 그녀에게 보여주었다. 강화 와인이다, 라고 말했지만 그에게는 미니어처라고 부르는 조그만 병에 든 보드카도 있었다. 러시아 사람들이 마시는 것, 그는 그렇게 말했는데 그녀도 그 정도는 알고 있었다. 그는 모스크바에 한 번 가본 적이 있다고 말했다.

술을 섞어 맛을 본 그가 너무 세지는 않다고 말했다. 그들은 텀블러에 담긴 술을 마셨다. 여자를 취하게 만드는 짓을 한 적은 없다, 라고 그는 말했다. 그가 전에 그 접이식 텀블러를 발견한 곳은 아까 그들이 햇볕을 쬐며 앉아 있던 자리였다. 어느 날 그는 그 자리에서 그것을 보았고, 그것이 파우더 콤팩트라고 생각했다. 그는 한잔하고 싶은 친구를 만날 때를 대비해 그 텀블러를 지니고 다녔다.

"괜찮니, 재스?"

"네, 엄청 좋아요."

"맛 좋아, 재스?"

그들은 텀블러를 주거니 받거니 했다. 그녀는 그의 입술이 머물렀던 자리에 입을 대고 마셨다. 그러고 싶었다. 그 모습을 본 그가 그녀에게 미소를 지었다.

햇살을 받으니 좋다, 다시 걸어갈 때 그는 그렇게 말했고 또 한 번 손을 잡았다. 그녀는 그가 키스를 할 거라고 생각했지만 그는 그러지 않았다. 그래주기를 그녀는 바랐다. 그의 한쪽 팔이 그녀의 어깨를 감싸고 다른 손은 그녀와 맞잡은 채로, 풀밭에 함께 앉아 강물 위로 노를 저어 지나가는 사람들을 바라보고 싶었다. 병에 술이 좀 남아 있는데 그는 술병들을 비닐봉지와 함께 쓰레기통에 버렸다.

"우리 앉아요, 네?" 그녀가 말하자 그들은 자리에 앉았고 그녀의 머리가 그의 가슴을 파고들었다. "사랑해요, 클라이브." 그녀는 자신을 주체할 수 없어 그렇게 속삭였다.

"우린 잘 어울려." 그가 속삭였다. "어울리지 않을 리가 없지, 재스."

또다시 함께 걸어가는 동안, 그녀는 침묵을 깨트리지 않았다. 특별한 침묵이라는 것을, 그 어떤 말보다 낫다는 것을 알았기 때문이다. 어떤 말도 필요 없었고, 그 어떤 말도 이미 거기 있는 것에 티끌 하나 보탤 수 없었다.

"모스크바에 있는 우리 모습이 그려진다. 그 거리들을 걷고 있는 우리 모습이 그려져."

그녀는 달라진 느낌이 들었다. 더 이상 보잘것없는 사람이 아닌 것처럼 느껴졌다. 얼굴도 달라지고 몸도 달라진 느낌이었다. 간이식당에서 접시를 치울 때도 다른 사람일 것이다. 트럭기사들이 뿜어대는 담배연기도, 그들이 하는 말도 개의치 않을 것이다. 자신이 아는 그 무엇도 똑같지 않을 것이다. 엄마도 다를 것이고, 루키 긱스가 제 맘대로 아무 데나 만지게 놔두는 일도 없을 것이다. 그녀는 자신이 취한 건가 생각했다.

"넌 취하지 않았어, 재스." 그는 그녀의 손을 꽉 잡았다. 그녀에게 환상적이라고 말했다. 둘 다 좀 알딸딸한 것뿐이다, 라고 그는 말했다. 행복한 거다, 라고 말했다. 목소리를 듣자마자 환상적인 사람이란 걸 알았다. 버스 정류장에서 보자마자 알았다. 지금 가고 있는 방에는 자신이 모은 물건들이 있다. 조그만 플라스틱 거북이들, 경주용 차들, 가고 싶은 곳에 관한 책들, 그리고 벽에 붙여놓은 고성의 사진들. 그가 그런 이야기를 할 때, 그녀는 상상 속에서 여름 꽃들이 담긴 화병을, 햇살을 가리는 커튼을 보았다. 그는 그녀에게 음반을 틀어주었다. 스파이스 걸스, 그들은 과거에 있었고 그는 그런 것들을 좋아했으므로.

강변길을 벗어나 들어선 거리에는 한쪽에 차고 문들이 일렬로 늘어서 있고 반대편에는 담장을 쌓은 뒤뜰이 있었다. 그들은 교외 동네의 도로로 빠져나와 건너편에 초승달처럼 휘어진 주택가로 갔다. 그는 그곳에 도착하기 전에 그녀의 손을 놓고 살짝 올라간 재킷 등판을 잡아 내렸다. 그는 단추 세 개를 모두 잠갔다.

"5분만 기다려줄래, 재스?"

그는 마치 그녀가 상황을 다 아는 것처럼 말했다. 왜 기다려야 하며, 왜 5분인지 아는 것처럼, 그가 미리 말해줬는데 그녀가 잊어버린 것처럼. 그가 해준 말이 없음을 그녀는 알았다. 상관없었다.

"괜찮겠어, 재스?"

"물론이죠."

그녀는 그가 걸어가고 있을 때도, 파란색으로 칠한 현관문 앞에 도착할 때도 바라보고 있었다. 좀 전에 그가 도로를 건너 주류 판매점으로 갈 때 그랬던 것처럼 그를 바라보고 있었다. 그때 기다렸듯이 이번에도 기다리면서, 그녀는 조그만 거북이들과 경주용 차들을 다시 보고 스파이스 걸스를 다시 들었다. 도로 건너편에 배달용 밴이 한 대 정차했다. 아무도 차 밖으로 나오지 않았고 1, 2분 후에 차는 다시 떠났다. 개 한 마리가 지나갔다. 어느 집 앞뜰에서 한 여자가 잔디 깎는 기계를 돌렸다.

그녀는 그가 말한 시간보다 더 오래 기다렸고 그 시간은 긴 세월처럼 느껴졌지만, 다시 나타났을 때 그는 그 시간을 보상이라도 하려는 듯 급히 서둘렀다. 뛰다시피 돌아오는 그의 플란넬 바지가 펄럭거렸다. 그녀에게 왔을 때 그는 숨을 헐떡거렸다. 그는 고개를 저으며 돌아가야겠다고 말했다.

"돌아가요?"

"돌아가는 게 좋겠어, 재스."

그가 그녀의 팔을 잡았다. 하지만 신경이 곤두선 그의 손길은 조금 전과 같지 않았다. 그녀의 손을 찾지도 않았다. 그녀가 빨리 따라가지 못하자 그는 그녀의 아노락을 잡아당겼다. 그들 뒤편 어딘가에서 자동차 문이 쾅 닫혔다.

"아, 맙소사." 그가 말했다.

빨간 차 한 대가 옆에서 속도를 늦췄을 때, 그들은 차고 문들이 일렬로 늘어선 거리로 들어서려는 참이었다. 차가 멈추고 안경을 줄에 걸어 목에 늘어뜨린 여자가 차에서 나왔다. 여자는 갈색 치마를 입고 그에 어울리는 카디건을 연한 색 실크 블라우스 위에 받쳐 입었다. 검은 머리를 땋아 말아 올렸으며, 립스틱이 번들거리는 것을 보면 그 위에 파우더를 덧바를 시간이 없었거나 깜빡 잊고 그대로 둔 것 같았다. 블라우스 앞섶에서 안경이 통통 튀기다 멈췄다. 말을 하는 여자의 목소리에 화가 역력했지만 낮은 어조여서 마치 이를 악문 듯한 인상을 주었다.

"믿을 수가 없구나." 그녀가 말했다.

여자는 재스민이 거기 없는 것처럼 말을 했다. 그녀를 쳐다보지도 않았고 얼핏 눈길을 돌리지도 않았다.

"제발 좀!" 그녀는 거의 고함치듯 말하고는 차문을 쾅 닫았다. 뭐라도 해야 한다는 듯, 소음만이 자신의 기분을 표현할 수 있다는 듯. "제발 좀! 그런 난리를 겪었는데도 이러니!"

여자의 얼굴이 분노로 떨렸고, 주먹 쥔 한쪽 손이 차 지붕을 내리쳤다가 펼쳐진 후 아래로 늘어졌다. 그러고는 적막이 흘렀다.

"재 누구니?" 침묵이 흐른 뒤 마침내 재스민의 존재를 인정하며 여자가 물었다. 진력이 난 듯한 그녀의 질문은 음산하고 무딘 어조로 흘러나왔다. "너 지금 보호관찰 받고 있어." 그녀가 말했다. "보호관찰을 받고 있다는 사실을 잊기라도 한 거니?"

여자에게 괴롭힘을 당하던 남자는 여태 말할 엄두도 내지 않고 항변도 하지 않더니 그제야 무슨 말인가를 중얼거렸다.

"저 애가 강변 예선로를 찾고 있었어요. 내게 위치를 물었어요. 난 모르는 사람이에요."

그날 오후, 혹은 그 어느 오후에라도, 그 기름하고 파리한 얼굴은 잠깐의 시간 만에 변해버린 그 모습—아무런 표정도 생기도 없이 한 줄기 눈물만 주르륵 흘러내린—그 이상도 이하도 아니었는지 모른다.

그러고는, 재스민과 그 많은 대화를 나눈 사람, 그녀가 사랑하기 시작한 그 사람은 뒤뚝거리며 멀어져갔다. 그가 장식이 화려한 파란색 현관문에 다다른 후 건물 측면으로 돌아 다시 사라질 때까지 여자는 아무 말도 하지 않았다.

"무슨 일이라도 있었니?" 그때 여자가 물었다. 그녀는 재스민을 빤히 쳐다보았다. 천천히 그녀를 위아래로 뜯어보았다. 재스민은 그 질문이 무슨 뜻인지 몰랐다.

"저 애가 네게 무슨 짓이라도 한 거니?" 여자가 물었고, 재스민은 질문을 이해하면서도 이해하지 못했다. 그가 울었다는 사실, 그가 행복을, 미소를 빼앗겼다는 사실이 더 중요했다. 그는 그녀를 위해 울었다. 그는 그들 두 사람을 위해 울었다. 그 모든 것을 그녀는 너무도 잘 이해했다.

"넌 누구니?" 여자가 물었다. 이를 악문 듯한 여자의 말소리는 분노의 에너지를 잃은 채 겁에 질려 있었고, 지친 얼굴에는 두려움이 겹쳐졌다.

"클라이브는 제 친구예요." 재스민이 말했다. "잘못된 건 없어요. 우린 잘못한 게 없다고요."

"그건 저 애 이름이 아니야."

"클라이브, 그 사람이 말했는데요."

"저 애는 아무 말이나 해. 네게 술을 줬니?"

재스민은 고개를 저었다. 왜 말해야 한단 말인가? 왜 그를 곤란하게 한단 말인가?

"너한테서 술 냄새 나." 여자가 말했다. "매번 저 애는 술을 먹여."

"그 사람은 아무 짓도 안 했어요."

"난 저 애 이모야. 저 앤 우리와 함께 살고 있고."

자기가 물어봤다면, 재스민이 말했다, 그는 이름에 대해 해명해주었을 것이다. 하지만, 자신 역시 이름을 스스로 지었다고, 때로 사람들은 그러고 싶어 한다고 말하기 시작했을 때,

여자는 그녀를 빤히 쳐다보기만 했다.

"저 애 엄마는 죽었어." 여자가 말했다. "그 뒤로 저 애는 우리랑 살고 있단다. 오늘 집이 빌 거라고 생각했겠지만 비지 않았지. 내가 나가려다 마음을 바꿨거든. 걱정이 많으면 마음을 바꾸기도 해. 아주 자주 그러게 된단다. 음, 당연한 일이겠지. 범죄 혐의를 받고 있으니까."

"그냥 제게 보여주려고, 그러니까, 어디 사는지 보여주려고 한 것뿐이에요."

"이름이 뭐니?"

"재스민."

"이게 알려지면 그들이 다시 저 애를 잡아갈 거야."

재스민은 고개를 저었다. 뭔가 착오가 있다, 라고 그녀는 말했다. 착오는 없다고 여자가 말했다.

"우리가 저 애를 돌본단다. 우리는 저 애를 위해 거짓말을 해, 남편과 내가. 저 애 엄마가 죽은 후로 우린 최선을 다했어. 가족이니까 최선을 다하는 거지."

"아무 일도 없었어요."

"저 애 엄마는 언젠가는 애가 사고를 칠 것을 알고 있었어. 너무 끔찍해서 견딜 수 없는 날이 올 것을 알았던 거야. 어쨌든 자기 자식인데, 너무 벅찼던 거지. 유서를 남기고 갔어."

"정말이에요. 장담해요."

"알아, 알아."

여자는 차에 탔고, 창문을 내리고 무슨 다른 말을 하려는 것 같았지만 아무 말도 하지 않았다. 그녀는 조용한 도로로 접어들어 자기 집으로 돌아갔다.

*

갈비를 기름에 구우며 홀비는 포크로 간간이 고기를 찔러보았다. 그는 고기를 까맣게 타도록 굽는 것을 좋아해서 가스 불을 낮추지 않은 채로 연기가 오르는 것까지 보려 했다. 연기가 머리카락에 스며든다, 라고 재스민의 어머니는 주장했다. 그런 연기는 기름기로 미끈거린다, 라고 우기기도 했지만 홀비는 그럴 리가 없다고 말했다. 재스민이 부엌에 들어왔을 때 그는 문소리를 들었으며, 들어온 사람이 애 엄마가 아니라는 것을 알고 아이에게 외쳤다.

"별일 없니?"

괜찮아요, 재스민이 대답했고, 바로 그때 마권 판매소의 친구와 시간을 보내고 온 엄마가 들어왔다. 엄마의 등장과 함께 그녀가 남자를 만날 때면 듬뿍 뿌리는 향수 냄새가 자욱한 연기를 뚫고 훅 끼쳐왔다.

"뭘 튀기고 있는 거야, 홀비?" 그녀는 지글지글 고기 굽는 소리 위로 고함을 질렀다. 재스민은 곧 싸움이 있으리란 걸 알았다.

문을 닫고 방 안에 있는데도 싸움이 시작되는 소리가 들렸다. 엄마의 요란한 비난과 그에 대적하는 홀비의 침착하고 단조로운 말투. 그녀는 듣지 않았다. 마침내 홀비가 마권 판매소 남자에 대해 짐작을 했는지도 모른다. 언젠가 그녀의 아버지가 그에 대해 짐작했던 것처럼. 결국 그렇게 되어버렸고, 갈비를 굽는 일, 연기, 기름기 등은 싸움을 거는 수단, 자기 입장을 주장하는 그의 방식에 지나지 않을지도 모른다. 그리고 홀비는—오늘이 아니면 언젠가 다른 날—집을 나가며 그건 어떤 남자도 참을 수 없는 일이라고 말할 것이다. 아버지 역시 그렇게 말했던 것을 재스민은 기억하고 있었다.

그녀는 커튼을 닫고 침대 위에 누웠다. 자신이 꾸며낸 황혼녘의 분위기가 마음에 들었다. 이보다 더 나은 날에도 그랬다. 막 사랑하기 시작한 남자와 함께 그 집까지 걸어가고 다시 자신이 사는 곳까지 혼자 걸어온 뒤 녹초가 된 그녀는 눈을 감았다. "이 안에 들어갈까?" 그가 또다시 물었다. 그는 그녀가 기다리는 곳으로 커피를 가져왔다. 그가 목걸이를 채워줄 때 손가락의 감촉이 느껴졌다. "햇볕 괜찮아?" 그가 말했다.

여전히 상상 속에 떠오르는 그 방 안에는 책장에 놓인 책과 꽃이 꽂힌 화병, 고성의 그림들이 있었다. 법정에서 그는 한 손에 서류를 들고 다른 손으로는 손짓을 하며 주장을 펼쳤다. 그들은 잘 어울린다, 그는 강변길에서 그렇게 말했고, 배 젓는 사람들이 강물 위를 지나갔다.

아래층에서 무언가가 내던져졌다. 그리고 홀비가 중얼대는 소리, 부서진 도자기가 쓸려 담기는 쨍그랑 소리, 아까 그 여자처럼 신경질이 다 빠져나간 목소리로 엄마가 계속 말하는 소리가 들려왔다. 그는 사정을 오해한 여자 때문에 창피를 당한 것이며, 그런 일에 마음을 쓰는 부류였다. 그 여자는 중요하지 않다는 것을, 그 여자가 하는 말과 노여움은 중요하지 않다는 것을 그는 깨닫지 못했다. 그는 그런 것을 아는 부류가 아니었다. 영악한 유형이 아니었다.

이제 좀 달라진 엄마의 목소리가 살살 달래가며 거짓말을 하고 있었다. 그녀는 싸움이 이 정도에 이르면 늘 그러듯이 맥주나 한잔하고 오라며 홀비를 내보냈고, 재스민은 그가 나가는 소리를 들었다. 엄마가 계단 위쪽을 향해 앤지를 부르며 내려오라고 소리쳤다. 그녀는 대답하지 않았다. 앤지는 자기 이름이 아니라고 말하지도 않았다. 그녀는 아무 말도 하지 않았다.

거기 간다 해도 그는 햇볕이 비치는 의자에 앉아 있지 않을 것이다. 버스 정류장에서 기다리고 있지 않을 것이다. 슬롯머신에서 게임을 하고 있지도 않을 것이며, 맥도널드에 있지도 않을 것이다. 하지만 눈을 감으니 거기에 그의 미소가 있었고 그것은 사라지지 않았다. 그녀는 그가 준 선물인 목걸이에 입을 맞췄다. 그것을 항상 고이 간직하겠다고 그녀는 다짐했다.

올리브힐에서

"아, 적어도 아버지에겐 말하지 마라." 어머니가 사정했다. "적어도 아버지가 세상을 뜰 때까지는 아무것도 하지 마."

하지만 그들은 확신이 없는지 아무 말도 하지 않았다. 그녀는 아들들이 약속해주길 바랐지만 그들은 그러지 않았다. 어머니의 실망을 감지한 그들이 그녀를 달랬다.

"저희는 아버지를 괴롭히는 일은 절대 하고 싶지 않아요." 톰이 말했고, 오언은 고개를 저었다.

그녀는 마음이 놓이지 않았으나 그런 말을 입 밖으로 내지는 않았다. 아들들이 무슨 생각을 하는지 그녀는 알고 있었다. 늙은 사람이니 근처에서 얼쩡거리는 죽음을 의식하겠지만 그렇더라도 죽음이 항상 볼일을 재빨리 끝내지는 않는다는 생각. 그녀는 이렇게 좋은 날에 들은 난데없는 그 이야기가 싫었다.

그녀는 그들의 아버지보다 한 살 아래였다. 그러나 누가 먼저 가게 될지는 어찌 알겠는가? 두 사람 다 무수히 많은 사소한 질환에 시달렸고 다른 것들보다 확연히 심각한 질병이 각자 하나씩 있었다. 칠십대 후반에 이른 그들은 하루하루를 연명하고 있었다.

"그럼 우리 아무 말도 안 하는 거다." 그녀는 말했다. 그들에게 자신이 바라는 것을 약속받기를 여전히 바라면서. "약속해." 그녀는 아들들이 어렸을 때 그렇게 말하곤 했고, 그들은 항상 고분고분하게 따랐다. 하지만 지금은 모든 것이 달랐다. 아들들이 생활을 유지하기 위해 할 수 있는 모든 일을 하고 있음을 그녀는 알고 있었다. 올리브힐에서 그것은 몸부림에 가깝다는 것도 알고 있었다.

"너무 걱정 마세요." 오언이 말했다. 그의 연푸른 눈에 잠시 죄책감이 떠올랐다. 죄책감을 잘 느끼는 아이, 그녀는 생각했다. 톰보다 더, 그리고 앤절라보다 더.

"그냥 우리도 앞을 내다봐야 한다는 것뿐이에요." 톰이 말했다. "우리가 어디로 가고 있는지 알아야 한다고요."

그들은 그해 여름 처음으로, 비록 이미 여름이 깊었지만, 밖에 나와 차를 마시고 있었다. 넓은 잔디밭의 풀은 그날 아침에 킬리의 손길로 다듬어졌고 정원 의자들도 솔로 깨끗이 닦여 있었다. 흰색 널빤지를 이어 붙인 테이블에는 펼쳐진 테이블보 위에 마시다 남은 차가 놓여 있었으며 그 아래에는 잉글리시 세터 두 마리가 졸고 있었다.

"다 식었을 거야. 더 끓여 올게요." 그녀는 남편이 오자 그렇게 말했다.

"아니. 안 그래도 돼요." 제임스는 아직 몇 미터 떨어진 곳에서 천천히 걸어오며 만류했다. "여사님은 가만히 쉬고 계시구려."

그 말을 대충 알아들은 그녀는 상냥하게 고개를 끄덕였다. 둘 다 비슷한 정도의 청력 손실을 무시하고 산다는 점 외에도 그들에게는 조금씩 비슷한 점들이 있었다. 이를테면 키가 크지만 어깨가 굽고 여위어서 예전 같지는 않다는 점. 입은 옷은 새것은 아니지만 세련된 분위기는 남아 있었다. 예컨대 그녀의 진한 밤색 옷과 밝은 실크 스카프, 그의 푸른색 트위드 재킷과 정성껏 맨 넥타이. 담쟁이로 뒤덮인 그들의 집과 이곳저곳 방치된 정원은 그들의 몰락을 반영했으나 그들 자신은 그렇지 않았다.

"고마워요, 몰리." 아내가 토스트를 덮은 냅킨을 벗겨주자 노인은 그렇게 말했다. 그녀는 냅킨을 다음 티타임에 다시 쓰기 위해 고이 접어두었다. 그의 토스트는 직사각형으로 깔끔하게 삼등분해 버터를 바른 것이었다. 다른 사람은 아무도 하루 중 이 시간에 토스트를 먹지 않았다.

"건초 뒤집기 하고 있니?" 그는 습관대로 두 아들에게 동시에 말을 걸었다. "주말쯤이면 다 거둬들이겠구나, 그렇지?"

목요일 이전에요, 그들은 말했다, 그즈음에 날씨가 변할 것 같아요. 그들의 차림새는 좀 더 편안해서 위쪽 단추를 푼 셔츠에 플란넬 바지를 입고 있었다. 둘 다 일하는 농부들이었다. 톰은 사유지 내 주택에서 가족과 함께 살았는데, 원래는 일꾼들 숙소로 쓰이던 곳이었다. 그는 매일은 아니지만 가능할 때마다 이 시간쯤에 올리브힐에 와서 한 시간 정도 노부부와 함께 보냈다. 가끔씩 그의 아내 로레타도 아이들을 데리고 왔다. 오언은 결혼을 하지 않았으며 여전히 올리브힐에서 살았다.

토스트에 레몬 커드를 바르며 제임스는 티타임에 왜 두 아들이 모두 와 있을까 생각했다. 대개는 톰이 오면 오언은 없었다. 그는 묻지 않았다. 곧 나올 테니까. 그들이 어떤 변화를 제안하는지, 둘이서 힘을 모아 그를 설득해야 하는 일이 무엇인지. 하지만 곧 오언이 자리를 떴다.

"아버지, 기운이 넘쳐 보이시네요." 톰이 아버지를 치켜세웠다.

"아, 그래, 기운이 넘친다."

"좋은 날씨가 약이지." 몰리가 말했다.

그리고 늘 그러듯이 제임스는 로레타의 안부를 물었고, 손주들의 안부도 함께 물었다.

"애들이 하도 장난이 심해서 불쌍한 여자가 돌아버리려고 해요." 그래놓고 톰은 웃음을 터트렸다. 톰의 얌전한 딸들은 네 살배기 쌍둥이로, 아직 말썽 부리는 나이에 이르지 않았음을 다들 알고 있는 터라 불필요한 웃음이었지만.

그들은 아일랜드 가톨릭교 가정으로서, 가톨릭이 배제된, 그리고 지금은 거의 사라진 특권층에서 소박하나마 한자리를 차지한 적이 있었다.* 몰리가 처음 이 집에 살았을 때 그녀와 제임스가 속한 신앙이 그들을 새로 생긴 나라에 결속시켰다.** 하지만 세월이 흐른 후 아일랜드에서 신앙 종파의 중요성은 줄어들었다. 신앙 자체의 중요성이 줄고 사람들의 삶에 대한 영향력 역시 줄었기 때문이다.

"앤절라가 편지를 썼어." 몰리가 그렇게 말하며 톰에게 보여주려고 정원으로 가져온 편지를 찾았다.

톰은 편지를 읽고 나서 앤절라는 변하지 않는다고 평했다.

"그 애의 남자 친구들은 꽤 잘 변하지." 제임스가 말했다.

앤절라는 자식들 중 막내로 패션매장 체인을 운영하는 회사의 구매자로 일했다. 그녀는 더블린에서 살았다. 집 떠난 아이, 톰은 자주 그렇게 말했다.

톰과 오언은 떠나기를 원치 않았다. 그 점은 지금도 마찬가지로, 그들은 이곳에 속해 있다고 느꼈으며 앤절라가 더블린

---

* 17세기에서 20세기 초 사이에 영국은 아일랜드에 대한 지배권을 강화하고자 기존의 주류 계층인 아일랜드 가톨릭교도들을 억압하고 영국에 동조적인 개신교도에게 정치, 경제, 사회 전반에서 우위를 차지하게 하는 여러 법적, 사회적 제도를 실시했다.

** 아일랜드는 1949년에 영국 연방에서 탈퇴해 아일랜드 공화국으로 완전히 독립했고, 이때 다시 가톨릭이 우세를 회복했다.

의 뒷소문과 변덕스러운 짓들로 약간의 활기를 더해주면 그걸로 만족했다.

톰은 편지를 접고 봉투에 넣어 되돌려주었다. 제임스는 천천히 차를 다 마셨다. 몰리는 큰아들과 함께 정원을 산책했다.

"네가 착해서 내 뜻을 받아주는구나, 톰." 그녀는 말했다. 비록 그녀는 그들의 아버지에게 비밀로 하고 있는 일이 결코 일어나지 않을 거라는 말을 듣고 싶었지만. 땅 자체가 주는 것보다 더 든든한 소득을 거둘 거라는 희망을 품고 올리브힐의 땅 대부분을 골프장으로 만든다는 생각을 그녀는 납득할 수가 없었다. 바보 같은 생각이다, 몰리는 톰이 가고 다시 곁에 제임스와 세터 두 마리만 남았을 때 그렇게 생각했다. 하지만 아들들은 바보가 아니었다. 품위도 없고 천박하기까지 한 짓이다, 그녀는 초저녁 햇살 아래 앉아, 달리 딱 어울리는 말이 없는지라, 그런 말을 떠올렸다. 하지만 그들은 천박하지 않았다.

"우리 일심동체 맞지요?" 제임스가 묻자, 그녀는 넋을 빼놓고 있어서 미안하다고 말했다.

그는 그 구식 표현을 즐겨 썼다. 그는 확신을 얻기를 좋아했으며 이번에도 확신을 얻었다. 그녀가 남편을 보호하느라 알리지 않은 그 얘기를 그는 얼마나 싫어할까, 얼마나 오싹하고 혐오스럽게 느낄까, 얼마나 실망스러울까.

"당신 오늘 예뻐요." 그가 말했다. 그녀는 들었으면서도 못 들은 척하여 그가 다시 한 번 말하게 했다.

*

오언은 아무렇게나 차를 몰아 건초지로 갔다. 이곳 뒷길에는 다니는 차가 전혀 없었고, 자전거를 타다 길을 잃은 사람이나 마운트모이에서 걸어 나온 사람이 나타나는 일도 없었다. 길 잃은 양은 항상 그들이 키우는 녀석들 중 하나였다. 하지만 오늘은 양 한 마리조차 없었고, 이따금 안전한 곳을 찾아 뽀르르 지나가는 토끼가 보일 뿐이었다.

여기에선 운전하다 졸아도 되겠다, 오언은 그렇게 말하곤 했고 한번은 더운 한낮에 애나 우즈로 빠지는 길에서 깜빡 잠이 든 적도 있었다. 그는 그때 낡은 오스틴 자동차로 나무를 들이박기 직전에 깨어났다. 깨어나지 못했더라도 별 문제는 없었을 거다, 그는 그 이야기를 할 때마다 늘 그렇게 덧붙였다. 지금껏 그가 몰았던 차는 모두 메어리에서 폐차장을 하는 채피 키오에게서 산 것들이라 최상의 상태를 한참 지났기 때문이라는 것이었다. 느긋하고 선하고 언뜻 좀 모자라 보이지만 사실은 꽤 영리한 오언은 예민한 어린아이에서 덩치가 큰 빨간 머리 사내로 자라났으며, 다들 눈에 띄게 마른 편인 가족 내에서 유일하게 외모가 달랐다. 그는 톰의 뒤 둘째의 자리에 만족했다. 그들은 평생 친구처럼 가까웠고, 해가 거듭할수록 우애는 더욱 끈끈하게 다져졌다.

그는 앞서 건초를 뒤집고 있던 곳으로 차를 몰아 들어갔다.

서두르는 법이 없는 사람이었으므로 느긋하게, 남은 일을 한 시간 내에 마쳤다. 그러고는 차를 몰고 교차로에 있는 브레이매과이어스로 갔다. 저녁마다 오는 사내들과 술을 마시며 이야기를 나누는 곳이었다. 올리브힐을 저대로 방치하는 것은 큰 실수, 아니 참담한 실수가 될 것이다. 그들은 전부터 어머니가 그 점을 이해하기를 바랐고, 이제는 이해하고 있기를 희망했다.

*

아흐레 뒤 아침에 제임스는 이상한 기분을 느끼며 잠에서 깼고, 계단을 내려가기가 힘들었다. 왼쪽 다리가 약간 끌리는 것이 가장 불편한 증상이었는데, 아침 식탁에서는 왼쪽 팔의 떨림까지 감지했다. 팔도 맘껏 뻗을 수가 없었고 물건을 예전만큼 들어 올릴 수가 없었다. "가벼운 뇌졸중입니다." 그가 찾아갔을 때 고리번 박사가 말했다.

"이 양반이 누워 지내야 할까요?" 몰리가 그렇게 물었지만 그는 자리보전을 할 생각이 없었으므로, 고리번 박사는 대신에 지팡이를 사용하라는 처방을 내려주었다. 소식을 들은 로레타가 스펀지케이크를 만들어 찾아왔다.

제임스는 죽었다. 그때가 아니라 겨울에 폐렴으로. 뇌졸중은 다시 발병하지 않았으며 처음 발작 직후보다 거동도 수월해진 상태였다. 그의 침실에서는 난롯불이 꺼지지 않았고 가족들은 차례로 자주 찾아와 대화를 나눴다. 하지만 그는 피로했다. 그래서 여든 살 생일을 이틀 지나 마침내 그 순간이 왔을 때, 그는 떠나게 되어 기뻤다. 좋은 죽음이다, 그 스스로가 그렇게 평했다.

*

몰리가 열아홉 처녀의 몸으로 들어왔던 집, 하인들이 있었고 그 후로 아이들이 태어난 그 집에 이제 하인은 키티 브로더릭밖에 남지 않았고 바깥 일손으로는 킬리가 마지막이었다. 황량한 식사실에서 몰리와 오언이 긴 마호가니 식탁 양 끝에 앉으면, 키티 브로더릭이 식사를 준비해 가져다주었다. 죽음 뒤에 찾아오는 고요가 사방에 깔려 있었고, 몰리가 보기에는 그것이 제임스에게 숨겼던 이야기가 다시 거론되지 못하도록 막아주고 있는 것 같았다. 하지만 어느 날 저녁 식사를 마친 후, 낮 시간이 길어져서 한 시간 정도 빈 시간이 있을 때, 오언이 말했다. "와보세요. 보여드릴게요."

그녀는 무엇 때문인지 바로 알아차리지도 못한 채 뒤따라갔다. 만일 알았다면 반대를 했을 것이다. 뭐, 누구라도 그랬겠지, 그녀는 그렇게 생각하며 계속 이어지는 들판을 지나갔다.

"이러면 안 돼, 오언." 듣기만 할 뿐 계속 입을 다물고 있던 그녀가 마침내 항의했다.

"다른 방법이 있다면 이러지 않을 거예요."

"하지만 애나 우즈를, 오언!"

그들은 과거에 그랬듯이 목재를 조금씩 팔면서, 반 에이커씩 나무가 베어져 나갈 때마다 다시 심으며 살아갈 수도 있을 것이다. 하지만 그건 예전부터 진정한 해법이 아니었으며 현재로서도 가족 살림을 바로 세울 방법이 아니다. 어려움을 임시변통으로 대처할 방법은 되겠지만 필요한 것은 임시변통이 아니다. 이 숲은 전체 부지의 일부에 지나지 않은데, 그 부지를 전체적으로 정비해야만 한다. 필요한 규모만 갖출 수 있다면 그런 공사에 필요한 기계 장비들을 좀 더 좋은 요율에 대여할 수 있다. 팔 수 있는 목재도 늘어날 거고, 그러면 합쳐봐야 얼마 되지도 않는 돈을 찔끔찔끔 받는 대신에 제대로 된 수입을 올릴 수 있을 것이다. 그리고 벌목이 잘된 땅은 수익성이 좋은 용도로 쓰일 수도 있을 것이다. 오언은 그 모든 것을 설명했다.

"그래도 블루벨 워크를, 오언! 너도밤나무를, 단풍나무를!"

"압니다, 알아요."

그들은 마당을 통과해 집으로 돌아와 부엌에 앉았다. 들판까지 함께 나갔던 세터 개들은 접근 금지 구역인 부엌을 피해 다른 곳으로 느릿느릿 걸어갔다.

"오랜 세월 동안," 오언이 말했다. "땅을 허비했어요. 아빠도 아셨고요."

"아버지는 최선을 다했어."

"그러셨죠."

그들은 땅 또한 목재와 마찬가지 방식으로 조금씩 떼어 팔면서 필요할 때마다 자금원으로 삼았다. 모든 걸 뒤죽박죽으로, 오언은 말했다, 먼 미래는 망각하고서. 퇴락한 대지를 상속받았음을 인식한 제임스가 상황을 바로잡으려고 안간힘을 써왔다는 것이 몰리에게는 역설적으로 느껴졌다. 1980년대와 1990년대에 있었던 농업 보조금은 많은 농부에게 구세주와 같았고 올리브힐에도 도움이 되었지만, 수세대에 걸친 침식과 관리 부실을 만회하기에는 충분하지 않았다. "어쩌면 우리 자신이 케케묵은 사람들인지도 모르겠어요." 제임스는 패배를 받아들이게 되었을 때 그렇게 말했었다. "어쩌면 우리가 감당할 수 있는 일이 아닌지도 몰라요."

몰리는 이런 반복되는 고민을 자주 들었다. 비록 언제나 둘이서만 나눈 얘기이고, 아이들 앞에서는 말한 적 없지만. 나이가 들어가면서 제임스에게는 예전에 낙관주의가 그랬듯이 고단함이 특징적으로 드러났다. 적어도 가구와 그림들은 팔려나가지 않았다. 좋았던 시절에 대한 신의로서.

"어려운 일이에요." 오언이 말했다. "이 모든 게 어려운 일이라는 거 알아요, 엄마." 그는 손을 뻗어 그녀의 손을 잡았다. 톰이라면 꺼릴 만한 행동, 앤절라가 딸답게 했을 만한 행동이었다.

"그냥 상상이 안 되는구나." 그녀가 말했다. "너무 엄청난 일이라서."

어떻게든 이런 식으로 계속 살아갈 수도 있을 거다, 오언은 그렇게 말했다. 톰과 식구들이 올리브힐로 와서 살고, 지금 그 식구가 살고 있는 집은 킬리를 대신할 일꾼을 구해야 할 때가 오면, 누가 되었든 그 사람이 살게 하면 된다. 키티 브로더릭이 떠나면 일주일에 몇 번 아침나절에만 올 여자를 구하는 등 가외 비용이 발생하면 절약으로 상쇄하는 것이다.

"하지만 톰이 옳아요." 오언이 말했다. "형이 뜻을 크게 가질 때는요. 그리고 실제로 일을 하는 동안에는 훨씬 대담하죠."

그녀는 고개를 끄덕였고, 사실 이해하지 못하지만 이해한다고 말했다. 아들들의 우애, 서로에 대한 존중, 힘을 합쳐 하는 일에 대한 자신감은 그녀에게 늘 기쁨을 주었다. 굉장한 일이다, 그녀는 생각했다, 그 모든 게 아직도 그대로라는 건.

"그럼 앤절라는?" 그녀가 물었다.

"앤절라도 돌아가는 사정을 알아요."

그날 밤, 몰리는 제임스가 응접실에 있는 꿈을 꾸었다. "아니, 아니, 아니지." 그는 말했고, 터무니없는 소리라며 웃었다. 그러고는 롱 필드로 옮긴 그들이 샘물들을 지나쳐가는데, 그곳에서는 주 의회에서 나온 남자들이 도면들을 펼쳐놓고 측량을 하는 중이었다. "우리 아들들이 댁들을 놀리는 거라오." 제임스가 그들에게 말했지만 남자들은 그 말을 듣지 못하는 듯, 마운트모이는 골프장 시설이 생기면 몰라보게 달라질 거라고 입을 모았다.

나중에, 잠들지 못하고 누운 채로, 몰리는 올리브힐의 땅은 싸워서 지킨 거라고 한 제임스의 말을 기억했다. 형법* 치하에서 마땅히 자신들의 것인 땅을 지키기 위해 그의 가문은 교묘한 속임수를 써야 했다는 얘기였다. 그의 아버지는 1940년대의 전시에 데벌레라**가 친히 요구한 대로 사탕무와 토마토를 재배했었다. 그녀가 다시 꿈을 꾸었을 때, 제임스는 그런 엄혹한 규제가 시행되던 시절이었다면 멀쩡히 경작 가능한 땅을 골프장으로 바꾸는 일에 허가가 났을 리 만무하다고 말했다. 올리브힐에는 역사가 새겨져 있으며, 그는 말했다, 아일랜드에서 역사는 소중히 보호받는다. 그는 가문이 비웃음을 살 짓을 했다고 아들들에게 화를 냈고, 지금쯤 주 의회 직원들이 마음을 바꾸고 그런 어리숙한 요청이 얼마나 가당찮은지 비웃고 있으리라고 확신한다고 말했다.

---

* 아일랜드의 가톨릭교도들은 17세기부터 19세기 말까지 일련의 형법에 의거하여 공직 진출과 토지 소유를 금지당했고 사회적, 정치적 영향력을 행사하는 어떤 직업도 갖지 못했다. 이러한 차별은 19세기 말경에 철폐되었으나 그 영향은 20세기 초까지도 남아 있었다.

** 에이먼 데벌레라. 아일랜드 독립전쟁 당시 정치 지도자로 독립 후 아일랜드 공화국의 3대 대통령으로 복무했다.

*

"우린 싸우면 안 돼요." 오언이 말했다.

"그래, 싸우면 안 되지."

그녀는 오언에게 꿈 이야기를 할 생각이었으나 결국 하지 않았고, 티타임에 톰이 왔을 때도 이야기하지 않았다. 예나 지금이나 두 아들 중 주장이 강한 쪽은 톰이었다. 그는 말을 잘 들어주면서 그녀가 갈피를 못 잡을 때는 그녀의 입장에서 말해주기까지 했다. 그는 어머니가 반대 의견을 정리하도록 돕는 동안에도 자신이 상상 속에서 몰두하고 있는 일에 대해 흔들림 없는 열의를 보였고, 그러자 그녀는 여덟 살 적의 아들이—똑같이 열의가 강했던 금발의 예민한 아이가—떠올랐다.

"그래도 말이다, 톰." 그녀는 다시 말을 시작했다.

"마운트모이 정도 규모가 되는 도시에 골프장이 없다는 건 흔치 않은 일이에요."

그녀는 허가에 대해서는 언급하지 않았다. 그 점에 대해서는 이미 조사가 끝났을 거라는 사실을 앞서 깨달았기 때문이다. 게다가 극복할 수 없는 장애 요인이 있다면 지금 이 대화도 달리 흘러갈 것이므로.

"형법 치하에 살던 시절에 말이다, 톰……"

"그건 오래전에 지나간 과거예요, 엄마."

"그래도, 아직 존재해."

"미래도 존재해요. 그리고 그건 우리의 미래예요."

그녀는 소용이 없다는 것을 알았다. 그들은 아버지의 축복을 원했고, 불가능한 일이었겠지만 시도나마 해보고 싶어 했으므로 어쩌면 그녀가 아들들을 만류한 것이 잘못이었는지도 몰랐다. 그의 분노가 아들들의 수치심을 자극해, 그녀 혼자서는 얻어낼 수 없는 결과를 이루었을 수도 있다. 그날 처음으로, 그녀는 남편을 보호하려던 자신의 행동이 배신처럼 느껴졌다.

주말에 더블린에서 내려온 앤절라가 어머니와 함께 숲속을 걷다가 조금 울었다. 하지만 앤절라는 그녀의 편이 아니었다.

*

올리브힐의 정면 진입로는 길이가 1.6킬로미터였다. 수세대 동안 방치되어 있던 철로 된 정문은, 결국 몇 킬로미터 떨어진 리머릭 인근에 저택을 짓고 거기에 달 장식적인 정문을 찾던 어느 건축업자에게 팔렸다. 정문의 돌기둥 두 개는 아직 올리브힐의 원래 자리에 남아 있고, 그 옆의 관리인 주택도 심하게 파손되긴 했어도 그대로 있었다. 그 건물은 재건축 뒤에 클럽하우스로 쓰일 것이고, 가시금작화는 주차장 공간을 확보하기 위해 잘려 나갈 예정이었다. 스페인과 남아공에 있는 골프장을 설계한 사람이 서식스에서 와서 올리브힐에 일주일 동안 머물렀다. 관리인 주택에 대한 용도 변경 신청서가 제출되었고, 주차장에 들어오고 나가는 접근로 확장도 요청되었다. 그 외의 다른 조건은 명시되지 않았다.

몰리는 골프장 남자가 자기 아이들의 교육을 위해 어떤 대책을 세워두었는지, 아내의 요리 솜씨가 얼마나 훌륭한지에 대해 하는 말을 들었고, 본인의 관심사는 물레방아 시설이라는 것도 알게 되었다. 그는 그녀에게 올리브힐을 골프장으로 개조하는 것은 천재적 창의성이 번뜩이는 발상이라고도 말했다.

"지금 무슨 일이 일어나는지 알아, 키티?" 몰리가 말했다. 키티는 예전에 식사 시중을 드는 하녀였다가 지금은 전반적인 살림을 책임지고 있었다.

"아, 네, 부인. 한참 전에 킬리한테 들었어요."

"그럼 킬리는 어떤 생각이야?"

"킬리는 떠날 거예요, 부인."

"킬리가 그렇게 말하는 거지?"

"굴착기가 들어오면 하루도 더 남아 있지 않겠대요. 그 사람한테서 직접 들었어요."

"자기는 날 버리지 않을 거지, 키티?"

"안 그럴게요, 부인."

"집은 허물지 않을 거야."

"저도 그게 궁금했어요."

"아니, 아니야. 절대로."

"그래도 결국 그렇게 되는 거 아니에요? 시대가 바뀌면 그에 맞춰가야 하지 않나요?"

"아마도. 어쨌거나 내가 할 수 있는 일은 없어요, 키티."

"그렇죠. 주인어른이 확실히 말씀을 남기지 않으셨으니, 누구든 어찌해볼 여지가 얼마나 있겠어요? 주인어른이 안 계시는 게 아쉬울 뿐이죠, 부인."

"맞아, 정말 그렇지."

2월이 왔을 때, 몰리는 들판과 숲속을 그전 어느 때보다 더 많이 산책했다. 3월 즈음에는 사방이 고요하고 진행되는 일도 없어서 그녀는 공사가 중단된 거라고 생각했다. 하지만 그 달 중순이 되기 전에, 소가 모두 팔려 나가고 암소 몇 마리만 남았다. 돼지도 모두 팔렸다. 양은 암탉과 칠면조들과 함께 남았다. 봄 파종도 없었다. 어느 날 아침, 킬리가 오지 않았다.

*

톰과 오언은 직접 굴착기를 몰았다. 몰리는 그 모습을 보고 싶지 않았기 때문에 보지 않았지만, 첫 삽을 뜬 곳이 어디인지는 알고 있었다. 무심코 말을 꺼낸 오언이 그녀에게 해서는 안 되는 얘기라는 걸 너무 늦게 깨닫는 바람에 알게 된 사실이었다.

그날 몰리는 집 밖으로, 심지어 정원이나 마당으로도 나가지 않았다. 그녀가 귀를 덜 먹었다면 멀리서 바위와 돌멩이가 덜거덕거리며 굴착기 삽에 담기는 소리를 들었을 것이다. 그들이 오크 트리 필드라고 부르던 들판에서 참나무가 쓰러지는 소리, 애나 우즈에서 전기톱이 돌아가는 소리를 들었을 것이다. 세 번째 굴착기를 임대했는데, 오언이 말했다, 킬리가 말을 안 들어줘서 기사까지 함께 고용했다. 그녀는 듣지 않았다.

요즈음 그녀가 말을 듣지 않는다는 사실, 밖에 나가지 않는다는 사실이 주의를 끈 것은 그때였다. 그녀는 가족들에게 부담을 주지 않으려고 울적함을 숨겼다. 왜 그래야 한단 말인가, 결국 이런 상황을 초래한 장본인이 자신인데? 제임스라면 문서를 작성했을 것이다, 얼마 남지 않은 시간 동안 재빨리 손을 써서 자신의 소망을 명확하고 단호하게 표현했을 것이다. 그리고 마지막 소망은 아무도 거역하지 않는다.

"와보세요. 제가 구경시켜 드릴게요." 오언이 제안했다. "차로 모시고 갈게요."

"아, 뭘, 너 바쁘잖니. 그런 건 꿈도 안 꾼다."

"상쾌한 공기를 쐬면 도움이 될 거예요, 엄마(Mamma)."

그녀는 그 호칭이 좋았으며, 아직도 그런 구식 호칭이 쓰인다는 것, '주인어른'과 '안주인'이란 말이 아직 남아 있다는 것이 다행스러웠다. 예전에 올리브힐에서는 실내에서 일하는 하인들에게 항상 성과 이름을 온전히 불러주었고, 지금 키티 브로더릭에게도 마찬가지였다. 뜰의 일꾼이나 정원사들은 성으로만 불렀다. 삶의 한 방식을 이루는 세부는 그런 것들이다, 제임스는 그렇게 주장했다. 그 자신이 그런 세부의 목록에 포함시켰던, 일심동체이기를 원하는 마음 또한 마찬가지였다.

그런 시간이 하루, 이틀 지나 한 주, 두 주 흐를수록, 몰리는 더욱 응접실에만 박혀 있었다. 그곳에서, 오래전에 읽었던 책들을 다시 읽었다. 그곳에서, 페이션스 게임이나 짝도 적수도 필요하지 않은 종류의 휘스트 게임을 했다. 그곳에서, 집에 찾아온 토머스 신부를 만났다.

킬리가 돌아왔을 때도, 그가 들어와 사과를 한 곳은 응접실이었다. 그의 조그맣고 홍조 띤 얼굴, 땀과 술 냄새, 카펫을 더럽히지 않으려고 벗어놓은 장화, 그 모든 것이 그가 지금 일어나고 있는 일에서 어떻게 퇴각했는지 이야기해주었다. 몰리 자신의 퇴각과는 아주 다른 이야기였다. 그는 아들들에게 말을 좀 잘해달라고 부탁했고 그녀는 그럴 필요 없다고 말했다. 아들들을 찾아가서, 그가 34년 동안 지켜왔던 마당 일꾼 자리를 되돌려받기를 어머니가 원한다고, 그렇게 전하라고 말했다. 행색은 말이 아니지만 위풍당당하게 물러간다, 몰리는 그를 보며 생각했다.

3주에 한 번 정도 앤절라가 집에 오면, 역시나 그동안의 진척을 둘러보러 나가자고 했다. 하지만 몰리는 계속 거절하면서 그저 노인네가 까탈스러워서 그러는 것처럼 보이도록 행동했다. 톰은 하루 일과가 끝나면 응접실로 와서 초저녁 술 한 잔을 들고 어머니와 함께 앉아 있었다. 아이들이 할머니도 돌아가셨느냐고 물었을 때는 아이들도 거기로 데려와 그렇지 않다는 것을 직접 확인하게 했다.

응접실을 빽빽하게 채운 그림들은 가문의 조상들—몰리의 조상은 아니지만 이젠 그런 것처럼 느껴질 때가 많은 사람들—이나 말과 개, 그리고 담쟁이가 자라기 전의 사각의 황량한 본채 건물을 그린 것들이었다. 대부분 유화였으나 블루벨 워크나 가을날의 진입로, 정원 등을 그린 수채화도 몇 점 있었다. 아기와 어린이 시절의 앤절라와 톰과 오언, 결혼식 후의 몰리와 제임스, 그리고 앞 세대의 비슷한 행사들이 포착된 사진도 있었다. 응접실은 한여름에도 어두웠고, 전등을 켠 밤이 되어야 여러 장소와 사람들에 대한 기록이 그늘진 벽 위로 떠올랐다. 그때는 자단목과 마호가니가 서로 구분되었고 책장도 선반에 꽂힌 책의 제목을 드러냈다. 이제는 초를 꽂지 않는 촛대와 핀을 담는 통이 된 코담뱃갑 등이 제대로 된 모습을 조금이나마 회복했다.

몰리는 예전에 이 방에서 제임스의 아버지와 어머니를 두려워하며 서 있었고 그들이 그녀를 좋아하지 않는다고 생각했으며 자신의 경솔한 성격이 아내의 자질로 적합하지 않다고 여기는 건 아닐까 의문을 품었었다. 기도대는—아직도 두 개의 긴 창문 사이에 놓여 있는데—응접실에 있기에는 너무 경건

해 보였고, 그 위의 벽에 걸린 만테냐의 〈성모 마리아와 아기 예수〉는 너무 진지한 주제 같았다. 하지만 응접실을 안식처로 삼은 이래로, 그녀는 자주 기도대에 무릎을 꿇고 감사 기도를 드렸다. 무지의 평화 속에 머물며 이제는 더 이상 산 자와 죽은 자 사이에서 고통을 겪지 않게 되었기 때문이다. 제임스를 보호하려 했던 것은 죄가 아니었다. 마음에 더 맞는 현실에 따르며 살기로 택한 것 또한 죄는 아니었다. 그녀가 얻은 위안에는 환상이 없었다. 오래 사랑했던 남편이 그녀와 함께—다정하고 너그럽게—존재하는 척하고 싶지 않았다. 추억이 그만의 평범한 방식으로, 추수가 끝난 들판과 건초 더미와 가을날의 생울타리와 처음 피어나는 푸크시아와 지고 있는 야생 스위트피를 불러냈다. 그리고 음매 하고 우는 소들을, 쉬고 있는 늙은 당나귀들을, 총총 뛰어다니는 개들을, 나날들과 장소들을 불러냈다.

응접실에서 그녀는 상상을 차단했다. 상상은 기만적이며 허락도 없이 그녀를 적지에 데려다놓기 때문이었다. "아, 부인도 보셔야 하는데요!" 키티 브로더릭이 부러 와서 말해주었고, 거기 보이는 모든 것을 기적이라고 묘사했다. 옛날 같으면 10년은 걸렸을 것이다, 라고 키티는 말했다. 지금은 1년 반도 채 걸리지 않았다.

*

어느 날, 몰리는 햇빛을 가리려고 커튼을 친 뒤로 다시는 열지 않았다. 식사를 하고 싶다는 내색을 보이면 음식이 응접실에 차려졌고, 계단을 오르내리기가 점점 힘들다고 말하자 아들들이 그녀의 침대를 해체해서 기도대 옆에 다시 조립해주었다. 토요일 저녁마다 토머스 신부가 와서 침침한 불빛 아래에서 미사를 진행했고, 때로는 마침 집에 와 있는 앤절라나 로레타와 아이들을 비롯해 가족들도 참석했다. 키티 브로더릭과 킬리도 왔는데, 그들에게는 그 시간이 미사 드리기에 편했기 때문이다.

톰은 그런 상황에 낙심했지만 앤절라는 어머니가 꿀벌처럼 영민하다고 말했다. 그녀는 노년의 피로를, 과부의 그치지 않는 슬픔을 감안해야 한다고, 은둔하고 싶은 것이 하나도 이상할 것 없다고 말했다.

오언은 반발했다. "그러시는 거 정말 안 좋아요, 엄마." 그는 책망했다.

"아 이런, 오언, 아 이런."

"우리랑 그렇게 척을 지시면 안 되죠."

그녀는 고개를 저었다. 그러고는 누구와 척을 지기에 자신은 너무 늙었다고 말했다. 그러자 그가 다시 사과했다.

"이렇게 해야만 했어요, 아시잖아요."

"당연히 그랬지. 당연해, 오언."

*

대체된 풍경은 그 나름의 성격을 띠고 있었다. 밋밋한 균일성을 깨는 뭉툭한 언덕들, 긴 페어웨이들, 모래 벙커들과 조심성 없는 이들을 걸려들게 하려고 만든 습지, 푸른 평지와 조그만 깃발들. 올리브힐 골프장 1km라고 쓰인 표지판이 세워졌고, 좀 더 가면 곧 골프장이 나온다는 표시가 있었으며, 주차장에 콜타르가 덮였고 주차선이 흰색으로 표시되었다. 클럽하우스의 준공이 지연되었으나 결국에는 완성되었다. 다시 찾아온 여름의 태양빛이 니블릭 아이언*에 반사되었다. 마운트모이의 소년들은 캐디가 되는 훈련을 받았다.

*

깊은 생각에 잠기는 순간이면, 몰리는 제임스가 배반을 당했음을 알았다. 그는 분노할 기회를 갖지 못했으며, 그녀는 그의 분노를 감당할 수 없을 사람이기에 대신 분노해주지도 못했다. 의도는 좋았지만 그는 기만을 당했고, 이 모든 것을 알

* 9번 아이언. 헤드 부분이 금속이며 타구면의 경사도가 가장 큰 골프채.

았다면 그는 선의가 배반만큼이나 쓰라리다고 말했을 것이다. 그는 또한—그녀는 그의 말을 들을 수 있었다—그로 인해 초래된 결과가 참담하다고 말했을 것이다. 과거에, 쫓기던 사제들이 올리브힐의 은신처에서 끌려 나가고 집 안에서 두려움에 떨며 미사를 드리던 때, 의심과 불신이 도처에 만연했던 그때 가톨릭 가정들이 보여준 무기력만큼, 더도 덜도 아니고 딱 그만큼 참담하다고. 하지만 침묵하고 속임수를 쓰면서 올리브힐의 가문은 살아남았다. 들판에서 일하는 일꾼들이 위법을 눈감아주었고 반란의 속삭임을 못 들은 척해주었다.

어둑한 응접실에서, 생존을 위한 새로운 필요조건들로부터 제임스만큼이나 보호를 받으며, 몰리는 남편이 숙고했으리라고 생각되는 것들을 조심스레 따져보았다. 그 먼 과거에, 지금도 그런 것처럼, 불운은 분명 혼란을 불러왔다. 또한 어떻게 패배를 받아들일 것인가, 자존심을 버리고 겸양을 아는 최선의 방법은 무엇이고 제약받는 삶을 살아갈 최선의 방법은 무엇인가에 대해서도 의견이 충돌했다. 그때도 좌절감에서 비롯된 분노, 죄책감, 그리고 고단한 절망감이 있었던 것은 분명한 사실이었다.

"차를 가져왔어요." 키티 브로더릭이 생각의 흐름을 잘랐다. 키티 브로더릭은 열어둔 문으로 들어온 빛에 의지해 안전하게 방 안쪽으로 들어와, 가지고 온 쟁반을 내려놓았다. 그리고 쟁반이 놓인 탁자를 몰리가 앉은 곳 가까이로 밀었다.

"키티, 자기는 내게 참 잘해줘."

"아이, 뭘요. 그런데 커튼을 살짝만 열면 어떨까요?"

"아니, 아니야. 커튼은 저대로가 아주 좋아. 함께 마시게 컵을 가져오지 그랬어?"

"아, 컵을 깜빡했네요!" 키티는 항상 그랬다. 함께 앉아 안주인의 차를 함께 마시자는 제안을 편하게 받아들인 적이 없었다.

"킬리가 또 술에 취했어요." 키티 브로더릭이 말했다.

"별 탈은 없고?"

"부엌에 있으라고 했어요."

"킬리는 한잔하는 걸 좋아하지."

그는 키티 브로더릭처럼 까다롭지 않아서, 응접실에 들어오면 몰리가 특별히 그를 위해 보관해둔 위스키를 거절하는 법이 없었다. 톰이 저녁에 올 때 찾는 술은 셰리였다.

"얼마나 고요한지 몰라, 키티, 여기 응접실 말이야. 거의 항상 고요하지."

"맞아요, 조용한 방이죠. 예전에도 항상 그랬어요. 그래도 산책을 아주 조금만 해보시면 어때요? 차 드신 뒤에요."

블루벨 꽃들이 다시 자라기 시작했다. 사람들이 그녀에게 말해주었다. 키티 브로더릭은 그녀가 산책을 나가지 않을 것임을, 자신이 속한 곳에서 밖으로 나가 자기 땅 안에서 이방인이 되지는 않을 것임을 알았다. 다른 이들은 그녀가 세터 개들을 벗 삼아 데리고 있기를 바랐으나 개들을 그런 식으로 하루 종일 가둬두는 것은 바람직하지 않았고 그녀도 싫다고 말했다.

바뀐 건 아무것도 없다, 가정부가 나간 뒤 그녀는 생각했다. 어쨌거나 바뀌어야 할 이유는 또 뭐란 말인가? 박해는 이 시대에 좀 더 어울리도록 흉한 상황 전환을 이루었다. 가문에 내려진 무자비하고 가차 없는 벌은, 과거에도 그랬듯이, 감당될 수 있을 것이다. 그녀의 인공적인 어둠 속에서, 그것은 감당될 수 있을 것이다.

완벽한 관계

"제가 방을 치울게요." 그녀가 말했다. "그런 거라도 제가 해야죠."

프로스퍼는 방을 치우는 그녀를 바라보았다. 바로 전에 그녀는 다른 사람은 없다고 부정했고, 그가 분명히 있을 거라고 거듭 우기는 바람에 똑같은 말을 거듭 반복해야 했다.

안락의자와 소파에 놓인 쿠션들이 다시 불룩해졌고 빈 유리잔들이 한데 모아졌다. 병들이 놓여 있던 탁자 위도 깨끗이 닦여 끈적끈적한 얼룩들이 사라졌다. 그녀는 호키 청소기로 카펫 위를 빨아들였다.

이른 아침, 여섯시 직전이었다. "이 아파트가 정말 좋아요." 그녀는 가끔 그렇게 말했다. 프로스퍼는 그녀를 아주 잘 알았기에, 이곳을 떠나게 된 지금 그녀가 다시 그 말을 하고 싶어 한다는 것을 느낄 수 있었다. 하지만 그녀는 아무 말도 하지 않았다.

그녀가 이곳에 들어와 살기 전 언젠가, 그들은 칠턴 구릉지대를 걸었다. 서로를 잘 알지 못했던 그들은 한 농장에서 다음 농장으로 걸어서 이동하며 주말 이틀 밤을 농장에서 묵었다. 그는 자신이 아는 새—돌물떼새, 사막딱새—와 야생화가 보이면 그녀에게 이름을 알려주었다. 그녀가 아직 야간학교에 다니던 때였기 때문에 간단한 이탈리아어로 자주 대화를 나누기도 했다. 이탈리아어는 그가 야간학교에서 그녀에게 가르치던 두 가지 언어 중 하나였다. 그녀는 '놀이(giochetto)'와 '한 줌(pizzico)'의 철자를 그에게 읊었고, 불완전 시제를 정확히 사용했다. 그는 그녀가 그때 일을 기억하는지, 그 시절 자신의 수줍음과 겸양을, 그에게 뭐든지 고맙다고 말하던 자신을 기억하는지 궁금했다. 그리고 그에게 정말 아는 게 많다고 말하던 것도.

"사랑해, 클로이."

검은 머리에 몸매가 날씬하며 키가 크지 않은 클로이는 자신의 외모를 평범하다고 깎아내렸다. 하지만 사실 그녀의 예쁘장한 외모에는 아름다움도 깃들어 있었다. 눈의 진한 푸른색에, 완벽한 입에, 옆모습에 그것은 있었다.

"정말로 이러고 싶지 않아요." 그녀는 말했다. "끔찍한 일이죠. 저도 알아요."

그는 고개를 저었다. 그녀가 한 말을 부정하려는 것이 아니라 단지 당혹스러워서 그런 것이었다. 그녀는 적당한 시간을—좀 전과 같은 한밤중을—골랐다. 그때가 더 수월했기 때문에, 그가 야간학교에서 돌아왔을 때는 거의 기정사실(fait accompli)이 되어 용기를 내기가 더 쉬웠기 때문에. 그는 그 점을 짐작했지만 말은 하지 않았다. 그녀가 이곳에 있기를 더 이상 원치 않는다는 사실에 비하면 너무도 사소한 문제였기 때문이다.

그녀가 입고 있는 밋밋한 색깔의 옷들도, 마치 특별히 선택하기라도 한 것처럼 암울한 상황에 어울리는 것들이었다. 본인이 싫어하는 회색 치마, 다른 많은 스카프들과는 달리 그의 선물이 아닌 흔한 실크 스카프, 전에는 목걸이를 하지 않고 입은 걸 본 적이 없는 무늬 없는 크림색 블라우스. 그녀는 약간 달라 보였는데, 어쩌면 자기 기분이 바로 그렇기 때문에 달라 보여야 한다고 생각하는지도 몰랐다.

"어디로 갈 거야, 클로이?"

그녀는 등을 돌린 모습이었다. 어깨를 으쓱해 보이려고 했다. 유리잔을 집어 들었고, 문간에 다다랐을 때는 뒤를 돌아 그를 보았다. 다른 사람은 아무도 모른다, 클로이는 그렇게 말했다. 그가 맨 처음 아는 것이다.

"사랑해, 클로이." 그가 다시 말했다.

"네, 저도 알아요."

"우린 서로에게 전부였잖아."

"맞아요."

그들 관계에 스민 애정은 두 사람 모두에게 인생의 기쁨이었다. 그런 말은 이 방에서 발설된 적이 없으며, 기껏해야 둘이 참 운이 좋다는 말조차도 자주 나오는 말은 아니었다. 그런 과묵함은 두 사람의 공통점이며 서로에게 자연스러웠지만, 밖으로 표현되지 않은 말의 내용만은—누가 더라고 할 것 없이 확실히—잘 알았다. 프로스퍼는 지금 그 일부를 내보이고 싶었지만 너무 심하게 저항하는 것처럼 보일까봐 그러지 않았다.

"그러지 마." 대신에 그는 그렇게 사정했고, 그녀는 그를 멍한 눈으로 바라보다 돌아섰다.

그녀가 호키 청소기로 현관 바닥을 밀고 난 후, 침실에서 그녀의 기척이 들렸다. 전화벨이 울리자 그녀는 바로 전화를 받았다. 택시기사다, 그는 추측했다, 클레멘트 가든스를 찾지 못하는 기사들이 가끔 있으니까.

녹초가 된 프로스퍼는 자리에 앉았다. 머리가 희끗희끗해진 중년 남자, 자주 그렇듯 야윈 얼굴에 초조함을 드리운 그는 지금 자신이 느끼는 것만큼 겉보기에도 불안하고 초췌해 보일지 궁금했다. "그러지 마." 그가 속삭였다. "제발, 그러지 마, 클로이."

침실에서는 아무 소리도 들리지 않았다. 여행 가방이든 보통 가방이든, 지퍼를 채우는 소리나 발소리도. 그러더니 초인종이 울리고 현관에서 말소리가 들렸다. 그녀는 늘 그렇듯 밝고 편안하면서 정중한 말투, 택시기사는 중얼거림. 아파트 문이 쾅 닫혔다.

그는 그녀가 떠나간 뒤로도 그 자리에 그대로 앉아서, 그녀를 너무 몰랐다고 생각했다. 그게 아니라면 어떤 설명이 가능할 것인가? 그녀가 자신에게는 알려주지 않은 목적지로 데려다줄 택시 안에 앉아 택시기사에게 더 많은 것을 이야기하고 있는—왜 그곳에 가는지, 문제가 무엇인지—모습을 상상했다. 작별인사도 없었다. 그녀는 울지 않았다. "미안해요"라고, 그가 야간학교에서 보통 때와 거의 비슷한 시간에 돌아왔을 때, 그렇게 말했을 뿐이었다. 그의 근무시간은 여덟시부터 한시 반까지였으며, 거의 항상 더 늦게까지 남아서 뒤처지는 학생들을 봐주었다. 이날 새벽에도 그는 늦게까지 일한 뒤 신선한 공기를 쐬기 위해 걸어서 집에 왔고, 자주 그러듯이 도중에 코번트 가든의 노점에 들러 차를 한잔 마셨다. 두시 사십분쯤 집에 들어왔을 때 그녀는 자지 않고 있었다. 밤새 짐을 다 싸놓은 뒤였다.

프로스퍼는 잠자리에 들지 않았고 날이 밝은 뒤에도 하루 종일 깨어 있었다. 다툼이 있었던 것도 아니었다. 그들은 전혀, 단 한 번도 다투지 않았다. 그 점은 항상 소중한 기억으로 남을 것이다, 그녀는 그렇게 말했다.

그는 머리가 아파서 파라세타몰을 먹었다. 그녀가 잊어버리고 간 것이 나오기를 기대하며 아파트 안을 돌아다녔다. 그녀는 짐을 쌀 때 대개는 뭔가 잊어버렸기 때문이다. 하지만 부엌에도 욕실에도, 그들이 2년 반을 함께 쓴 침실에도 그녀의 흔적은 전혀 남아 있지 않았다. 오후 네시 반에 과외를 받는 학생이 왔다. 영어를 연마하도록 그가 돕고 있는 슬로바키아 출신 중년 여자였다. 수업료는 받지 않았다. 그녀가 지불할 수 있는 돈은 푼돈에 지나지 않았기 때문에 받아봐야 별 소용이 없었다.

*

하루 종일 클로이의 마음을 딴 데로 돌리게 해준 것은 일이었다. 지금은 텔레비전 스크린이 방 한 귀퉁이 높은 곳에, 침대에서 큰 노력 없이 볼 수 있는 각도로 달려 있었다. 한동안은 아는 사람들이 그녀를 재워줄 수도 있었겠지만 그녀는 그것을 원하지 않았다. 카일모어 호텔의 일일 숙박비에는 아침식사가 포함되어 있었고, 혼자 지내려면 그 편이 나았다.

하지만 이곳은 일주일 전에 문의하러 왔을 때 확인했던 방과 달랐다. 빛바랜 벽지가 얼룩져 더러운 데다 침대 옆 탁자에는 담뱃불 자국이 있었다. 그때 봤던 방은 최소한 깨끗하기는 했던 터라 오늘 아침에 다른 방으로 안내되었을 때 클로이는 잠시 망설였지만 기분이 너무 울적해서 따지고 말고 할 여력이 없었다.

창가에서 그녀는 꽉 막힌 길을 느릿느릿 지나가는 차들을 바라보았다. 꼼짝도 못하는 택시들, 초저녁 더위에 창문을 내리고 참을성 있게 기다리는 버스기사들, 요리조리 잘 빠져나가는 자전거들. 여전히 도로를 내려다보는 동안, 클로이는 자신이 이곳에 있는 이유를 알았고 다시 한 번 되새겼다. 하지만 안다는 건 사실 아무 소용이 없었다. 그녀는 행복했었다.

*

프로스퍼가 홀로 남겨진 것은 이번이 두 번째였다. 첫 번째는 결혼이 깨졌을 때였다. 하지만 그보다 덜 공식적인 관계에 찾아온 이별이라고 해서 덜 힘든 건 아니었고, 나날이 흘러갈수록 괴로움은 고통이 되었다. 그는 매번 빈 아파트로 돌아오는 것이, 특히 새벽 이른 시간에는 더욱, 끔찍했다. 야간학교도, 수업 사이 쉬는 시간에 잡담을 하는 목소리들도, 새로 부임한 교장 헤세의 음울한 모습도, 마시고 싶은 음료가 아니라 뭐든 안에 있는 것이 나오는 따뜻한 음료 자판기도, 교실에서 그를 바라보는 얼굴들도, 모두 끔찍했다. "괜찮아요?" 헤세는 목구멍을 긁는 세심한 발음으로 한 자 한 자 천천히 발음하며 물었고, 퉁퉁 불어 터질 것 같은 커다란 얼굴은 근심을 가장했다. 프로스퍼의 꿈속에서는 지난 2년 반 동안 누렸던 만족한 삶이 계속되고 있어서, 그는 자주 손을 뻗어 옆에 있지도 않은 동반자를 만지려 했다. 그럴 때면 어둠 속에서 엄혹하고 명백한 진실이 드러났다.

그 주가 다 가고, 일요일에 그는 윈첼시에 갔다. 기차와 버스를 타고 가는 길고 느린 여정은 철도의 다른 구간들에서 진행되는 주말 공사 때문에 더욱 지연되었다.

"아, 잘 왔네." 현관문을 연 그녀의 어머니가 허둥대며 말했다.

그녀는 그를 거실로 안내했다. 전에 이 집에 딱 한 번 와봤을 때 본 기억이 되살아났다. 벽에 걸린 복제화들 속의 시골 풍경, 장식품들, 클로이의 말에 의하면 한 번도 읽힌 적 없다는 책들이 가득 꽂힌 책장. 이날 아침에는 햇살이 좋았기 때문에 벽난로에 불이 없었다. 흑백 얼루기 개에게서는 —격자창 밖으로 마지못해 쫓겨날 때 —전과 마찬가지로 습기 냄새인지 개 냄새인지가 났다. 그때도 역시 일요일이었다.

"아, 그래, 우리는 잘 지낸다네." 클로이의 어머니가 질문을 받고 그렇게 말했다. "그이는 지금 다른 일에 빠져 있어."

알고 보니 그 일은 금속 탐지로, 기구를 이용해 윈첼시 해변을 뒤지고 다니는 일이었다. 수 킬로미터에 걸쳐 있는 윈첼시 해변보다 그 일에 더 어울리는 곳은 없었다. "커피 한잔 마시겠나? 아니면 점심을 들 텐가? 그이가 곧 점심 식사하러 올 거야."

프로스퍼는 그녀가 자신을 좋아하지 않는다는 것을 항상 알고 있었다. 나이도 많은 데다 정이 안 가는 유형, 그녀가 그렇게 말하는 소리가 들리는 것만 같았다. 그리고 지금은 숱 없는 흰머리에 롤러를 만 모습을, 아마도 빼는 걸 깜빡했는지, 그에게 보이고 말았다. 그는 그녀가 상황을 깨닫고 머리 한쪽을 손가락으로 불안스레 더듬는 모습을 바라보았다. 그녀는 그를 두고 나갔다가, 혼자 있게 해서 미안하다고 말하며 돌아왔다. 셰리를 권하는데 술병은 빈 것과 다름없었다.

"그이가 더 사오겠다고 했어." 그녀가 남은 술을 따랐다. 본인의 몫은 없었다.

"그 사람이 어디 있는지 모르겠습니다." 프로스퍼가 말했다. "여기 있을지도 모른다고 생각했어요."

"아, 클로이는 여기 없네."

"저는 혹시……"

"아니야, 클로이는 여기 없어."

"저는 혹시 그 사람이 어디 간다는 말을 하지 않았을까 궁금했습니다."

"아니, 안 했네."

그는 어떤 말이 어떤 표현으로, 추측컨대 전화 통화였겠지만, 전해졌는지 궁금했다. 그들은 그가 들은 것 이상을 들었는지, 어머니만이 아니라 양친 모두 반가워했는지, 혹은 적어도 안도라도 했는지 궁금했다.

"그이가 곧 올 거야. 자네가 그냥 가버리면 서운해할 거네."

프로스퍼는 그 말을 믿었다. 탐지기로 해변의 자갈을 찌르고 다니는 멀쑥한 인물이 뇌리에 떠올라서였다. 그녀의 아버지는 클로이를 애지중지했고, 아마도 딸이 잘못을 저지를 리 없다고 생각할 터였다. 그럼에도 프로스퍼가 여기에 온 것은 그를 만나기 위해서였다. 클로이가 여기에 있을지도 모른다고 생각했다는 말은 진심이 아니었다.

"어려울 거야." 그녀의 어머니가 말했다. "모든 면에서 볼 때, 어려울 거야."

그녀는 말을 마친 후 거듭 고개를 저었다. 프로스퍼는 이해한다고 말했다.

"그이는 자네를 만나고 싶어 할 거야. 내가 식사 초대를 하길 바라겠지."

"마음 써주셔서 감사합니다."

"그이는 빈둥거리는 법이 없어."

"저도 기억합니다."

"지난겨울에는 내내 저 유리병에 든 배들을 만들었다네. 현관 들어올 때 그 배들 봤지?"

"네, 눈에 띄더군요."

"오늘 준비한 건 양고기야. 조그만 다리 하나지만 그만하면 됐지."

그렇게 말하는 동안 그녀의 남편이 현관문에 열쇠를 꽂는 소리, 그러다 아내에게 돌아왔다고 외치는 목소리가 들렸다.

*

바로 그 일요일 아침에 클로이는 카일모어 호텔을 떠나 택시를 타고 마이다 베일로 갔다. 그곳에서, 거주자가 프로방스로 휴가를 떠난 동안만 빌리기로 한 방에 짐을 풀었다. 호텔보다는 그곳이 나을 테고, 3주면 정착할 곳을 찾기에 딱 적당한 기간일 것이었다.

그녀는 자신에게 할당된 서랍에 짐을 넣었고 커튼으로 가린 옷걸이에 남은 공간만큼 제 옷을 걸었다. 이곳에 사는 여자가—사무실 동료로만 알고 지내는 사람인데—임대료를 제시하며 선불 완납 요구와 함께 그런 제안을 했을 때 그녀는 뜻밖의 행운이라고 여겼다. 클레멘트 가든스에 있는 아파트에 들어가기 전에 클로이는 이곳과 꽤 유사한 곳에서 살고 있었다.

그가 이사를 하라고 압박한 것은 아니었다. 그들 관계의 어느 단계에서도 그는 그러지 않았으며, 어느 단계에서나 그 무엇에 대해서도 그는 그녀를 압박한 적이 없었다. 그녀는 아파트를 보자마자 그곳에 있고 싶었다. 그 넓은 공간과 클레멘트 가든스의—그녀가 쓴 표현 그대로—웅장함에 넋을 빼앗겼다. 여름에 나가서 앉아 있을 수 있는 단지 내 공원은 입주민만 이용할 수 있었고 그곳을 평화롭게 유지하는 규칙들이 철저하게 지켜졌다.

그녀는 커피를 마시러 나갔다가 야외 테이블이 햇살을 받으며 놓여 있는 카페를 발견했다. 외롭지 않다고 스스로를 타일렀지만 사실은 외롭다는 것을 알고 있었다. 주말이 항상 가장 힘든 시간이 될까? 그녀는 궁금했다. 주말이 가장 힘든 것은 그녀가 클레멘트 가든스에 들어오기 전부터, 아니 어쩌면 바로 그 시절에 더욱더 큰 의미가 있었던 시간이기 때문에? 그녀는 사야 할 물건 목록을 만들었고 커피를 가지고 온 웨이트리스에게 근처에 문 연 곳이 있는지 물었다. “그럼요, 있죠.” 웨이트리스는 그렇게 말하며 어디인지 알려주었다.

개를 운동시키는 사람들이 지나갔다. 일요일 접견권을 행사하는 아버지들과 함께 나온 아이들, 어정거리는 커플들. 교회 종소리가 울리기 시작했다. 기도서를 든 노인들이 발걸음을 재촉했다. 아이들의 얼굴에서는 원망이 들끓었고, 아버지들은 어떻게든 대화를 해보려고 애를 썼다.

간밤에 제대로 잠들지 못한 데다 햇살을 받으니 졸음이 몰려와 클로이는 잠시 졸았고, 깨어나면서 그의 아내였던 여자를 기억 속에서 보았다. “프로스퍼!” 이 아름다운 사람이 페스티벌 홀의 군중 속에서 그를 외쳐 불렀었다. 그를, 그 미소로, 아직도 조금은 소유한 채로. 클로이는 콘서트 후반부를 감상하기 위해 그와 함께 자리로 돌아가며, 오늘 밤 이 여자와 동행한 남자가 그녀가 프로스퍼를 떠난 이유였을까 생각했고, 아마도 그럴 거라고 상상했다.

그녀는 필요한 물건 목록을 작성했다. 곡명은 말러의 교향곡 5번, 그가 페스티벌 홀로 그녀를 데려가기 전 몇 주 동안, CD로 계속 재생된 곡이었다. 한 번에 작곡가 한 명, 그것이 그녀의 삶에 음악을 소개하는 그의 방식이었다.

*

그녀의 아버지는 원래 수줍은 사람인데, 최근의 일로 인해 더욱 그렇게 되었다. 어깨가 약간 굽은 데다 몸이 허약해서 예순일곱 나이보다 더 늙어 보였다. "미안하네." 그는 아내가 방에서 나가고 없을 때 그렇게 말했다.

"왜 이런 일이 생겼는지 모르겠습니다."

"우리랑 함께 점심을 들고 가게, 프로스퍼."

식사 초대가 흡사 피해 보상처럼 들렸지만, 그냥 상상일 뿐이며 그렇게 터무니없는 의도로 한 말은 아니라는 것을 프로스퍼는 알고 있었다.

"그 사람이 어디 있는지 모르겠습니다."

"그 애는 혼자 있고 싶어 하는 것 같네."

"혹시……"

"아니, 우린 그렇게 못 하네."

그들은 로드 앤드 레이디로 걸어갔다. 예전의 일요일에도 비슷한 목적으로, 즉 점심에 마실 맥주를 사오려고 함께 갔던 곳이었다.

"이왕 여기 왔으니 뭐 좀 마시겠나?" 전에도 이 술집에서 똑같은 제안을 했던 그녀의 아버지는 그때 기억이 떠오르자 진토닉을 주문했고 자기가 마실 술로는 워딩턴 맥주를 택했다.

"우리는 클로이가 원하지 않는 일을 할 수 없어." 그는 술이 나오기를 기다리며 말했다.

거실 벽난로 선반 위에는 그녀의 사진을 끼운 액자가 있었다. 맨발에 수영복 차림의 아홉이나 열 살 무렵의 아이가 주변에 빙 둘러 만들어놓은 모래성들 사이에서 웃고 있는 사진. 그 사진이 정말 싫다, 라고 그녀는 말하곤 했다. 그녀는 그 거실을 싫어했다. 부모는 영화에 나오는 새침한 인물의 이름을 따서 딸을 클로이라고 불렀다. 그녀는 그 이름이 좀처럼 좋아지지 않았다.

"다른 사람은 없습니다." 프로스퍼가 말했다.

"클로이도 그런 일은 없다고 우리에게 말했어."

노인이 맥주잔을 높이 들어 올렸고 프로스퍼는 진토닉으로 이에 응대했다.

"다툼도 없었어요." 그가 말했다.

"자네가 클로이에게 참 잘해줬어, 프로스퍼. 우린 자네가 그 애에게 어떻게 해줬는지 알고 있네."

"실제로는 해준 게 별로 없습니다."

선생 노릇은 별것 아니었다. 그저 정보를 전달해줄 뿐이므로. 누구라도 그녀를 외국 영화 상영관에 데리고 갈 수 있었을 테고, 내셔널 갤러리에 데려가거나, 아페만투스*가 누구인지 말해주는 것도 누구나 할 수 있었을 것이다. 그녀는 그가 가르친 여자 중 가장 직관력이 뛰어나고 총명했다.

"솔직하게 말하겠네, 프로스퍼…… 우리 부부는 자네들의 우정에 대해 의견이 항상 일치하지는 않았어. 그렇다고 심한 충돌이 있었던 건 아니고. 그래, 그런 뜻은 아니야."

"제가 나이가 많아서죠."

"그래, 그 얘기도 나왔지."

"그 때문에 크게 달라질 건 없었습니다. 클로이에게, 우리 둘 다에게요."

프로스퍼의 목소리에 애원하는 기색이 섞여들고 있었다. 그는 그것을 떨쳐낼 수 없었다. 자신이 한심하게 느껴졌다. 왜 이런 일이 일어났는지 이유를 대지도 못하는 자신이 실패자 같았다. 왜 그들이 미안해해야 하는가? 버려진 남자에게 그들이 신경 쓸 이유가 뭐란 말인가?

"클로이는 막무가내였던 적이 없었어." 그녀의 아버지가 말

---

* 셰익스피어의 희곡 〈아테네의 타이먼〉에 나오는 인물로, 냉소적이고 염세적인 철학자이다.

했다. 이 대화가 그에게도 힘겨운 듯 긴장된 목소리였다.

"그렇죠." 프로스퍼는 말했다. "맞아요, 그 사람은 그렇지 않아요."

그녀의 아버지가 고개를 끄덕이며 안도감을 나타냈다. 해야 할 말을 모두 했다는 뜻이었다.

"아침에 거기에 가면 말이네," 그가 말했다. "온 해변이 다 내 차지야. 몇 킬로미터에 걸친 해변을 독차지하는 거지. 깜짝 놀랄 물건들이 나온다네. 음, 거기 뭐가 있겠냐고들 말하지만 다 틀린 말이야."

"제가 괜히 와서 힘들게 해드렸네요. 죄송합니다."

"아니, 아니야."

"그 사람을 찾으려고 애썼어요. 여기저기 전화를 걸어봤습니다."

"저기, 우리 그만 돌아가는 게 좋겠네."

집으로 걸어가는 길에, 그리고 식사실에서도 그들은 거의 말을 하지 않았다. 프로스퍼는 앞에 놓인 음식을 먹을 수가 없었다. 새로 침묵이 깔릴 때마다 매번 더 오래 지속되었고 결국에는 오직 침묵만 남았다. 클로이가 어디로 갈 것인지 기어이 알아냈어야 했다, 그가 그렇게 말하자 노부부는 난감해하며 아무런 대꾸도 하지 않았다. 그 집을 나오며 그는 사과했다. 그들 역시 미안하다고 했지만 그는 진심이 아니라는 것을 알았다.

기차에서 그는 까무룩 잠이 들었다. 그러다 1분도 안 되어 깨어났고, 진토닉에 더해 점심과 함께 마신 맥주 때문에 그렇다고 생각했다. 반드시 다른 사람이 없다고 할 수는 없다. 그녀가 그렇게 말했고 부모에게도 같은 말을 했다고 해서, 그녀가 거짓말을 한 적이 없다고 해서. 누구나 거짓말을 한다. 거짓말은 언제든 용도가 생기면 쓰이기 위해 구비된 수단으로, 아무나 마음대로 이용할 수 있다. 누군가 있다고 하면 모든 게 맞아떨어진다. 그녀에게 무엇을 어떻게 하라고 말해주는 어떤 젊은 남자가 있다고 하면.

기차가 빅토리아 역으로 서서히 들어섰고, 서인도제도 출신 청소부가 다가와 이제 내려야 한다고 말할 때까지 그는 자리에 앉아 그런 생각을 했다. 역에서 인파를 뚫고 나아가며 그곳의 바를 하나 택해 들어갈까 생각해보다 그러지 말자고 마음먹었다. 지하철로 가는 길에, 아파트로 돌아가기 싫어서 그는 다시 마음을 바꿨다. 와이스턴 스트리트에 있는 가게인 바인까지 걸어가는 데 한 시간이 걸렸다. 그녀와 함께 일요일 오후에 자주 가던 곳이었다.

그가 이미 알고 있었듯이 그곳은 조용했다. 그 술집 안에서는 목소리가 멀리 퍼지지 않았고 어쨌거나 목소리를 높이는 사람도 없었다. 손님들은 연인과 함께, 혹은 혼자서, 다들 일요일 신문을 읽고 있었다. 클로이가 아직 야간학교에 다닐 무렵에, 그는 일요일 오후 수업이 끝난 후 이곳에 그녀를 데려왔다. "당신이 날 구해주었어요." 그녀는 곧잘 그렇게 말했으며, 이곳에서도 그렇게 말한 것을 그는 기억했다. 야간학교에서 그녀는 어린 여학생처럼 책상에 웅크린 모습으로 순종적이고 겸손했으며, 돌보지 않은 미모와 가려진 총명함을 지녔으나 스스로를 멸시하는 사람이었다. 천성에 갇힌 사람, 그는 그렇게 생각했다. 그들의 우정이 시작되고부터, 야간학교에서 나와 텅 빈 어두운 거리를 함께 걸으며 처음에는 그녀가 배우고 있던 두 언어에 대해, 그러다 나중에는 모든 것에 대해 대화를 나누곤 하고부터, 그녀의 그런 성향은 점점 약해졌다. 때로 그들은 코번트 가든의 커피 노점에 들렀고 매번 서로에 대해 더 많은 것을 알게 되었다. 외동으로 자란 그녀는 고상한 망사커튼이 세상을 차단하고 있는 듯한, 숨 막히는 성장기를 보냈다. 그는 결혼 생활에서 더 이상 원치 않는 사람이 되는 고통을 겪었다. 그녀는 창피해하는 자신이 창피했고, 그는 홀로 남겨진 채 질투와 부서진 자존심을 감당해야 했다. 그들의 친밀한 관계는 그 역시 구해주었다.

와인 바에는 벽이 오목하게 파인 자리에 빈 테이블이 하나 있었다. 그들이 자주 앉던 곳이었다. 머리를 새로 헤나로 염색하고 몸의 굴곡이 드러나는 꽉 끼는 검은 실크 옷을 입은 마고—이곳의 주인—가 바 뒤에서 상냥하게 손을 흔들었다.

"클로이는 몸이 안 좋아요." 그녀가 주문을 받으러 오자 그는 그렇게 말했다. 그녀가 빈 잔들을 치우고 테이블 표면을 닦는 동안 사슬 팔찌가 찰그랑거렸다.

“불쌍한 클로이.” 그녀는 중얼거리고, 본을 화이트로 마셔보라고 추천했다. 외모만 보면 꽤나 시끄러울 것처럼 보이기 때문에, 마고의 속삭이는 듯한 목소리는 언제 들어도 놀라웠다.

“클로이는 괜찮을 거예요.” 그는 자신이 왜 태도를 거짓으로 꾸미는지 알 수 없는 채로 고개를 끄덕끄덕했다. “반만 주세요.” 그가 말했다. “오늘은 혼자니까.”

와인은 이 바에서는 처음 보는 다른 사람이 가지고 왔다. 반병짜리 와인은 생기 없는 느낌을 준다, 라고 말하곤 했던 그는 지금 자기가 한 말의 의미를 알 것 같았다. 하나뿐인 잔, 조그맣고 땅딸한 병.

“고마워요.” 그가 말하자 여자는 미소를 지었다.

그는 차가운 와인을 마시며 혼자 온 남자들을 흘낏거렸다. 그들 중 누군가가 그녀를 기다리고 있는지도 몰랐다. 예전이라면 달랐겠지만 지금은 불가능한 일도 아니었다. 그녀 또래의 젊은 남자가 목 단추를 푼 파란 셔츠 앞섶에 실크 스카프를 대충 끼워 넣고 선글라스를 이마 위로 밀어올린 채 프로스퍼가 갖고 있는 것과 표지가 똑같은《어느 시골 신부의 일기》* 페이퍼백을 읽고 있었다.

---

* 프랑스 작가 조르주 베르나노스가 쓴 소설로 시골 성당에 부임한 젊은 신부의 일기 형식을 띠고 있다.

그는 그녀에게 그 책을 권한 적이 있는지 기억하려 애썼다. 《비밀요원》*은 권한 적 있었다. 포와 루이스 오친클로스도. 그녀는 그 전에 콘래드를 읽은 적이 없었다. 스콧 피츠제럴드나 포크너, 매덕스 포드에 대해서도 들어본 적이 없었다.

남자는 금발이었는데, 꽤 길지만 잘 빗질한 머리였다. 역시나 파란색인 스웨터가 의자 등받이 너머로 늘어뜨려져 있었다. 그가 신은 캔버스화도 파란색이었다.

저런 유형이다, 프로스퍼는 왜 그런 생각이 드는지 알 수 없었지만 생각하면 할수록 그게 당연한 것만 같았다. 둘은 다른 어느 일요일에 서로를 발견한 것일까? 남자들이 가끔 그러는 것처럼 저 남자도 그녀를 빤히 쳐다보았을까? 서로 눈길을 주고받은 때는 언제였을까?

다시 그 남자를 주시하면서 그는 문 쪽을 한 번씩 쳐다보는 그의 시선에 주목했다. 손가락 하나가 선글라스를 뒤로 더 밀었고, 《어느 시골 신부의 일기》의 책장 사이에 책갈피가 끼워졌다가 다시 꺼내졌다. 하지만 아무도 오지 않았다.

책 표지로 쓰인 녹색과 검은색의 사진에는 의자 위에 서 있는 젊은 신부와 초가 여러 개 담긴 바구니를 든 여자의 모습이 인쇄되어 있었다. 아파트의 책장에서 빼온 책일까? 기만에 흥분의 전율을, 어떤 짜릿함을 더해주기 위해서? 또 한 번 선글

---

* 조지프 콘래드의 정치소설.

라스가 위로 밀려 올라갔고 책갈피가 테이블 위에 놓였다. 사람들이 돌아가기 시작했고, 나가면서 신문을 문가의 선반에 되돌려놓았다.

별안간 그녀가 나타날 것이다. 그가 여기에 와 있다는 것을 알아차리지 못할 테고, 알아차리면 눈길을 돌릴 것이다. 코번트 가든의 커피 노점에 처음 갔을 때, 그녀는 평생 누구에게도 말을 걸어본 적이 없다고 말했다.

잠시 동안 프로스퍼는 그 일이 일어났다고 상상했다. 그녀가 왔고, 남자가 그녀에게 손을 뻗었으며, 남자의 팔이 그녀를 안았고, 그녀가 남자를 안았다고. 그는 쳐다보면 안 된다고 속으로 되뇌었다. 여기 오지 말았어야 한다고 자책하며 다시는 그쪽을 쳐다보지 않았다. 바에서 그는 마시지도 않은 와인값을 치렀다. 그는 거리에 서서 울었고, 지나가는 사람들의 눈을 피해 괴로움을 숨기며 수치심을 느꼈다.

*

그녀는 황혼이 지는 것을 바라보았다. 어둠이 짙어지며 아파트의 공원 방향 창문들에 전등이 켜지는 것도. "아, 남자는 다 극복하게 마련이야." 그녀의 어머니는 확신했다. 어머니는 그가 괜찮을 거라고 말했고, 아버지는 그와 함께 점심에 곁들일 맥주를 사러 갔었다고 말했다. 그녀가 집에 전화를 한 것은, 그라면 거기 갔을 것이기 때문이었다. 그러리라고 그녀는 짐작했다. "너한테 맞는 사람이 아니었어." 어머니는 말했다. 아버지는 기왕 이렇게 됐으니 계속 밀고 나가라고 말했다. "상심한 건 맞더라. 하지만 넌 공정하고 분명하게 행동했잖니." 어머니는 어차피 그 사람도 좋은 시절 누리지 않았느냐고 말했다.

결국, 부모님은 그가 별 볼일 없는 사람이라고 말할 것이다. 부모님은 자주 의견이 안 맞곤 하지만 결국 의견 일치를 볼 것이다. 그 거짓이 진실인 것 같으면 정리가 쉬워질 테니까. "야, 진즉에 말이다," 어머니는 말할 것이다. "진즉에 난 아빠한테 이건 아니라고 말했다."

불 켜진 창문 하나에 그림자가 번졌다가 사라졌다. 훈훈하던 날이 추워졌지만, 공원의 공기는 신선하고 고요했다. 이제 공원에는 그녀 혼자뿐이었고, 기억 속에서 그가 이곳의 관목들 사이를 걸어다니며 안내해주던 때가 떠올랐다. 그녀가 이 아파트로 들어와 살기 전이었다. "히비스커스." 그는 그녀의 질문에 그렇게 대답했고, 다른 것은 물레나물이며 또 다른 것은 양지꽃, 또 다른 것은 남천죽이라고 말했다. 그녀는 그 이름들을 기억했고 앞으로도 항상 그러리라고 생각했다.

공원을 나올 때 그녀는 등 뒤로 대문을 당겨 자물쇠가 딸깍 잠기는 소리를 들었다. 도로를 건너 눈에 익은 문 앞에 섰다. 공원 대문 열쇠를 편지함 속에 떨어뜨리기만 하면 할 일은 끝이었다. 실수로 가져가버린 열쇠를 돌려주려고 온 거니까. 열쇠는 아침에 다음 날의 편지들과 함께 발견되어 현관 선반 위에 놓일 것이었다. 그게 누구건 잃어버린 사람이 찾아가기를 기다리는 분실물이 되어.

하지만 그녀는 열쇠를 손에 들고 거기 서 있었다. 그것을 이렇게 포기하고 싶지는 않았다. 어디에선가 차문이 쾅 닫히는 소리가 났고, 멀리서 희미하게 음악 소리가 들렸다. 그녀는 실제보다 더 길게 느껴지는 몇 분 동안 거기 서 있었다. 그러고는 아파트의 초인종을 눌렀다.

*

그가 문을 열었을 때, 계단을 오르는 그녀의 발소리가 들렸다. 그녀를 안으로 들이고 문을 닫자 클로이가 열쇠를 내밀었다. 그녀는 웃을 뿐 말이 없었다.

"고맙게도." 그가 말했다.

그는 그녀가 인터콤에 대고 말을 하기도 전에 그녀라는 것을 알았다. 텔레파시가 통한 것처럼, 그는 그렇게 생각했지만 정말로 믿은 것은 아니었다.

"바닷가에 내려갔다면서요."

그녀는 그곳을 항상 그렇게 불렀는데—그 이상 정확히 표현한 적은 없이—마치 자신이 살았던 도시를, 어쩌면 고향집이 싫은 것과 같은 이유로, 그보다 더 잘 구분해줄 필요는 없다고 생각하는 듯했다.

처음에는 서 있었지만 이제는 자리에 앉았다. 그는 묻지도 않고 그녀에게 술을 한 잔 따라주었다.

"몇 주간 지낼 방이 있어요." 그녀가 말했다. "살 곳을 알아볼 거예요."

"그냥, 전달해줄 편지가 있을지도 몰라서 그런 거야. 그리고 사람들이 전화하면 어색할 테니까. 뭐라 말해야 할지 모르니까, 어색하겠지."

"미안해요."

"뭐, 아직은 편지가 없었어. 전화한 사람도 없었고. 윈첼시에는 가지 말았어야 했어."

"제가 더 자세히 설명했어야 했죠."

"왜 떠난 거야, 클로이?"

*

클로이는 대답하는 제 목소리를 들었다. 속삭임보다 나을 것 없는 그 목소리는 자신이 어리석었다고 말하고 있었다. 그녀는 그렇게 말한 뒤 더 자세히 얘기해야 한다는 걸 알았지만, 말하기가 힘겨웠다. 단어들은 거기 있었고, 전에도 시도해본 적은 있었다. 그가 야간학교에 있는 동안 아파트에서 혼자 기나긴 저녁 시간을 보내며, 그녀는 그 단어들을 잘 꿰어보려고 애를 썼다. 그래서 그 단어들이 문장이 되고, 그녀의 감정이 되어주기를 바랐다. 하지만 그 문장들은 항상 가혹했고, 너무 잔인했으며, 배은망덕하고 냉정하여 그녀가 원하는 것과 달랐다. 그에게 하려는 말의 의도는 상처를 주거나 조바심을 전하거나 비난을 하려는 것이 아니었다. 밤이면 밤마다 그녀는 제 감정을 들여다보다 지쳐 잠자리에 들었고, 가끔 그가 돌아왔을 때 잠을 깨면 거기에 그와 함께 있다는 사실이 기뻤다.

"어리석은 짓이라는 걸 몰랐어요." 그녀가 말했다.

애초에 두 사람을 가깝게 이끌었던 것은 우정이었다. 주기도 하고 받기도 하며, 그들은 지금보다 더 모자란 사람들이었던 시절에 서로를 알아갔다. 그 점을 그녀는 항상 의식했고, 그 정도로도 충분하다는 것, 대개의 사람들보다 더 많이 누리고 있다는 것을 알았다. 여전히 무슨 말부터 시작해야 할지 모르는 채로, 그녀는 그런 말들을 했다. 그리고 잠시 후 덧붙였다. "여기에 있고 싶어요."

그는 말하지 않았다. 그녀를 쳐다보고 있지 않았지만, 외면하는 것은 아니었다. 그녀의 혼란스러운 상태에 불만을 품거나, 애초에 그녀가 이런 일을 벌이지 말았어야 했다고 생각하는 것도 아니었다. 그녀는 그게 아니라는 것을 알았다. 그는 한 번도 그런 적이 없었다.

"쉬울 줄 알았어요." 그녀가 말했다.

확신이 있었다. 여러 감정을 느끼며 그녀는 확신했다. 그 감정들이 혼란스러울 때조차, 너무 생각을 많이 한 나머지 이성이 소진되어 생각을 할 수 없을 때조차 그랬다. 그녀는 자신의 확신에 매달렸고, 그 속의 진실을 감지했다. 즉 그녀가 자아의 일부분을 조금씩 잃어버렸으며 지금도 계속 잃고 있다는 것. 그녀가 주어진 것을 게걸스럽게 받아들이는 동안 그녀의 인생은 온정으로 인해, 기쁨으로 인해, 서서히 멈춰버렸다. 하지만 혼자가 되자마자 확신은 사라졌다.

"사람은 실수를 해요." 그녀가 말했다. "그러곤 그 결과를 직면하면 실수를 깨닫게 되죠."

*

프로스퍼는 이해했다. 그는 이해가 빠른 사람이기 때문에, 바로 전까지만 해도 아무것도 이해하지 못하다가 지금은 너무 많은 것을 이해했기 때문에, 평온이 그를 휘감았다. 오늘 처음으로, 그녀가 짐을 꾸려 나간 뒤 처음으로, 평온을 느꼈다. 그런 불안감이 있었다는 것을 그는 이제야 알았다.

그는 와인 바에 있을 때 질투를 느꼈다. 감정이 걷잡을 수 없이 난동을 부리면 생기는 일, 공포와 괴로움이 하는 일이었다. 자기 잘못이다, 라고 그녀는 말했다. 아니, 그건 누구의 잘

못도 아니다, 라며 그는 반박했다.

그가 참 너그럽다고 그녀는 말했다. 어머니가 괄시한 것은 본의가 아니라고, 머지않아 아버지도 기뻐할 거라고도 말했다. 너무도 중요한 문제지만, 그는 생각했다, 이제는 중요하지 않다.

그녀는 둘이서 먹을 스크램블드에그를 만들었다. 그들은 술을 조금 더 마셨고, 안도의 분위기에 젖은 클로이는 둘이 함께 한 시간들을 기리며, 칠턴스 구릉지대와 어두운 거리를 걷던 이른 새벽들을 회상했다. 그리고 영화를 보러 다니던 주말들, 그녀가 아파트로 들어오던 날, 이곳에서 함께 살면서 한 번도 싸우지 않은 일, 그리고 여름날의 공원에 대해서도.

프로스퍼는 말을 많이 하지 않았고, 그가 할 수도 있었을 어떤 말은 전혀 하지 않았다. 해야 한다는 건 알았지만 하고 싶지 않았다. 스크램블드에그를 담아 먹었던 접시들이 소파 탁자에 남아 있었다. 아직 다 비우지 않은 잔들도, 그녀의 공원 대문 열쇠도. 탁자 위 전등 하나로만 밝힌 방에서, 그들은 어둠 속 그림자였다.

프로스퍼는 그 밤이 끝나지 않기를 바랐다. 그는 그녀를 사랑했다. 그녀는 자신이 줄 수 있는 만큼을 그에게 돌려주었으며, 그는 그 사실을 몰랐던 적이 없었다. 아직도 추억을 되새기고 있는 그녀의 목소리는 부드러웠다. 그 목소리에서 노곤함이 묻어났을 때, 이제 그가 이야기를 시작했고 그녀와 함께 있어서 용기를 낼 수 있었다. 그녀 자신이 찾았다가 잃어버렸던 용기를. 그것은 이제 정리되어야만 하는 것들을 정리하고, 말해져야만 하는 것들을 말할 그의 용기였다. 어리석은 짓은 없었다. 실수는 없었다.

아이들

“이제 우리 가야 돼.” 아버지가 말했다. 코니는 아무 말도 하지 않았다.

두 남자가 삽을 들고 서서 주춤거렸다. 그들 외에 다른 사람들은, 장례식을 진행했던 크로저 씨까지 포함해 모두 묘지에서 떠나고 없었다. 자동차들은 시동을 켜고 있거나, 좁은 길가의 교회 벽에 딱 붙어 주차되어 있던 자리에서 이미 빠져 나오고 있었다.

“가야 돼, 코니.” 아버지가 말했다.

코니는 코트 주머니 속을 더듬어 스카프링을 찾았다. 잃어버렸나 하는 생각이 잠시 든 순간, 가느다란 은제 고리가 만져졌다. 코니는 그게 진짜 은이 아닌 걸 알았지만, 식구들은 항상 모르는 척했다. 아이는 허리를 숙여 링을 관 위에 떨어뜨린 뒤 아버지가 내민 손을 잡았다. 교회 묘지 출입문 옆에서, 그들은 가장 뒤처진 문상객들을 따라잡았다. 아치데일 부인과 노인 형제인 아서와 제임스 돕스였다.

"집으로 오셔야 돼요." 아버지는 미리 연락이 안 닿았을 경우에 대비해 그들을 집으로 초대했다. 하지만 사람들은 알고 있었다. 묘지를 벗어난 자동차들은 모두 같은 방향으로 가고 있었고, 목적지는 5킬로미터 넘게 떨어져 있어도 파라 타운랜드* 바로 안쪽에 포함된 그들의 집이었다.

코니에게는 상황이 이와 달랐으면 좋았을 것이다. 지금쯤 집이 조용했으면 좋았을 것이다. 아이는 죽은 사람의 물건을 어떤 식으로 정리하는지는 모르지만, 이날 오후에 아빠와 함께 엄마의 물건을 모아놓고, 아빠가 설명해주는 방법대로 하나하나 정리하고 있을 거라고 상상했었다. 코니는 장례식이 끝난 뒤 혼자서 그런 것들에 대해 생각했다. 그 모든 일을 하는 거라고, 지금은 그래야 할 시간이기 때문에, 그런 감정이 들기 때문에.

코니의 어머니가 죽어가다가 마침내 실제로 죽을 때까지 과정은 질서정연하게 예정대로 흘러갔다. 코니는 그날이 오리라는 것을 몇 달 전부터 알고 있었고, 마지막 순간에 스카프링을 관 위로 던지리라고 몇 주 전부터 생각하고 있었다. "브라

* 아일랜드의 가장 작은 행정구역 단위.

운 토머스 상점에서." 어디에서 산 것이냐는 아이의 질문에 어머니는 그렇게 말했고, 이제는 쓰지 않을 거라며 스카프링을 코니에게 주었다. 이날 오후, 그 조용한 침실에는 다른 것들도 있을 것이다. 눈에 익은 브로치들, 눈에 익은 귀걸이들, 당연히 옷과 신발들도, 그리고 서랍 속에 든 이런저런 잡동사니들도. 하지만 아이와 아버지는 다른 일을 해야 했다.

"괜찮니, 코니?" 아버지가 물었다. 그는 멀리 돌아가는 녹로프티 로드를 타지 않고 좌회전을 했다.

고통은 없었다. 고통이 없도록 잘 보살폈다. 어머니가 호스피스 시설에 있었을 때나 마지막 무렵에 갑자기 원해서 집에 돌아와 지낼 때나, 고통이 없다는 것은 누가 봐도 알 수 있었다. "우리가 기도했기 때문인 것 같아요." 코니는 모든 것이 끝났을 때 그렇게 말했고, 아버지도 그런 것 같다고 말했다. 무엇보다 중요한 것은 고통이 없었다는 사실이었다.

"아, 난 괜찮아요." 아이가 말했다.

"손님들이 집에 오셔야 해. 오래 계시지는 않을 거야."

"알아요."

"지금껏 네가 있어 든든했다, 코니."

그는 진심이었다. 처음에는 아버지가 힘이 되어 딸이 힘든 시기를 견딜 수 있게 해주었지만, 나중에는 아이가 아버지에게 받은 것을 돌려주기 시작했다. 아이는 제 어머니를 좋아했다.

"엄마는 우리가 손님 대접을 잘하길 바랄 거야." 그가 말했다. 안 해도 되는 말, 너무 많이 한 말이었다.

"그래야 하는 거 알아요."

코니는 열한 살이었다. 어머니와 같은 연한 푸른색 눈에, 머리 역시 비슷한 옥수숫대 색깔이었다. 이마와 콧대에 난 주근깨는 아이만의 특징이었다.

"손님들이 가고 난 뒤에 시작하면 되죠." 아이가 말했다. 차가 계속 나아가며 아무도 살지 않는 오두막 두 채를 지나고, 너도밤나무 이파리들이 공중에서 서로 만나 갑자기 컴컴해진 언덕길을 내려갔다. 아치데일 부인은 돕스 형제가 태워 왔는데, 그들의 빨간 포드 에스코트가 벌써 대문 안쪽으로 꺾어 들어가고 있었다. 울퉁불퉁한 진입로 위로 다른 차들이 조심스럽게 나아갔고, 양편 울타리 안에서 양들이 그 모습을 지켜보았다.

"들어오세요, 어서요." 코니의 아버지가 이미 차에서 내려 집 앞 자갈 마당에서 낮은 목소리로 담소 중인 조문객들을 안으로 불러들였다. 그는 키가 크고 마른 남자로, 검은 머리가 희어지기 시작했고 각진 이목구비가 특징적이었다. 오늘은 거무칙칙한 옷을 입었는데도 꽤 눈에 띄게 준수한 외모였다. 그는 아내가 죽을 거라는 사실을 아이보다 훨씬 일찍 알았고, 처음에는 늘 그렇듯이 자그마한 희망이나마 있었다. 그 희망이 사라졌을 때 코니도 알게 되었다.

현관문은 잠겨 있지 않았다. 사람들이 도착하자마자 들어가기를 바라서 그렇게 놔둔 것이지만 집에 들어간 사람은 아무도 없었다. 그는 문을 열어젖히고 옆으로 비켜 서 있었다. 모두가 어디로 가야 할지 알 테고, 오데일리 부인이 안에서 차를 준비해놓고 있을 것이었다.

*

남편이 떠나고 홀로 남았을 때, 테리사는 버림받았다는 사실에 굴욕감을 느꼈었다. "애들은 전적으로 당신에게 맡길게." 그는 말했다. 관대함을 꾸며내며, 그녀는 그렇게 생각했다. "그 점에 대해서는 성가시게 하지 않겠다고 약속해." 그는 그들의 두 아이에 대해 말하고 있었다. 그녀가 보기에 아이들은 항상 엄마보다 아빠를 더 좋아했다. 그런 아이들이 아빠를 빼앗긴다는 건 있어서는 안 될 일 같았다. 당시의 비참한 처지에서조차 그녀는 그런 말을 했고, 결혼 생활을 잘 유지하지 못한 대가로 자신은 더욱 큰 벌을 받아야 한다고, 아이들마저 잃어야 마땅하다고 느꼈다. "아, 아니지." 그는 반대했다. "아니, 나라면 절대로 그러지 않을 거야."

응접실에 모인 조문객들 사이에서 가슴 아프게 그때를 떠올리던 그녀는 배우자에게 너무 일찍 찾아온 죽음의 고통 또한, 마찬가지로 변하지 않고 오래도록 지워지지 않는 혹독한 아픔을 남기는 걸까 생각했다. "유감입니다." 그녀는 말했다. 코니의 아버지가 그녀의 팔에 손을 얹고 와줘서 감사하다고 나직이 인사했을 때였다. "정말로 유감이에요, 로버트." 그녀 역시 나직한 목소리로 다시 말했다.

그녀는 그를 코니의 아버지라서 알았다. 딸 멜리사가 코니의 각별한 친구였다. 그를 잘 알지는 못했다. 멜리사를 농장에 데려가 낮 동안 놀게 해줄 때도 그는 없을 때가 많았다. 코니의 어머니는 좋아했으나 그녀와도 대화를 나눈 적은 별로 없었다. 둘이 성향이 다르기도 했지만, 이 집이 너무나 분주한 곳이기도 해서였다. 테리사가 이 집을 알고 지낸 세월 내내, 집안일을 돕는 사람이 고용된 적은 한 번도 없었고 농장 일로도—여름철 몇 날을 빼면—일손을 안 쓰기는 마찬가지였다. 테리사는 지금의 암울한 행사는 오데일리 부인이 도맡을 거라고 이미 짐작했었다. 특유의 유능한 시골 아낙의 방식대로 부인이 일을 봐주겠다고 제안했으리라 생각했다. 지금 부인은 차를 따르고 있었고, 원래 응접실에 있지 않았던 탁자 하나가 찻잔과 받침 접시들을 차려놓는 용도로 쓰이고 있었다. 오데일리는 주로 도로공사 일을 하면서 되는 대로 다른 일도 맡아 하는, 작은 체구로 종종거리고 다니는 사내였다. 그가 비스킷과 달걀 샌드위치를 담은 접시를 나눠주고 있었다.

"참 잘하시던데요." 누군가가 테리사에게 논평했다. "여기 교구 목사님 말이에요."

"네, 잘하셨어요."

그녀가 모르는 커플이었다. 크로저 씨를 칭하는 방식으로 보아 이 지역 사람이 아닌 듯했다. 그들은 그녀가 동의를 표시하자 불안하게 고개를 끄덕여 맞장구를 쳤다. 테리사는 그들이 클론멜에서 온 사람들이라 해도 아마 알아봤을 거라고 생각했다. 맞다, 크로저 씨가 장례식 진행을 아주 잘하셨다, 그녀는 그렇게 말했다.

"우린 먼 친척이에요." 여자가 말했다. "우리 윗세대가 사촌간이죠."

"저는 여기서 꽤 가까운 곳에 살아요."

"여긴 정말 좋은 곳이네요."

"고요함." 남자가 말했다. "고요함이 확연히 다르군요."

"우린 〈아이리시 타임스〉를 보고야 알았어요." 여자가 말했다. "그게, 그간 연락이 끊겼거든요."

"이제 보니 참 애석합니다." 남자가 끼어들어 한마디 거들며 고개를 끄덕였다. "연락이 끊겼다는 것이."

"그렇군요."

테리사는 마흔한 살이고 아직도 예뻤다. 둥근 얼굴을 환히 밝혀주며 쉬이 떠올랐다가 오래 머무르는 그녀의 미소는 이목구비 자체와 마찬가지로 얼굴의 일부 같은 느낌을 주었다. 붉은 기 도는 머리는 아주 짧게 잘랐으며, 체중에 신경을 좀 써야 해서 실제로 열심히 관리하고 있었다. 오데일리가 그녀에게 버번크림 비스킷 접시를 내밀었을 때도 그녀는 고개를 저었다.

"우린 차로 왔어요." 대화를 나누던 여자가 알려주었다. "미첼스타운에서요."

"이렇게 와주시다니 참 친절한 분들이시군요."

그들은 한사코 그렇지 않다고 말했고, 테리사는 주변을 둘러보았다. 그날 아침 잠에서 깼을 때 문득 그녀는 남편도 여기에 오지 않을까 생각했다. 더블린에서 차를 몰고 오지 않을까, 그 역시 사망 소식에 충격을 받았을 테니까. 하지만 응접실에 모인 조문객들 사이에 그의 모습은 보이지 않았다. 평범한 가구로 꾸며진 커다란 방에 얼마 안 되는 사람들이 드문드문 모여 있었다. 교회에 있던 사람들이 모두 온 것은 아니었다. 하지만 남편은 교회에도 없었음을 테리사는 알고 있었다. 그들이 마지막으로 만난 후로 벌써 여러 해가 지났다. 그는 새로 자식을 얻은 뒤로 자기 아이들에 대한 관심을 끊었다. 성가시게 하지 않겠다는 말에 충실하게, 테리사는 그렇게 생각했다.

*

나중에, 손님들이 돌아간 뒤에, 코니는 오데일리 씨 부부를 도와 청소를 했고, 그 일이 끝나자 오데일리 씨 부부도 돌아갔다. 코니와 아버지는 아이 어머니가 전에 요청한 일을 했다. 옷장과 화장대 서랍 속 물건들을 모두 꺼내 어머니가 바라던 대로, 전에 이용하던 자선단체들을 기억해 그곳에 보내라는 요청이었다. 밤이 늦어서야 모든 일이 끝났고, 코니와 아버지는 부엌에 함께 앉았다. 달걀을 먹기로 결정한 후 그가 달걀을 삶았다. 아버지는 딸에게 토스트를 잘 보고 있으라고 했다. "우리끼리 잘해나갈 수 있을 거야." 그가 말했다.

*

농장은 결혼과 함께 로버트에게로 와서 그가 추구하지 않았던, 그리고 좋아하리라고 상상하지 못했던 삶의 방식으로 그를 이끌었다. 실제로 그는 그 삶을 좋아하게 되었고, 아내가 결혼 직전에 물려받은 침체되고 방치된 농장을 여러 해에 걸쳐 상당히 번창한 사업으로 변모시켰다. 이는 또한 가족의 생계수단이었으며, 로버트에게는 이에 더해, 예전에는 아는 것이 전무했던 농사와 축산에서 성공을 거두었다는 개인적 만족의 원천이기도 했다.

이 모든 것은 그가 홀아비가 되고 집과 땅이 완전히 그의 소유가 된 후에도 지속되었다. 농장에는 아무런 변화가 없었다. 하지만—이제는 오데일리 부인이 평일 아침마다 세 시간씩 와주는—집 안에서, 코니와 아버지는 그들이 겪은 상실에 천천히 적응해나가면서도, 그저 기억해주기만을 요구하며 언뜻언뜻 나타나는 영혼의 존재를 함께 의식했다. 계속 이어지는 삶이 이미 일어난 일을 깔끔히 정리하지는 못하더라도 뭔가 베푼 것은 있어서, 바로 가까이에서 겪은 죽음으로 인한 극적인 감정을 무디게 해주었다. 그러고 나서, 장례식 이후 2년 남짓 지났을 때, 로버트가 테리사에게 청혼을 했다.

자연스러운 일이었다. 딸들의 우정을 통해 서로를 알았던 그들은 새로운 상황에서 서로를 더욱 잘 알게 되었다. 테리사는 계속해서 멜리사를 농장에 데려다주었고, 언젠가부터 코니가 멜리사의 어린 남동생과도 잘 놀게 되자, 너무 어려 자전거를 탈 수 없는 그 아이도 함께 데리고 갔다. 그리고 로버트 역시 힘닿는 대로 한몫을 하기 위해 차로 두 아이를 파라 브리지에 있는 방갈로식 주택으로 데려다주었다. 그 집은 예전에 두 아이의 아버지가 도예 공방을 차리려고 했던 곳이었다.

테리사에게 청혼한 날, 로버트는 사료용 사탕무 밭에서 잡초를 매다 고개를 들고 그녀가 밭두둑을 따라 걸어오는 것을 보았다. 그녀는 캔에 든 차를 가져다주었다. 테리사는 그가 나중에 파라 브리지까지 아이들을 데려다주지 않아도 되도록 오후 내내 농장에서 소일할 때면 자주 차를 들고 그를 찾아왔다. 그가 사별한 지 1년이 지났을 때부터, 그녀는 로버트를 사랑하게 되었다.

"몰랐어요." 그는 사탕무 밭에서 테리사가 청혼에 대한 대답을 했을 때 그렇게 말했다. "난 당신이 거절할 거라고 생각했어요."

그녀는 차가 든 캔을 그의 손에서 빼내어 자기 입술에 갖다 댔다. 둘 사이에 처음으로 했던 친밀한 행동이었다. 그들이 처음으로 포옹하기 전에, 그리고 사랑을 말하기 전에. "아, 로버트, 백만 년이 흐른들 제가 어떻게 당신을 거절할 수 있겠어요." 그녀가 속삭였다.

장애가 있기는 했지만 예전만큼 큰 문제는 아니었다. 두 사람 모두 기억하는 어느 시대의 아일랜드에서라면, 로버트와 종교가 다른 집안에서 태어난 테리사가 이질적인 그의 교회에서 열린 장례식에 참가했다는 사실이 입길에 올랐을 것이다. 그 결혼은 효력이 없다고, 테리사의 결혼 생활에 종지부를 찍었던 이혼이 인정되지 않는다고 선언하는 이들도 있었을 것이다. 그들 사이에 태어날 아이들에 대한 질문도 받았을 것이다. 그 아이들은 어느 종교에 서약을 할 것인지, 어느 안식처로 가야 자신들과 동류의 사람들끼리 어울릴 수 있을지. 그런 장애는 오래된 거미줄에 걸린 텅 빈 껍데기처럼 여전히 남아 있었지만, 이제는 아이들의 양육 방식에 대해 왈가왈부하는 구속이 덜했으며 안식처를 찾는 일도 줄었다. 코니보다 한 살 많은 멜리사는 클론멜에 있는 수녀들에게서 초기 교육을 받은 뒤 이제는 더블린에 있는 비종파(非宗派) 기숙학교에 다녔다. 멜리사의 남동생은 아직 파라 브리지의 공립학교에 다니고 있었다. 코니는 모티머 양이 개신교 아동을 위해 운영하는—코니의 어머니가 편리하다는 점 때문에 선택한—작은 학교에 가서 공부를 했는데, 그 학교는 강변길을 따라 10분만 가면 나오는 교구 목사관 2층에 있었다. 하지만 결국에는 세 아이 모두가 멜리사가 다니고 있는 현대적인 남녀공학 기숙학교에 함께 다닐 것이었다.

"모든 게 너무 잘됐네요!" 테리사가 중얼거리며 말했다.

*

약혼을 발표하는 파티가 열렸다. 오후에 마시는 와인, 또다시 오데일리 부인의 달걀 샌드위치, 그리고 테리사가 만든 스펀지케이크와 브랜디스냅 쿠키와 머랭 쿠키. 소나기를 뿌리던 아침이 지나고 햇살이 비쳐, 축하 모임이 정원에서 열릴 수 있었다. 곳곳에 풀이 제멋대로 무성하게 자라난 정원은 장례 당시와 다름없는 방치 상태로 되돌아가 있었다. 다만 제라늄 화단만큼은 테리사가 아이들을 살피러 올 때마다 힘닿는 데까지 돌보았다. 그것은 코니의 어머니가 특별히 챙기던 일이었다.

이제는 더 잘해야겠다, 그렇게 다짐하며 주위를 둘러본 그녀는 전에 조문객들을 둘러보던 때처럼 이번에도 자신을 떠난 남자를 발견하기를 반쯤은 기대했다. 그녀는 그가 거기에 있기를 바랐고, 자신이 다시 사랑받고 있다는 것을, 그가 그토록 무심하게 가했던 모욕을 견디고 살아남았음을, 이제는 행복하다는 사실을 그가 알기를 바랐다. 하지만, 당연한 얘기지만, 그는 거기 없었다. 모두 끝난 일이었다. 또한 장례식 오후에 그녀와 대화를 나누었던, 미첼스타운에서 온 친척도 당연히 거기 없었다.

테리사가 행복했기 때문에, 로버트 역시 행복했다. 그리고 파티에 모인 사람들 사이에 못마땅해하는 기색은 없고 찬성하는 미소만 가득했기 때문에.

*

결혼식은 여름이 되어 멜리사가 방학을 맞아 돌아오면 열릴 예정이었기 때문에 코니와 아버지는 당분간 둘만 지내며, 전에 그가 얘기한 대로, 잘해나갔다. 로버트는 여태 농장에서 키워본 적 없는 샤롤레종 송아지를 여섯 마리 구입했다. 그는 매년 새로운 일을 시도하는 것을 좋아했으며, 그 송아지들이 마음에 들었다. 그 점만 제외하면 구매와 판매는 일정한 패턴이었고 하는 일들은 반복적이었다. 울타리를 고치며, 가시철사를 가능한 곳은 조이고 안 되는 곳은 새로 갈았다. 양들을 괴롭히는 많은 질병을 주의 깊게 살폈다. 햇감자를 캤고 보리가 익어가는 것을 날마다 지켜보았다.

테리사는 산귀니움과 실바티쿰 주변에서 해로운 개밀과 쐐기풀을 뽑아주었고, 소리쟁이는 모종삽으로 파냈다. 존슨스블루는 너무 제멋대로 퍼져나가지 못하도록 쳐냈다. 하지만 캐시미어퍼플은 조금 길게 놔두어야 한다든가 프라텐스는 뿌리가 튼실하면 포기나누기를 해주어야 한다는 사실은, 저절로 알 수는 없었을 것이다.* 남겨진 공책 한 권이 그 모든 것을 그녀에게 가르쳐주었다.

*

모티머 양이 여름 동안에는 그녀의 작은 학교를 닫았기 때문에 코니는 하루 종일 집에 있었다. 때로는 멜리사의 남동생, 냇이라고 불리는 조그맣고 빼빼 마른 아이가 거기 있었다. 멜리사의 말에 의하면, 냇은 곤충과 꼭 닮은 제 동생에게 더할 나위 없이 잘 어울리는 이름이었다.**

"너도 우리랑 같이 갈래?" 테리사는 학기를 마치고 돌아오는 멜리사를 마중하러 클론멜의 기차역에 가는 길에 코니에게 들러 물었다. 코니는 잠시 주저하더니 안 가겠다고 말했다.

테리사는 놀랐다. 그녀는 멜리사가 방학을 맞아 돌아올 때면 항상 그랬던 것처럼 파라 브리지에서 일부러 차를 타고 달려온 참이었다. 그녀는 놀라기는 했지만, 어쩐지 코니가 싫다

---

* 산귀니움, 실바티쿰, 존슨스블루, 캐시미어퍼플, 프라텐스 모두 제라늄의 품종.

** 냇(Nat)은 각다귀라는 뜻의 'gnat'와 발음이 같다.

고 할 것을 묻기 전부터 예감했다는 걸 나중에 깨달았다. 그녀는 어리둥절했지만 내색은 하지 않았다.

"다시 여기로 올까?" 그녀는 제안했다. 이 또한 멜리사가 돌아온 날 저녁이면 항상 하던 일이기 때문이었다.

"그러고 싶으시면요." 코니가 말했다.

기차는 20분 연착되었고, 테리사가 멜리사와 냇을 데리고 농장에 돌아왔을 때 코니는 집에 없었다. 나중에 로버트가 집에 왔을 때도, 아이는 평소에 가끔 그랬듯이 제 아버지와 함께 있지 않았다. "코니!" 그들은 모두 마당에서 외쳐 불렀고, 아이 아버지는 헛간들에 들어가 살펴봤다. 멜리사와 남동생은 진입로 끝까지, 그리고 도로 양 방향으로도 조금씩 더 나가보았다. "코니!" 정원에서 그들은 아이가 없다는 걸 알면서도 외쳐 불렀다. "코니!" 집 안에서 그들은 이 방, 저 방을 돌며 외쳤다. 코니 아버지는 걱정스러워했다. 말은 안 했지만 멜리사와 남동생은 알 수 있었다. 테리사도 알 수 있었다.

"멀리 갔을 리는 없어요." 테리사가 말했다. "자전거가 여기 있어요."

그녀는 멜리사가 짐을 풀 수 있게 파라 브리지로 데려갔고 냇도 함께 갔다. 그런 다음 그녀는 농장에 전화했다. 아무도 전화를 받지 않았고, 그녀는 로버트가 아직도 딸을 찾고 있는 거라고 짐작했다.

*

코니가 돌아왔을 때, 전화는 또다시 울리고 있었다. 아이는 아래층으로 내려왔다. 지붕에 있었다, 라고 아이는 말했다. 다락방 계단 끝에서 천장에 난 문으로 나가면 된다. 따뜻한 납판 위에 누워 책을 읽을 수 있다. 아버지는 고개를 설레설레 저으며 지붕에 올라가 돌아다니면 위험하다고 말했다. 그는 아이에게서 다시는 그러지 않겠다는 약속을 받아냈다.

"뭐가 문제니, 코니?" 딸에게 잠자리 인사를 하러 가서 그가 물었다. 코니는 아무 문제 없다고 말했다. 코니는 지붕 위에서 읽던 책, A. J. 크로닌의 《성채》를 가슴 위에 세워놓고 있었다.

"설마 그 책을 이해하는 건 아니겠지, 코니?" 아버지가 말했고, 아이는 이해하지 못하는 책을 읽고 싶지는 않을 거라고 말했다.

*

코니는 가구가 차에서 내려지는 모습을 지켜보았다. 일꾼들이 이삿짐 트럭에서 가구를 들어 올리는데, 가구 하나하나가 코니에게는 파라 브리지의 방갈로에서 놀던 때 자주 보아 눈에 익은 것들이었다. 자리가 만들어졌고, 원래 있던 가구 일부는 치워져 별채에 보관되었다.

멜리사는 거기 없었다. 그녀는 반쯤 빈 파라 브리지의 집에서 남아 있는 가구를 다시 정리하는 어머니를 돕고 있었다. 농장에 자리가 없어서 방갈로와 함께 팔아야 하는 것들이었다. 여름내 집을 판다는 공지가 붙어 있었지만 아직 집을 사겠다는 제안은 없었다. "돈은 한 푼도 남김없이 농장에 쓰이게 될 거야." 코니는 테리사가 그렇게 말하는 것을 들은 적이 있었다.

테리사가 미리 차로 데려다놓은 냇은 코니와 함께 홀에서 지켜보았다. 냇은 자주 그러듯이 이날 아침에도 말이 없었고, 팔로 제 몸을 꼭 감싸고 있는 모습이 추위에 시달리는 듯 보였지만 날씨는 따뜻했다. 냇은 가끔씩 코니를 흘낏거리며 일어나고 있는 일에 대해 뭐라고 말을 하기를 기대했는데, 코니는 아무 말도 하지 않았다.

아침 한나절이 걸리는 일이었다. 오데일리 부인이 일꾼들에게 차를 내갔고, 일이 다 끝나자 코니의 아버지가 부엌에서 술을 대접했다. 작은 잔에 따른 위스키였는데, 차를 운전하는 사람은 나중에 마실 수 있도록 남은 술이 담긴 병을 가져가게 했다.

"정말 예쁜 델프트 그릇이네요." 홀에서 오데일리 부인이 말했다. 일꾼들이 홀스탠드 선반에 놓아둔 흰 바탕에 푸른 무늬가 있는 수프 그릇을 두고 한 품평이었다. 아침 일을 마친 그녀는 방마다 돌아다니며 옮겨진 가구들을 둘러보았고 홀에서는 유리잔과 도자기들을 구경했다. "정말로 너무 예쁘네요!" 그녀는 다시 한 번 수프 그릇에 감탄했다.

코니는 그릇에 금이 가 있는 것을 보았다. 뚜껑에 기다랗게 간 금. 방갈로에서는 식사실의 장식장에 놓여 있던 그릇이었다. 그때는 건성으로 보았는데, 홀에 놓이고 나니 눈에 거슬리게 튀는 것 같았다.

*

멜리사는 긴 금발과 초록 눈을 지닌, 키가 크고 날씬한 예쁜 소녀였다. 농담을 좋아하고 영리했지만, 영리해 보이는 것을 싫어해서 그렇지 않은 척할 때가 많았다.

"구더기의 크기를 잴 때가 되었군." 같은 날 오후에 멜리사가 말했다. 제 동생이 성장을 멈춰버렸고 이제는 더 이상 자라지 않는다는 것이 멜리사의 주장이었다. 그래서 동생의 작은 키가 조금이라도 자랐는지 알고 싶어 하며 코니와 함께 정기적으로 아이를 코니의 방 문설주에 기대어 세우곤 했다.

하지만 다시 키를 재보자는 제안을 했을 때 코니는 고개를 저었다. 《런던은 나의 것》을 읽고 있던 코니는 계속 책만 읽었다. 그런 의식에 따르는 관심을 좋아해서 이미 2층으로 올라가던 냇은 실망한 기색을 보였다.

"불쌍한 우리 구더기." 멜리사가 말했다. "불쌍한 우리 구더기. 코니, 너 때문에 재 토라졌다."

"동생을 구더기라고 부르면 안 돼."

"야!" 발끈한 멜리사가 코니의 담담한 얼굴을 믿을 수 없다는 듯 빤히 쳐다봤다. "야! 왜 그래?"

코니는 책장 모서리를 접고는 걸어 나가기 시작했다.

"젠장, 말로만 그러는 거잖아." 멜리사가 따지려고 뒤따라 달려갔다. "재는 신경 안 쓴다고."

"여기 너희 집 아니야." 코니가 말했다.

*

코니의 어머니가 호스피스 시설에서 돌아오던 날, 모티머 양은 교실에 꽃 그림들을 붙였다. 모티머 양이 직접 그린 그림으로, 그 전에 붙인 것은 광대들이었다. "디기탈리스." 코니는 모티머 양의 질문에 그렇게 대답했다.

강변길을 따라 집에 가는 동안, 코니는 그것들을 생각했다. 교실 벽에 새로 붙은 그림 네 장, 그리고 머지않아 디기탈리스는 어디에서도 찾아볼 수 없을 거라고 한 모티머 양의 말. 집으로 돌아가는 동안 아이의 머릿속에는 거의 항상 교실 생각이 남아 있었다. 칠판에 쓰인 글, 낡아빠진 카펫, 그 주위로 훤히 보이는 마룻널, 학생들이 앉아 있던 책상, 그리고 모티머 양까지. 교구 목사관 건물도 머릿속에 남았다. 중간에 계단참이 하나 있는 계단실, 하얀 현관문, 바깥 계단 세 개, 자갈 마당.

코니가 제게로 다가오는 아빠를 보았을 때, 아빠는 손을 흔들지 않았다. 비가 부슬부슬 내렸고, 아이는 아빠가 그래서 마중을 나왔을 거라고 생각했다. 하지만 아빠는 겨울에 비가 오는 날에도 나오지 않을 때가 많았으며, 와주는 사람은 엄마였다. "안녕, 코니." 아빠가 말했을 때 아이는 엄마가 전에 얘기한 대로 호스피스 시설에서 돌아왔다는 것을 알았다.

아빠는 코니의 손을 잡았고 다 알고 있는 딸에게 달리 말은 하지 않았다. 아이는 울지 않았다. 자신의 짐작과 다를 수도 있으니 물어보고도 싶었지만 짐작과 같다면 그 말은 듣고 싶지 않았기 때문에 묻지 않았다. "괜찮아." 아빠가 말했다. 그는 아이와 함께 이제 엄마가 쓰게 된 방, 정원이 내다보이는 그 방으로 들어갔다. 코니는 엄마의 손을 잡았고 아빠는 예전에도 자주 그랬듯이 아이를 안아 올려 엄마 볼에 입 맞출 수 있게 해주었다. 그들이 아래층으로 다시 내려갔을 때 크로저 씨가 응접실 창가에 서 있었다. 코니는 목사님이 와 있다는 것은 몰랐었다. 그때 오데일리 씨 부부가 왔다.

"넌 나랑 함께 여기 있자." 오데일리 부인이 부엌에서 말했다. "읽기 연습하는 걸 들어주마." 하지만 화요일은 읽기 수업이 없는 날이었고, 대신에 시를 하나 외우고 여섯 문장으로 된 글을 쓰는 날이었다. "그럼 글짓기를 해볼래?" 오데일리 부인이 물었다. "뭐라고 쓸 건지 생각해보겠니?"

코니는 그러고 싶지 않았다. 그래서 시를 외웠고 아빠가 옆에 와서 앉았을 때 아빠에게 들려주었다. 하지만 코니는 다음날 모티머 양에게 갈 필요가 없었다. 아침에 사람들이 왔다. 홀에서, 그리고 계단 위에서 발소리가 들리는데 목소리는 들리지 않았다. 오후가 되어 엄마가 죽었다.

*

"코니답지 않은 짓인데요." 로버트가 말했다.

"네, 맞아요."

코니가 한 말을 아이들에게 들었을 때 테리사는 불현듯 씁쓸한 직감으로, 모든 것이 순조롭던 시기는 끝났다고 짐작했다. 그리고 자신과 로버트가 어디서 무엇을 잘못했을까 자문해보았다. 로버트는 그저 당혹스러울 뿐이었다.

결혼식—크로저 씨가 진행할 순수하게 가족적인 행사—은 3주도 채 남지 않았다. 식을 마친 뒤 집을 떠나거나 신혼여행을 가지는 않을 계획이었다. 연중 이맘때는 농장 일 때문에 그럴 수가 없었다.

"코니가 달리 또 뭐라고 해요?"

테리사는 고개를 저었다. 그녀는 알지 못했지만 다른 말은 없었을 거라 생각했고 그 생각은 옳았다.

"우린 결혼하고 싶잖아요." 로버트가 말했다. "이젠 무엇도 그걸 막을 순 없어요."

테리사는 머뭇거렸지만, 잠시뿐이었다. "막을 순 없죠." 그녀가 말했다.

"아이들은 결국 잘 지낼 거예요. 전혀 모르는 애들끼리도 그러잖아요."

테리사는 차라리 전혀 모르는 애들이라면 더 나을 거라는 말은 하지 않았다. 말하지 않은 것은, 그녀 자신도 그 이유를 몰랐기 때문이다. 하지만 좀처럼 울지 않는 멜리사가 이제는 자주 울었다. 전혀 모르는 사이라면 받지 않았을 상처를 받으며.

*

코니가 읽는 척하는 책들은 식사실 벽난로 양옆에 놓인 책장에 꽂힌 엄마의 책들이었다. 시골 저택의 경매에서 사다가 일부는 책장이 꽉 차면 버리기도 했는데, 모두가 다른 시대에 쓰인 오래된 책들이었다. "《붉은 머리의 남자》." 엄마가 말했다. "이건 네가 좋아할 거야." 그리고 《브래들리 씨는 기억한다》와 《랜덤 하베스트》도. 책표지가 남아 있는 것은 그림 없는 노란색 종이표지가 붙은 《자메이카 인》뿐이었다. "《별이 내려다본다》도." 어머니가 말했었다. "넌 《별이 내려다본다》도 좋아할 거야."

코니는 그 책을 가지고 지붕 위로 갔다. 슬레이트 지붕의 두 사면 사이를 지나는 납판 배수로는 전에 발견한 곳으로, 누워 있기에 적당한 넓이였다. 그곳에 갈 때마다 코니는 아빠의 말을 거역할 필요가 없으면 얼마나 좋을까 생각했고 혹시 발각될까봐 너무 오래 있지 않도록 항상 유의했다. 때로는 일어서서 육중한 굴뚝 뒤로 몸을 숨긴 채 멀리 밭에서 일하는 아빠나 제라늄 화단을 가꾸는 테리사를 바라보기도 했다. 때로는 멜리사와 냇이 진입로에 있었다. 멜리사의 자전거 뒷자리에는 바퀴살에 발이 끼지 않도록 조그만 다리를 옆으로 벌린 냇이 앉아 있었다.

*

테리사는 로버트를 그 어느 때보다 더 사랑한다고 느꼈고, 자신 또한 전보다 더 굳건하게 사랑받고 있다고 느꼈다. 마치, 그녀는 생각했다, 곤경이 그런 결속을 가져다준 것처럼. 아니면 공포가 있는 걸까? 어떤 때는 그런 생각도 했다. 공포를 느껴서 깊은 신뢰에 의지하는 걸까? 공포를 느껴서 홀아비와 버림받은 여자가 전에는 지키지 못한 것을 지키려 하는 걸까? 그녀는 자신의 의문에 대한 답을 몰랐다. 그저 한 아이의 외고집 때문에 정당한 그들의 몫이 무시당해서는 안 될 것 같을 뿐이었다.

*

"코니."

로버트는 가구를 보관해둔 별채에서 딸을 찾았다. 아이는 먼지막이 천을 젖히고 안락의자에 앉아 있었다. 스프링이 어긋나 오래전에 버렸어야 하는 물건이었다.

"코니." 그는 부르는 소리를 듣지 못하고 책을 읽는 딸을 방해했다. 아이가 읽고 있는 책은《폴리 브리지》였다.

아이는 읽다 만 부분에 손가락을 끼워 넣고 아버지에게 미소를 지었다. 아무도 그 애가 요즈음 부루퉁해졌다고 여기지 않았다. 그런 기색은 없었다. 이 집은 그들 것이 아니라고 멜리사와 냇에게 말했을 때도, 겉보기에는 그냥 일상적인 말을 한 것 같았다.

"아빠와 테리사가 결혼한다니까 마음이 좋지 않은 거구나, 코니."

"난 괜찮아요."

"전에는 싫어하는 것 같지 않더니."

안락의자의 높은 등받이 양옆에는 머리를 기대는 날개가 있었고, 몸체의 빛바랜 붉은 벨벳 천은 곳곳이 심하게 닳았으며, 덮개가 씌워져 있을 만한 곳에는 꽃무늬 자수 천이 꿰매어져 있었다.

"이거 참 좋아요." 코니가 손에 든 책을 두고 그렇게 말했다.

"그렇구나."

"읽으실래요?"

"네가 원한다면."

코니는 고개를 끄덕였다. 그러면 함께 얘기할 수 있을 거다, 라고도 말했다. 아빠가 읽는다면 둘이 함께 책에 대해 이야기할 수 있을 거다.

"그래, 그렇겠지. 그런데 코니, 넌 항상 테리사를 좋아했어. 멜리사와 냇도 항상 좋아했고. 우리는 이해가 잘 안 돼."

"여기 그대로 놔두면 안 돼요? 아빠가 안 쓰는 가구들, 여기에 보관하면 안 돼요?"

"여기는 좀 눅눅해서 가구에 안 좋아."

"그럼 다시 제자리에 갖다놓으면 안 돼요?"

"걱정하는 게 그거니, 코니? 가구?"

"책들이 버려질 때쯤이면 난 그 내용을 다 알고 있을 거예요. 한 권도 남김없이."

"세상에, 책들은 버리지 않을 거야!"

"버려질 거라고 생각해요, 정말이에요."

로버트는 밖으로 나갔다. 이 대화에 대해 이야기하려고 테리사를 찾지는 않았다. 그는 매년 이맘때면 울타리를 세우고 살균제를 푼 구유를 놓아, 암양들이 그 안을 첨벙거리며 지나가게 했다. 지금 그는 양들을 구유 안에 몰아넣고, 자신의 뜨뜻미지근한 항변과 코니의 시원찮은 대답을 떠올렸다. "아이참, 어서, 어서! 빨리빨리 해!" 그는 딸에게는 그러지 못했으나 양에게는 짜증을 내면서, 코니가 아빠를 미워하는 걸까 생각했다. 그는 그렇다고 느꼈다. 그런 기미는 전혀 보이지 않았고, 아이 목소리에서도 묻어나지 않았지만.

*

지붕 위에서 코니는 전에 본 적 없는 차를 보았고 그것이 왜 왔는지 짐작했다. 일전에 아이는 건들건들한 부엌 장식장 서랍 안에서 장 볼 물건이 적힌 목록을 찾았다. 그 목록이 없어졌던 때가 기억날 것 같았다. 다림질용 풀. 베이킹파우더. 코니는 목록을 읽었다.

내려가보니 집에 들어온 차가 마당에 주차되어 있었고, 그 옆에 한 남자가 서 있었다. 코니가 짐작한 대로, 그는 팔기로 한 가구를 언급했다.

"아무도 안 계시니?" 그가 물었다.

그는 셔츠 차림에 얼굴이 불그레하고 덩치가 컸다. 집을 절대로 못 찾을 줄 알았다, 그가 말했다. 그는 자기가 오기로 한 걸 알고들 있느냐고, 이 집이 맞기는 하냐고 물었고 코니는 아니라고 말하고 싶었다. 하지만 그때 테리사가 집에서 나왔다.

"가서 아버지 오시라고 해." 그녀가 말하자 코니는 고개를 끄덕이고 지붕에서 본 아빠가 있는 곳으로 갔다.

"가구 팔지 마세요." 아이는 남자가 왔다고 알리는 대신 그렇게 사정했다.

*

결혼식이 닷새 남은 어느 날 밤, 테리사는 차를 몰고 농장으로 갔다. 잠자리에 들 참이었지만 잠들지 못할 것을 알고 멜리사에게 행선지를 알리는 쪽지를 남겼다. 한시 반이 넘은 시각이었다. 농장에 인기척이 없었다면 그녀는 차를 돌려 집으로 돌아갔을 것이다. 하지만 큰 응접실에 불이 켜져 있었고, 로버트는 차 소리를 들었다. 술 마시고 있었다, 라고 실토하며 그가 테리사를 안으로 들였다.

"어떻게 하면 그 애를 이해시킬 수 있을지 모르겠어요." 그가 그녀를 품에 안고 말했다. 그는 묻지도 않고 그녀에게 위스키를 따라주었다. "뭘 어떡해야 할지 모르겠어요, 테리사."

"당신 맘 알아요."

"오후에 소젖을 짜고 있을 때 애가 와서 옆에 서 있는데, 아무 말 하지 않는데도 애원하는 소리가 들리는 것 같았어요. 애가 뭔가에 홀린 것 같아요. 그러고도 나중에 우리는 그런 일이 전혀 없었던 것처럼 얘기를 했죠. 애가 식탁을 차리고 내가 송어를 튀겨서 둘이 함께 먹었어요. 설거지도 함께 해치웠고. 내 소중한 테리사, 그 애의 남은 어린 시절을 망가뜨릴 수는 없어요."

"당신 좀 취한 것 같아요."

"맞아요."

그는 방법이 있을 거라고 우기지 않았다. 그리고 그를 두렵게 하는 것이 무엇인지 아는 테리사는 방법이 없음을 알았다. 그와 함께 있는 지금, 그가 느끼는 불안에서 비롯된 공포를 말없이 함께 나누고 있는 지금, 그녀 역시 두려웠다. 아이가 저지르기에는 너무 끔찍한 어떤 행위가, 황폐한 절망을 거쳐 아이도 할 수 있는 행위가 되려 하는 것일까? 그들은 상상 속에서 그려지는 그 행위에 대해 서로에게 말하지 않았다. 분노의 고통, 절망과 배신감 속에서 키워진 그것이 어떤 모습일지, 어떤 견딜 수 없는 일로 귀결될지에 대해서도 말하지 않았다.

그들은 상쾌한 공기 속에서 서로 꼭 붙어 진입로를 걸어갔다. 동이 트기까지는 한 시간 정도 남아 있었고, 하늘이 밝아지고 있었다. 위험의 그림자가 그들과 함께 갔다. 너무 위협적이어서 요행수를 노릴 수 없게 하는 그림자.

"우리 사랑은 여전히 소중해요." 테리사가 속삭였다. "앞으로도 항상 그럴 거예요."

*

송아지 한 마리가 무사히 태어났다. 그는 분만을 돕느라 녹초가 되었고, 코니는 아버지가 피곤하다는 것을 알아차렸다.

게다가 일주일 전에 내리기 시작한 비가 그칠 줄을 몰라, 겨울 파종 작업이 진창에 빠졌다.

"아, 괜찮을 거야." 아버지가 말했다.

그는 딸이 무슨 생각을 하는지 알았다. 아이가 조심스럽게 접시를 오븐에 넣어 음식을 데우고, 역시 조심스럽게 커피를 끓여 한풀 식히는 모습을 지켜보았다. 저녁 식사 때 마시는 커피를 그는 항상 좋아했다. 아이는 우유를 소스팬에 데워 잔에 부었다.

얇게 썰린 빵이 빵 도마 위에 버터와 함께 놓여 있었다. 토마토, 만물 블레넘 사과, 끝물 테이베리도 있었다. 돼지고기 스테이크가 팬 위에서 노릇노릇 익어갔다.

암울하기만 한 것은 아니었다. 로버트는 그것을 알았다. 지금 흘러가고 있는 것과 같은 순간에, 그리고 다른 때에도 자주, 그는 딸이 부렸던 외고집 속에서 사악하지는 않은, 그리고 아직도 남아 있는, 어떤 영혼의 존재를 알아차렸다. 부녀 모두에게 친숙한 그 부엌에서, 그리고 아이가 아빠를 찾아올 때 가을날 들판의 싸늘한 추위 속에서, 그의 딸은 일련의 사건들이 빚어놓은 존재, 스스로 물리칠 수 없는 의무를 받은 사람이었다. 그때 아이가 느끼기에는 인공적으로 맺어진 가정이 제게 그 의무를 물리치라고 요구할 것 같았고, 어쩌면 정말로 그랬을지도 모른다.

로버트는 그것을 이해하게 되었다. 그리고 테리사는 그 무엇도 상상했던 것처럼 깔끔하지는 않다고 털어놓았다. 다른 권리를 무효로 만들어버리는 권리란 있을 수 없고, 버림받은 여자와 홀아비를 위해 마련된 위안 또한 생각했던 것보다 작으며, 공정함도 없다. 2년을 미뤘으면 충분한 것 같기도 하지만, 그래도 너무 성급했다, 그녀는 과감하게 말했다. 그들은 서투르면서도 서투른 줄 몰랐다. 그들은 부주의했으나 부주의한 사람들은 아니다. 그들에게 조금은 잘못이 있지만, 딱 그만큼 뿐이다.

그리고 로버트는 그 여름의 결정이 어떤 것이었는지는 흐르는 시간이 정리해줄 것임을 알았다. 시간이 이야기의 끝을 마무리할 것이며, 추억을 소중히 한 딸의 마음은 그 또한 중요한, 심지어 더욱 중요한 사랑이었음을 확인시켜줄 것이었다.

그의 옛 연인

그레이스가 죽었어요.

전기주전자 뚜껑을 덮을 때—수증기를 쏘여 봉투를 개봉한 다음이었다—조이의 눈길은 그 삭막한 진술에 꽂힌다. 평범한 흰 편지지를 펼치자 처음부터 읽어내려가기도 전에 다른 말이 마구잡이로 눈에 들어온다. 우린 싸운 적이 없어요. 기억하는 한 단 한 번도.

거미 다리 같은 글씨로 구두점을 아껴가며 갈겨쓴 그 글을 언젠가 그녀의 남편은 넋을 빼고 들여다보았고, 아직까지도 신문 대금 청구서나 재산세 고지서를 받듯 일상적으로 받지 못한다. 지금까지의 성적인 열정이 그 휘갈긴 필체와 찰스 자신의 깔끔한 글씨를 연결해주는데, 그 둘의 접속에서 편지는 정서적인 역할을 담당해왔다. 그런 문제에 관한 한 신속하게 처리하는 습성이 있는 찰스는 바로 답장을 써서 옛 연인에게 마땅한 배려를 보여줄 것이다. 한동안 조이는 이런 연락을 두려워했고 싫어했다. 변함없는 내 사랑 당신께, 오드리. 관계가 지속되었던 긴 세월 동안 마지막 말은 항상 똑같았다.

언제나처럼, 그녀는 봉투를 다시 밀봉해야 할 것이다. 봉투 덮개의 기존 접착제는 효력이 없어졌으니까. 요즘엔 그런 일들이 훨씬 쉬워져서, 프릿이나 우후 같은 편리한 고체 풀을 쓰면 된다. 그들의 연애가 절정이었던 언젠가는, 풀이 편지지에까지 덕지덕지 묻어버린 적도 있었다.

이제 일흔넷이 된 조이는 키가 작고 날씬한 여자로 허리는 아주 조금밖에 굽지 않았다. 한때 칠흑 같았던 곧은 머리칼은 이제 거의 백발이 되었다. 스스로 편지함 입구 같다고 생각하는 긴 일자 입매로 인해, 젊었을 때는 아름답다기보다는 매력적이라고 묘사되었다. 어린 시절에는 '제멋대로'라는 말과 '예측 불가'라는 말을 많이 들었으며, 두 단어 모두 그녀의 성미에 관한 것이었다. 그녀에게 예쁘다고 말하는 사람은 아무도 없었고, 이제는 제멋대로라거나 예측 불가라고 말하는 사람도 없을 것이다.

이른 오전이므로 그녀는 아직 잠옷 가운을 걸치고 있다. 튤립 무늬가 있는 검정과 진홍색 실크 소재로 앞섶을 겹쳐 같은 천으로 된 끈으로 묶었다. 가운은 그녀의 조그만 몸을 감싸고 있다. 남편 역시 장식용 수술이 달린 갈색의 편안한 모직 가운을 아직 입고, 나타날 것이다. 소중하고, 또 소중한 찰스. 편지는 그렇게 시작된다. 조이는 다시 한 번 편지 전체를 읽는다.

이 편지는, 물론, 그레이스의 죽음 때문에 특별하다. 다른 편지들은 달랐다. 그레이스와 나는 요즘 당신이 어떻게 지내는지 궁금해요…… 그레이스와 나는 마침내 은퇴를 했어요…… 그레이스가 이 주소를 알려주라고 하네요. 당신이 혹시라도 편지를 쓰고 싶을지 모르니까…… 바닷가에 있는 집. 그레이스가 항상 원했던 거죠…… 1985년에, 1978년에, 그리고 1973년과 1969년에도, 그레이스는 언제나 한마디씩 거들었다. 언제 간단히 점심이나 할까요?라는 제안이 모든 편지에서—이번 편지도 포함해—변함없는 내 사랑이라는 문구와 그들의 입맞춤을 연상시키는 X 표시* 앞에 자리했다. 왠지는 모르지만 조이는 그런 간단한 식사 제안이 그레이스에게서 비롯된 거라고 생각해왔다. 그 여자는, 조이는 자문한다, 임종 자리에서도 그런 제안을 한 것일까?

그들의 연애는 조이의 육감을 발달시켰다. 큰 노력 없이도 조이는 한 번도 만난 적 없는 훤칠한 여자를 눈앞에 그려볼 수 있다. 자신이 한 번도 가본 적 없는 그 집에서 이제부터 홀로 살게 된 여자. 말쑥하게 차려입은 적갈색 옷, 세련되게 정돈한 철회색 머리에 눈빛이 약간 흐릿해진 그 여자가 보인다. 얼굴

---

* 친근한 편지 말미에 쓰이는 관용구로, X는 키스를, XO는 키스와 포옹을 뜻한다.

피부가 자글자글해져서 이제는 주름의 지도가 되었다. 조이는 그 여자가 부엌에 들어가 라디오를 켜고 자신이 바로 전에 들었던 것과 같은 뉴스를 듣는 모습을 상상한다. 독일의 한 도시에서 발생한 축구 팬들의 난동, 박살난 상점 창문들과 옆으로 전복된 버스에 관한 뉴스. 그 여자가 거실의 내닫이창 앞에서 네스카페 한 잔을 들고 서 있는 모습을 상상한다. 창유리에 방울진 보슬비 너머로 보이는 바다는 허연 생채기가 난 회녹색 물결무늬를 그리고 있다. 멀리 수평선에서 바다와 만나는 하늘은 칙칙해서 바라볼 맛이 나지 않는다. 고등어 트롤어선 한 대가 시야에 미끄러져 들어온다.

불편하거나 마음이 내키지 않는다고 해도 난 물론 이해해요.

그들이 점심을 먹는 장소는 알프혼으로, 처음 서로 사랑하던 시절부터 죽 그곳이었다. 조이는 궁금함에 못 이겨 그곳을 한 번 찾아갔고, 실제로 안으로 들어가 지어낸 이름을 대며 그 사람을 거기서 만나기로 했다고 말하기도 했다. 아마도 알프혼인 것 같은 악기가 벽 한 면을 길게 차지했고, 다른 두 면에는 티롤 지방의 풍경화가 걸려 있었다. 테이블에는 파란색과 빨간색의 체크무늬 천이 깔려 있었고 녹음된 음악이 흘러나왔다. 소박한 공간이었다. "정말로 미안해요." 조이는 웨이터에게 말했다. 그날이 반평생 전처럼 느껴지는데, 실제로도 그렇다. "무슨 착오가 있었나봐요."

그녀는 프릿 풀을 찰스가 보관해두는 곳에서 찾아낸다. 서

랍장 중간 서랍 안에 그의 필기구와 봉인용 밀랍, 접착테이프, 가위들과 함께 들어 있다. 그녀는 주전자 속 물을 다시 끓인다. 커피를 마시려고. 머리 위에서 들리는 발소리가 침실에서 나와 계단참을 가로질러 화장실로 갔다가 다시 건너편 욕실로 들어간다. 그가 온수를 틀자 파이프가 쿨렁거린다. 온수가 그런 식으로 터져 나오지 않게 하려면 수도꼭지를 완전히 열어젖히지 말아야 한다는 것을 아직도 모르기 때문이다. 그를 알았던 긴 세월 동안 그는 항상 그런 일에 조급증을 보였다.

"찰스를 다시 만날 때쯤 됐잖아." 그레이스가 그 집에서 그렇게 말하곤 했다는 것을 조이는 알고 있고, 오드리가 어떻게 대답했을지도 짐작한다. 찰스는 이제 자기 인생을 살고 있다고, 찰스는 선택을 했다고. 그레이스는 항상 압박했다, 은근히. 그녀 역시 찰스를 사랑했고 그 사실을 혼자 간직해야 했으므로. "친구야, 찰스는 신호를 보내주면 좋아할 거야." 어떤 일도 일어날 수 있었다. 이제 그들은 결코 알지 못하겠지만.

그 엄청난 열정이 시작된 해로부터 39년이 지났다. 오드리와 그레이스는 그때 이미 친구 사이였고 직장 생활을 하고 있었으며, 두 사람 다 비서직을 발판 삼아 더 나은 일을 개척하려는 결의가 강했다. 찰스가 나타난 날—그들이 처음으로 그를 본 날—그는 술에 반쯤 취한 오만한 메이버리 양에게 이끌려 다니고 있었고 둘 다 손에는 로제 와인을 한 잔씩 들고 있었다. 로제 와인은 메이버리 님—사무실에서 부르는 그녀의 칭호—이 매일 오후에, 때로는 아침에도 마시는 술이었다. "안녕하세요." 찰스가 말했다. 그는 부드럽게 늘어진 금발에 키가 껑충한 젊은이였다. 조이는 그가 오드리에게, 그리고 그레이스에게 보여주었을 수줍은 미소를 어렵지 않게 상상할 수 있었다. 나중에 그는 조이에게 메이버리 님에 대해, 와인과 사무실 순회에 대해 이야기했었다.

만년에 그는 '불쌍한 찰스'가 되었다. 사랑하지 않는, 자신을 사랑해주지도 않는 아내와 단둘이 사는 불쌍한 찰스. 아이들도 다 성인이 되었는데 왜 그러고 살아야 하나? 그들은 바닷가 집에서 희망을 품고 살았다. 언젠가 그가 전화를 걸어 예전만큼 소곤거리지 않고 사고로 인한 사망 혹은 질병 소식을 자세히 전하는 날이 올 것이라고. "6개월 남았대요. 편히 가는 게 낫지." 혹은, "그냥 미끄러진 거요. 끔찍한 비닐봉지였소. 빗속, 쓰레기통 근처에서."

조이는 토스터에 빵 두 조각을 넣지만 아직 시간이 안 되었으므로 손잡이를 내리진 않는다. 연애를 시작하기 전에 그는 그렇게 친해 보이는 두 친구가 최소한 겉모습에서는 그렇게 차이가 난다는 것을 굉장히 신기해했다. "아, 그런 경우 많아." 조이는 그렇게 말하며 학창시절에 알던 친구들을 예로 들었다. 하지만 그는 그녀의 학창시절 얘기를 관심 있게 들은 적이 별로 없었고, 그때도 마찬가지였다. "덩치가 큰 쪽은 이름이 그레이스야." 그가 말했다. "못생겼지. 오드리는 굉장한 미인이고." 구식 이름들, 조이는 그렇게 생각하며 오드리가 예쁘다지만 둘 다 촌스러운 구식 여자들일 거라고 상상했다. 나중에 그는 오드리에 관한 말을 할 때면 항상 그레이스를 끌어들여 표면을 흐렸고 그 아래 깔린 감정의 깊이를 감추었다.

그녀는 커피의 양을 재서 파란색 덴비 찻주전자에 넣었다. 풀세트에서 마지막 하나 남은 그릇이었다. 언젠가 그녀는 사진을 한 장 발견했다. 그가 주장한 대로 외모가 수려한 오드리는 담배를 손에 든 여신 같은 인물이었고 그레이스는 움직이다 찍힌 것인지 흐릿했다. 그들은 러그 위에 드러누워 있었는데, 그 옆에 깔린 식탁보에는 다 먹은 도시락이 있었다. 자동차 뒷바퀴의 일부가 보였고, 유심히 들여다보면 그레이스의 곱슬곱슬한 머리칼과 안경 뒤로 눈자위가 불그스름한 두 눈도 어렵지 않게 볼 수 있었다. 소풍을 도대체 어디로 간 걸까? 어쩌다가 그런 기회가 생긴 걸까? 사무실 분위기가 해이해졌던 어느 오후?

조이는 편지를 그의 컵에 기대어놓는다. 의도적으로 그런 것이다. 그렇게 배치해놓은 것을 보면, 그것은 그녀 자신의 논평을 덧붙인 몸짓이므로 그는 마음이 불편할 것이다. 그렇지만 그녀 역시 마음이 불편하다. 그녀는 그 사진을 갈가리 찢고 불에 타는 것을 지켜보았다. 그는 잃어버린 사진에 대해, 당연한 얘기지만, 결코 입에 올리지 않았다.

"아, 잘됐네." 그녀는 그를 맞이하고, 편지를 집어드는 그를 바라본다. 그녀는 토스터의 손잡이를 내린다. 우유 냄비가 가스 불 위에서 보글거리고, 우유가 끓어 넘치는 것을 방지하려고 냄비 안에 넣은 유리 원반이 덜그럭거린다. 그녀는 커피를 따른다. 그는 편지를 봉투 속에 다시 넣는다. 그녀는 토스트를 그가 좋아하는 대로 사선으로 자른다.

그녀는 짐작조차 못 했었다. 그의 말은 머리를 멍하게 하는 무시무시한 충격이었다. "있지, 당신한테 해야 할 말이 있어. 오드리와 내가 사랑에 빠졌어." 아주 잠깐 그녀는 오드리가 누구인지 생각나지 않았다. "오드리와 내가." 그녀가 제대로 듣지 못했다고 생각한 그가 다시 말했다. "오드리와 내가 서로 사랑한다고." 그해의 나머지 시간과 그 뒤로 몇 해 동안, 그 선언이 귓전을 울릴 때마다, 1968년 9월 10일 열한시, 그 일요일 아침으로부터 되돌아와 메아리칠 때마다, 조이는 말 그대로 배 속이 울렁거렸다. 그가 그 시간을 택한 것은 하루 내내 더 깊은 대화를 나눌 만한 시간이 있어서였지만, 실질적인 문제들 외에는 더 얘기할 것이 없었다. 그가 그녀보다 다른 사람을 더 원한다는 사실에 대해 그들은 그리 깊이 얘기할 수 없었다. 결혼 후 5년이 지나자 그는 아내에게 싫증이 났다. 그가 털어놓은 이유는 그녀에게서 벗어나기 위해서였다.

마멀레이드를 바른 빵을 남편 쪽으로 옮긴다. 예전만큼 가장에 능하지 않은 그의 얼굴은 아무것도 감추지 못한다. 그녀는 홀로 남겨진 여자를 생각하고 있는 남편을 바라본다. 그의 동정심이 이제 한 사람만 살기에는 너무 넓어진 바닷가 집으로 뻗어나간다. 하지만 찰스는 상상력이 풍부한 남자가 아니다. 그는 멀리 꿰뚫어 보지 못한다. 그는 옛 연인의 냉장고 안에 든 구이용 닭고기 일인분을, 내일 먹을 생선 일인분을 보지 못한다. 겨울은 사별을 겪기에 특히나 우울한 계절이며, 기분은 추위와 습기에, 덜거덕거리고 흐느끼는 바람 소리에도 반영된다. 오드리는 특히 텔레비전을 볼 때, 이런저런 평을 주고받을 사람이 옆에 없을 때 친구가 그리울 것이다.

"아, 그래요, 알프혼이 아직 거기 있소." 조이는 그날 아침 얼마 뒤에 그가 조심스럽게 닫아놓은 문을 살짝 열고 그 말을 듣는다. "열두시 사십오분으로 할까? 기차가 늦게 도착한다든가, 다른 무슨 일이 생겨도 걱정하지 마요. 내가 그냥 기다릴 테니까."

그 직전에 그는 그녀가 듣지 못한 말을 했다. 목소리를 부자연스럽게 낮추고 한 손으로 수화기를 감싼 채로. 그때 그의 말투에는 나무라는 기색이 있었다. 옛 연인이 더 일찍 연락하지 않았기 때문에. 미리 알았다면 그는 장례식에 갔을 것이다.

"당신에게 이렇게 상처를 줘서 미안해." 그 일요일 느지막이 그가 말했지만, 그쯤 되었을 때는 어떤 말을 들어도 이해가 되지 않았다. 5년이라는 실수, 그녀는 생각했다. 실수로 태어난 두 아이. 눈물이 그녀의 옷 위로 뚝뚝 떨어졌다. 그는 의기소침한 모습으로 옆에 서 있었고, 그의 잘생긴 얼굴은 괴로움으로 일그러져 있었다. 그녀는 코를 풀지 않았다. 자신이 느끼는 그대로 보여지기를 원했다. "내가 죽기를 바라겠군." 그녀는 흐느껴 울면서, 그가 격분해 주먹을 쳐들기를, 그 주먹으로 그녀를 내리치기를, 그래서 자신에게 그나마 남은 것을 없애버리는 자비를 베풀어주기를 바랐다. 하지만 그는 그냥 거기 서 있었다. 그의 모습이 갑자기 영양실조에 걸린 사람처럼 보였다. 그를 제대로 먹이지 못했던가? 머릿속에서 반쯤 정신 나간 생각이 내달렸다. 그에게 양분이 될 만한 것을 주지 않았던가? "우리가 행복한 줄 알았어." 그녀가 낮은 목소리로 말했다. "그 무엇에 대해서도 의문을 가질 필요가 없다고 생각했어."

"정든 알프혼을 다시 보게 된다니 좋군." 중얼거리는 그의 목소리가 현관에서 들려온다. 조이는 그가 쾌활하려고 애쓴다는 것을 알 수 있다. "그리고 말이야, 내가 스리캐슬스 한 갑을 가져갈 거요."

수화기를 내려놓는 소리, 짧은 종소리가 들린다. 그는 뭔가 혼잣말을, "불쌍한 사람!"인가 싶은 말을 한다. 조이는 문을 가만히 닫는다. 그레이스와 오드리는 아마 50년 동안 친구로 지냈을 것이다. 어쩌면 학창시절부터 친구였는지도 모른다. 오드리는 다른 여자애들의 열띤 관심을 받았을까? 그레이스는 왕따를 조금 당했을까? 조이는 책상 위로 부루퉁하게 웅크린 그레이스와 그녀를 두둔하는 오드리를 상상한다. 편지와 전화 통화에서는 친구들 이야기, 노르망디와 브르타뉴에서 보낸 휴가, 브리지 게임, 그레이스가 받은 관장 시술, 오드리가 병원에서 사랑니를 뽑은 일 등등이 언급되었다. 조이는 안다—그녀는 그것을 좀처럼 짐작이라고 부르지도 않는다—오드리가 알프혼에 다녀올 때마다 그레이스는 자신에게 전해질 시시콜콜한 이야기를 탐욕스럽게 갈구했다는 것을. 그레이스는 자신의 비밀을 드러내는 눈짓조차 할 수 없었다. 그녀에게 유일한 열정의 표현은 또다시 편지를 쓰라는 꾸준한 요구뿐이었다. 우리는 그 여자와 그렇게 냉랭하게 살아가는 당신을 생각해요. "그이가 너무 쇠약해 보였어." 최근 몇 년 동안 오드리는 틀림없이 그렇게 보고했을 것이다.

그가 1967년에 조이 곁에 남은 것은 사랑 때문이 아니었다. 그가 남은 것은 주변의 모든 감정이—상당히 갑작스럽게, 그리고 예기치 않게—너무 버겁다고 느껴졌기 때문이다. 그를 물러서게 한 것은 피로였다. 조이는 몇 년이 지난 후에 궁금해졌다. 그는 그레이스의 그림자를, 그러니까 그것이 그것이라는 사실을 모르면서도 그걸 감지했던 것일까? 그는 자신이 남기로 한 이유가, 조이와 그때 태어나 있던 두 아이가 생각했던 것보다 더 소중하기 때문이라고 말했었다. 그 말에 깔린 함의는 자기 자신의 행복을 위해 무고한 사람을 고난에 처하게 하는 행위는 공정하지 않다는 것이었다. 조이가 듣기에는, 비록 소리로 표현되지는 않았지만, 씁쓸함이 감도는 듯한 말이었다. “아, 가버려!” 그녀는 울부짖었다. “그 기분 나쁜 여자에게 가라고.” 하지만 그 이상 우기지는 않았다. 남은 건 아무것도 없다는 말도, 상처가 영원히 남을 거라는 말도 하지 않았다. 그는 그 여자에게 결정을 재고하는 이유로 자신의 경제적 상황을 들었다. 두 가정을 부양한다는 것은—그 시절에는 정말로 그래야만 했을 텐데—겁을 내고도 남을 만한 일이었다. 그레이스 말로는 식구들을 무일푼으로 살게 하지 않아도 된대요. 그레이스와 내가 버는 돈으로 쉽사리 보충할 수 있을 거예요. 그레이스는 기꺼이 우릴 도와줄 거예요. 그가 갔다면 그레이스도 어떻게든 그들과 함께했을 것이다.

*

그날이 온 것을 조이는 알고 있다. 아침 식탁 커피 너머로 그녀를 흘낏 보는 그의 눈빛에 한물간 흥분을 되살리려는 시도에서 비롯된 흐릿한 광채가 있다. 그는 항상 노력을 하는 쪽이었다. 언젠가 어느 편지에서 오드리는 그의 ‘매력적인 유연한 몸놀림’을 언급하며 그 모습을 보지 않고는 제정신으로 살 수 없을 것 같다고 말했다. 아직도 여전한 그의 껑충한 모습, 그 여자의 말은 아마 그런 모습을 뜻했을 것이다. 부드럽게 늘어지던 그의 금발은 이제 뒤통수와 옆머리에만 남아 있으며 지금은 잿빛이다. 그의 손—조이가 뻔히 상상할 수 있는 대로, 그레이스나 오드리가 가장 우아한 특징으로 지목했을 손—은 쪼글쪼글해졌고 뼈가 예전보다 더 도드라졌으며 오래된 종이 같은 피부에 검버섯이 얼룩덜룩하다. 매부리코가 더 눈에 띄는 얼굴에 치아는 대부분 의치이며 실내가 더우면 눈에 눈물이 맺히곤 한다. 좁은 뺨 윗부분, 광대뼈 위로 피부가 당겨지는 부분에는 분홍색 반점 두 개가 떠올랐다 사라지곤 한다. 그것만 아니면 그의 얼굴은 해쓱하다.

"오늘 시내에 나가야겠어." 그가 무심하게 알린다.

"점심때 안 들어오고?"

"어디서 샌드위치나 사 먹지 뭐."

그녀는 알프혼보다 비싼 식당에 가는 편이 현명하지 않겠느냐고 제안할 수 있으면 좋겠다. 싸구려 음식에 하우스와인은 그의 나이에는 치명적인 조합이다. 그가 배탈이 나면 끔찍하게 골치 아파진다.

"쇼핑을 좀 하려고." 그가 말한다.

예전에는 옛 친구 아무개를 만나야 한다고 했지만 이제 그건 더 이상 통하지 않는다. 나이가 들어가며 그런 인물들이 자기도 모르게 발설을 해버리지 않으리라는 보장이 없다. '로이드 사람'을 만나야 한다고 하거나, 연금 보험을 담당하는 핸슨과 필립스를 언급하기도 했다. 모두 하나같이 너무 자주 써먹어서 이제 남은 것은 쇼핑이라는 허술한 핑계뿐이다. 그가 은퇴하기 전에는 아무런 언급도 할 필요가 없었다.

"쇼핑." 그녀는 따지는 기색 없이 말한다. "쇼핑."

"한두 가지 살 게 있어."

스리캐슬스 담배는 쉽게 구할 수 없다. 오드리는 오직 그것만 피우며, 그가 그 담배를 찾으러 다닌다는 것은 반쯤은 농담과도 같은 것으로, 그들의 연애라는 만화경에서 애정의 한 조각을 이룬다. 그런 조각들 중 또 하나는 둘 다 송아지 췌장을 좋아한다는 점인데, 조이는 역겨워하는 음식이다. 그들은 약속 시간을 지키지 않는다는 공통점도 있다. 그레이스는 우리가 어떻게든 만나기는 한다는 게 이해가 안 된다네요!

"계속 맑을 거야." 그가 예측했다.

"그래도 우산은 가져가."

"그래, 가져갈게."

그는 특정한 셔츠에 대해 묻는다. 푸른색 줄무늬 셔츠, 그것이 다림질되어 있는지 궁금해한다. 그녀는 셔츠가 어디에 있는지 말해준다. 그들의 세 자식은—아들들과 나중에 태어난 세실리아까지 모두 출가했다—오드리에 대해 전혀 모른다. 때로 조이는 이런 상황이, 아버지의 삶에 그토록 지대한 영향을 끼친 인물을 자식들이 모른다는 것이, 참 이상하게 느껴진다. 그 여자가 기어이 자기 뜻대로 했다면 세실리아는 태어나지도 않았을 것이다.

"당신은 필요한 거 없어?" 그가 제안한다. "내가 뭐 사다줄까?"

그녀는 고개를 젓는다. 그녀는 이렇게 말할 수 있으면 좋겠다. '그 여자 편지, 내가 열어봐. 전화 통화할 때도 내가 들어.' 그레이스가 죽었다고, 자기 친구가 이제 홀로되었다고 남편이 말할 수 있으면 좋겠다.

"네시쯤 온다고 생각하면 되나?"

"그 정도 되겠지."

그가 떠났다면 그녀는 지금껏 이 집에서 살고 있지 않을 것이다. 검정과 진홍색이 섞인 잠옷 가운을 입고 이 부엌에 앉아 갈색 모직 가운을 입은 그를 바라보고 있지 않을 것이다. 그녀는 아이들 중 하나의 집에서, 아니면 어딘가의 아파트에서 살고 있을 것이다. 집은 오래전에 팔렸을 것이며, 그녀는 반려자와 함께 늙어가지 않았을 것이다. 다른 남자를 만나는 것은 가장 있을 수 없는 일 같았다. 남자를 원하게 될 것 같지는 않았다.

"꿈에 우리가 덴마크로 가는 페리에 타고 있었어." 그가 생각지도 않았던 말을 한다. "당신이 어떤 여자에게 말을 걸었지. 온통 검은 옷을 입은."

"검은 옷을 예쁘게 입은?"

"아, 그럼. 예쁜 여자이기도 했고. 이상한 표현을 쓰더군. 여자가 자기는 반드시 '끝내주는 아이'라는 걸 갖겠다는 거야."

"아."

"당신은 날 그 여자 앞에 앉히고 그 여자 옷에 대해 평하라고 했어. 그리고 내게 제안을 하라고 시켰지."

"그래서 했어, 찰스?"

"했지. 난 녹색 계통이 좋겠다고 했어. 진녹색 말이야. 내 바지 같은 황록색 말고. 그리고 셔츠 칼라는 둥근 걸로 하라고, 내 것처럼 각진 것 말고. 그 여자에게 내 걸 보라고 했지. 상냥한 여자였는데, 한 가지 아니다 싶은 것은, 내 신발을 보고 좀 무례한 말을 하더군."

"닳았다고?"

"대충 그런 얘기였지."

"당신은 닳은 신발 신지 않는데."

"안 신지."

"음, 그렇군."

그는 고개를 끄덕인다. "응, 그래."

곧바로, 그는 일어서서 다시 2층으로 올라간다. 꿈에 관한 대화는 왜 하게 된 걸까? 가끔이지만 두 사람이 서로에게 꿈 얘기를 하는 것은 사실이다. 가끔이지만, 늘 그래왔다. 하지만 그가 꿈 이야기를 오늘 아침에 했다는 사실에 어떤 의미가 더해지는 것 같다. 그것이 그녀가 느끼는 기분이다.

"내가 중요하지 않았다면, 왜 내게 신경을 썼던 거야?" 그가 아내 옆에 남기로 결정하고 오랜 시간이 지난 뒤 그녀는 물었다. 그 뒤로 오래도록, 모든 것을 따져 물었다. 애초에 그들을 결합시켰던 사랑을 물어뜯었다. 그는 그녀의 말을 들어야 했고, 그것은 그녀의 권리였다. 6년이 흐르고 나서 그들의 딸이 태어났다.

"자, 난 갈게."

키가 크고 깡마른 아이 같은 그의 눈은 안와 속으로 쑥 들어갔고, 진한 색의 전통적인 양복은 잘 다려졌으며, 줄무늬 푸른 셔츠에 맞춰 맨 넥타이는 푸른색으로 소용돌이치는 페이즐리 무늬다. 그가 특별한 경우에 신으려고 아껴둔 갈색 구두는 그의 기이한 꿈에서와는 달리 반들반들 광이 난다.

"미리 알았다면 나도 같이 갔을 텐데." 조이는 그런 말을 하고 만다. 그럴 생각은 없는데 말이 그냥 나온다. 하지만 그는 놀라지 않는다. 예전 같았으면 놀랐겠지만. 예전 같았으면 공포의 그림자가 그의 이목구비를 스치고 지나갔을 것이고, 그녀가 코트를 입겠다고 2층으로 올라갈까봐 걱정하는 표정이 역력했을 것이다.

"다음엔 함께 가지." 그가 약속한다.

"그래, 그러면 좋겠네."

그들은 헤어질 때면 언제나 그러듯이 입을 맞춘다. 그의 뒤로 현관문이 쾅 닫힌다. 그녀는 점심으로 연어 통조림을 따서 토마토와 감자칩 한 봉지와 함께 먹을 것이다. 물론 너무 양이 많아 통조림 하나를 다 먹지는 못할 테지만. 남은 건 오늘 저녁에 둘이서 먹을 수 있을 것이다.

거실에서 그녀는 텔레비전을 켠다. 모피 옷을 휘감은 셀레

스트 홈이 잔뜩 골이 난 채로 차 안에 앉아 있다. 조이는 보고 싶지 않아 다시 텔레비전을 끈다. 그녀는 기차가 런던에 가까워지자 마음이 들뜨는 옛 연인을 상상한다. 옛 연인은 한 시간 전에 화장을 했는데도, 움직이는 기차 속에서 어렵사리 화장을 처음부터 다시 한다. 결혼 생활에 사랑이 되돌아왔음을, 상처 위로 새살이 돋았음을, 오드리는 모른다. 아무도 가르쳐주지 않았기 때문에, 그 잠깐의 사건이 일탈이었다는 말을 그는 차마 할 수 없었기 때문에, 그녀는 모른다. 그는—천성이 그런 사람이므로—그 여자의 삶에 균열을 낸 연애가 어떤 식으로든 아직도 그녀에게 갖는 의미를 존중한다. 그레이스가—아무것도 받는 것이 없으면서—영향을 끼치지만 않았다면 오드리는—주어진 모든 것을 받아들이면서—이 모든 드라마를 자연스럽게 극복했을 것임을 그는 모른다. 풀린 끝매듭의 형태가 죽음 때문에 바뀌어버린 지금, 앞으로 어떤 일이 벌어질지 그는 의문을 품지도 않는다.

연어 통조림을 따면서 조이는 다시 알프혼의 만남을 찾아간다. 그곳은 좀 바뀌었을까 궁금해하다가 그렇지 않을 거라고 생각한다. 아직도 기다란 알프혼이 한쪽 벽 위로 길게 늘어져 있고, 똑같은 티롤의 풍경화가 다른 두 벽을 장식하고 있다. 파란색과 빨간색의 체크무늬 테이블보가 있다. 그가 셰리를 한 잔 시켜놓고 기다리면, 잠시 후 그녀가 온다.

"내 사랑!"

그들 사이의 익숙한 인사말을 먼저 쓴 것은 그녀이며, 그 말은 요즘 참 많은 것들이 그렇듯이 그의 허를 찌른다.

"내 사랑!" 이번에는 그가 말한다.

그녀 몫의 셰리 한 잔이 주문되고, 술이 나오자 두 사람의 술잔 가장자리가 잠시 부딪친다. 과거를 위한 건배.

"그레이스 일은." 그가 말한다. "참 유감이오."

"그래요."

"많이 힘들어요?"

"견디고 있어요."

웨이터가 그들의 주문을 신속하게 받아 적고 와인에 대해 묻는다.

"오, 언제나 좋은 하우스 레드와인이지."

토마토 조각을 집는 조이의 손가락에는 관절염이 있어, 지금은 아니지만 가끔은 아프다. 밤에 잠자리에 들면 그는 손을 뻗어 이쪽 아니면 저쪽 손을 잡는데, 애정을 담은 그의 조심스러운 손길은 예전처럼 그녀의 손을 꽉 쥐지 않는다. 손가락이 보기 흉해서 때로 그녀는 이제 자신이 원숭이처럼 보인다고 생각한다. 그녀는 접시에 생선과 토마토를 담아놓고 양쪽 모두에 후추를 뿌린다. 둘 다 소금 간은 하지 않았다.

"당신은요, 찰스?"

"난 괜찮소."

"때때로 당신이 걱정돼요."

"아니, 난 괜찮아요."

조이가 호기심에 이끌려 그곳에 가봤던 날 알프혼에서는 아코디언 음악이 흘러나왔다. 여러 테이블에 사무직 젊은이들이 앉아 있었다. 장사가 상당히 잘되고 있었다.

"와줘서 정말 고마워요." 오드리가 말한다. "이 오랜 세월이 지나고, 무언가가 끝났을 때…… 정말 고마워요, 찰스."

그가 테이블 건너편으로 스리캐슬스 담배를 건네자 그녀는 미소를 짓고, 아직 개봉하기엔 너무 이르기에 옆에 놔둔다.

"당신은 참 재미있어요, 찰스."

"메이버리 님이 결혼을 한 것 같던데. 누군가한테 들은 것 같소."

"그레이스는 그 여자를 견딜 수 없어 했어요."

"그랬지."

이번이 끝일까? 조이는 자문해본다. 이번이 마지막 방종일까? 그의 지조와 도의심에 대한 마지막 부름일까? 그의 죄책감이 그레이스의 대리 욕망에서 마침내 놓여나 다시 구석진 자리로, 그게 어디든, 돌아갈 수 있을까? 신의를 지키는 것이 신의 없음을 고백하는 것만큼이나 잔인할 수 있다고, 아무도 그에게 말해주지 않았다. 오직 그레이스만이, 그릇된 단짝 친구의 역할을 하면서, 제대로 말해줄 수 있었을 것이다. 하지만 그것은 그레이스에게는 득될 게 없는 일이었다.

"집을 팔지도 모르겠어요."

"나도 그래야 한다는 생각이 들어요."

"그레이스도 언젠가 그러라고 했어요."

그쯤에서 그들을 내버려두고, 조이는 연어와 토마토를 먹는다. 그녀는 오래된 흑백영화의 끝부분을 본다. 오래전에, 그레이스와 오드리가 나타나기 전에, 둘이서 함께 보았던 영화다. 그 뒤로도 그들은 그 영화를 같이 봤다. 어릴 적 그는 베티 데이비스에게 푹 빠진 소년이었으니까. 차려놓은 음식을 깔짝거리며 영화를 보는 조이는 예전에 웃었던 장면에서 또다시 웃는다. 하지만 영화에 온전히 집중하지 못한다. 대화가 오가는데 그녀는 듣지 못하고, 눈앞에는 관절염으로 굽지 않은 손가락이 담뱃갑에서 빼낸 셀로판지를 꼬아 나비를 만드는 모습이 보인다. 그가 커피를 주문한다. 집에 돌아올 때 그의 옷에 밴 향기는 라일락이 살짝 섞인 레몬 향이었다. 어느 편지에선가, 셀로판지를 꼬아 만든 나비에 대한 언급이 있었다.

"아, 이렇게 또 만났군." 그가 말한다. "만나서 정말 좋았소, 오드리."

"나도 좋았어요."

그가 계산을 마치고도 둘은 잠시 더 앉아 있는다. 그녀는 여자 화장실에서 열기와 와인 때문에 번들거리는 얼굴에 파우더를 바르고 깔끔한 잿빛 머리를 더 깔끔하게 정돈한다. 레몬 향은 외투 보관소의 쿰쿰한 공기를 잠시 상쾌하게 해준다.

"이렇게 우리 또 만난 거예요, 내 사랑." 그가 거리에서 다시 말한다. 그들은 한 번이라도, 조이는 궁금하다, 서로에게 통명스러웠던 적이 있었을까? 그 여자는 좀처럼 이성을 잃지 않는 사람일까? 학창 시절에 인기 있는 여학생이었기 때문만이 아니라 오래 고통받고 인내해온 사람이라서? 어쨌거나 그녀는 친구와 한 번도 싸우지 않았다.

"그래요, 이렇게 우리 또 만난 거네요, 찰스." 그녀가 그의 팔을 잡는다. "이 모든 게 내겐 말할 수 없이 큰 의미예요."

그들은 택시를 잡으러 길모퉁이로 걸어간다. 결혼 생활은 싸울 일로 가득하지, 조이는 곰곰이 생각한다.

*

"꼿꼿이 앉아 있는다고 나아지지 않아. 그냥 거기 좀 누워. 물도 많이 마시고, 찰스."

간밤에 그녀가 그의 옆자리에 들기 전에 채워놓은 물주전자가 한 잔 따른 물과 함께 침대 옆 협탁 위에 놓여 있다. 언젠가, 이젠 오래전이 되었지만, 그는 배탈이 났을 때 앉아 있겠다고 고집만 부린 것이 아니라 정원에 나가 실제로 일을 했다. 그녀는 하루 종일 그가 낙엽을 소각로에 넣고 바위 정원에서 잡초를 뽑는 모습을 지켜보았다. 몇 번씩이나 부엌 창문을 두드려도 그는 무시했다. 그 결과로 그는 2주간 몸져누워 있었다.

"귀찮게 해서 미안해." 그가 말한다.

그녀는 자기가 누운 쪽 침대보를 정리하고 그에게 침대를 모두 내준다. 더 편하게 있게 해주면 더 오래 누워 있을까 싶어서다. 내키면 읽을 수 있도록 신문도 옆에 놓여 있다. 또한 그가 아플 때마다 읽는 책《리틀 도릿》도 거기 있다.

"좀 이따 맑은 수프는 어떨까?" 그녀가 말한다. "거기에 크림 크래커 하나."

"당신은 나한테 참 잘해."

"아, 뭐야."

아래층에서 조이는 거실에 가스난로를 켜고 아침 영화가 없나 찾아본다. 〈맨발로 공원을〉이 막 시작하려 한다. 그때 아주 갑작스럽게, 아무런 경고도 없이, 풀린 끝매듭이 어떤 모양이 될지 떠오른다. 이젠 모든 것이 다르지만, 물론 그 무엇도 말이 되어 나오지는 않을 것이다. 그 조그만 식당이 아직도 있다는 게 너무 좋아요. 옛 연인이 편지에 쓴다. 고맙다는 말을 하려고 한 줄 쓰네요. 함께 이야기 나누니 너무 좋았다, 얼굴 볼 수 있어서 너무 좋았다, 스리캐슬스를 기억해주어서 너무 고마웠다. 하지만 이런 것들은 아무런 소용이 없다. 왜냐하면 "자, 이제 하나도 빠짐없이 말해봐" 하고 말할 그레이스가 없으니까. 회의감이 머리를 떠나지 않을 때 "친구야, 무슨 그런 말도 안 되는 소리를!" 하고 말해줄 그레이스가 없으니까. 바닷가의 집에서 홀로 남은 그녀는, 괜찮으면 간단히 점심이라도 하자고 제안할 핑계를 찾지 않을 것이다. 그 역시 그러지 않을 것이다. 여태 그랬던 적이 없으니까. 그는 마침내 의무가 끝났다는 반가운 기분이 들 것이다.

이제 옛 연인은 그녀의 향기와 담배와 셀로판지 나비로 그를 지루하게 한다. 바닷가의 집에서 그녀는 이번 감사 편지가 마지막이 될 것임을 깨닫는다. 바다는 잿빛이며, 다시 비가 내린다. 언젠가, 홀로 남은 그녀는 친구가 진실하지 않았음을 짐작할 것이다. 언젠가, 가장(假裝)을 지속시킨 것은 도의심이었음을 짐작할 것이다.

그레이스가 죽었다. 달라진 것은 그뿐이다. 조이는 속으로 말한다, 왜 용서를 해야 하나? "왜 그래야 하지?" 그녀가 중얼거린다. "왜 그래야 해?" 하지만 〈맨발로 공원을〉이 시작되기 전, 잠시 눈시울이 뜨거워진다. 늙은이의 주책이야, 그녀는 속으로 그렇게 말하고, 눈물 따위는 사라지라고 명한다.

신앙

그녀는 까다로운 여자였다. 어려서는 고집 센 아이, 걸핏하면 분통을 터트리는 부루퉁하고 반항적인 소녀였다. 엄격하고 의심 많은 성격은 나이가 들어 나타났다. 사람들은 자기가 무슨 짓을 하는지 모르는 때가 많다, 헤스터는 그렇게 자기 생각을 서슴없이 드러내며 지적하기를 즐겼다. 그런 말을 하는 상대는 대부분의 경우 남동생 바살러뮤였다. 그녀는 마흔두 살이고, 동생은 세 살 아래였다. 그녀는 결혼하지 않았고 하고자 한 적도 없었다.

여기에는 이력이 있었다. 더블린의 점잖은 동네 빵집 위층의 좁은 셋집에서 함께 자라는 동안 헤스터가 미친 영향력에 관한 이력. 그들의 아버지는 야루스 목재 야적장 직원이었고 어머니는 바느질과 뜨개질로 돈을 벌었다. 그들은 가난한 개신교도들이었고 자신들의 신앙에, 그리고 자신들의 존재에 긍지를 품고 몬더 스트리트에 있는 집의 깔끔한 망사 커튼 뒤에서 수수하게 살아갔다. 반드시 해야만 하는 의무, 바살러뮤를 돌보는 일을 헤스터는 그렇게 칭했다.

때가 됐을 때, 바살러뮤 역시 결혼을 하지 않았다. 아일랜드 성공회에서 막 사제 서품을 받은 치열하고 진지한 젊은이였던 그는 샐리 카버리를 사랑했으며 청혼하여 응낙을 받았다. 약혼 기간은 길어질 수밖에 없었지만, 약혼했다는 사실이 결혼이 지연되는 것을 극복하게 해주었다. 하지만 결혼식 직전에 약혼은 파기되었고, 바살러뮤는 이로 인한 실망에서 결코 헤어나지 못했다. 샐리 카버리—사귀는 동안 힘이 되어준, 활기차고 재치 넘치며 그 나름의 방식으로 아름다운 여자—는 제이콥스 비스킷츠에 다니는 남자와 결혼했다.

헤스터는 가스 보드*에 다녔는데, 어머니가 돌아가시고 말년에 9년간 파킨슨병을 앓은 아버지를 돌보기 위해 회사를 그만두었다. 그것이 그녀의 방식이었다. 천성이 그런 사람이라, 사람들은 말했다, 불퉁스러운 태도도 만회가 된다. 그녀의 희생은 찬사를 받았다. "우린 항상 잘 지내왔어." 헤스터가 아버지의 장례식 날 저녁에 말했다. "너하고 난 늘 그랬잖아, 바살러뮤."

---

* 아일랜드의 에너지 회사.

그는 아니라고 하진 않았지만 누이가 하는 말에는 빠진 게 있다는 것을 알았다. 그들이 잘 지내온 것은 바살러뮤 쪽에서 순종적으로 따르며 그렇게 되도록 힘썼기 때문이다. 바살러뮤의 섬세하고 잘생긴 외모—금발에 푸른 눈—는 친족간 유사성이 최고로 발현된 결과이지만 그 유사성이 헤스터에게 나타날 때는 보기가 덜 좋아서, 유연하게 흐늘거리는 그의 길고 낭창낭창한 팔다리가 여자의 경우에는 조금 거추장스러워 보였다. 이제 앞으로의 일에는 전체적인 조정이 필요할 듯했고, 잘 지내는 문제와 관련해서는 바살러뮤 쪽에서 모든 노력을, 인정도 받지 못한 채, 기울여야만 할 것 같았다.

바살러뮤는 담당하는 전도구가 따로 없이, 몬더 스트리트가 포함된 더블린 북쪽 지역의 전도구에서 보좌신부로 근무했다. 그는 노인들을 방문했고, 청년 선교와 청년 활동에 관여했으며, 청년 센터를 운영했고, 일요일에는 어린이들을 단체로 이끌고 더블린의 산속을 거닐거나 북쪽 지역의 수영장에서 물놀이를 시켰다. 그와 헤스터는 가족의 소유물을 공유하며 생활했으나, 곧 빵집 위층의 셋집을 유지하는 것이 더 이상 실용적인 방법이 아니라는 사실이 명백해지는 때가 왔다. 바살러뮤는 근무 중인 전도구에서 방을 구했고 헤스터도 방을 알아보았다. 그녀는 가스 보드에 연락해 예전에 맡았던 일과 비슷한 일자리를 구할 수 있는지 문의했지만, 당장은 빈자리가 없었다. 그러던 중 오스카리를 발견했다.

오스카리는 위클로 산에 있는 타운랜드로, 황량한 오지였다. 과거에는 번창한 오스카리 저택이 있어 이름을 떨쳤으나, 이제 저택은 흔적조차 남지 않았다. 하지만 저택이 있던 시기의 끝 무렵에 오스카리 가문과 그 추종자들의 편의를 위해 뒤편 진입로에 지은 성당은 아직 남아 있었고, 저택의 단지 내에 여기저기 흩어져 있던 주거지들—마당과 개집이 딸린 사냥개 관리인의 집, 사냥터 관리인의 집, 그리고 외벽에 자갈 섞인 시멘트를 바른 단지 관리인의 집—은 모두 개조를 거쳐 주민들의 거처가 되었다. 오스카리 교차로에는 스파 식료품점과 에소 주유소가 있고, 우편물은 수 킬로미터를 가야 부칠 수 있었다.

바살러뮤는 누이의 요구에 따라 그녀를 차로 오스카리까지 데리고 갔다. 그의 휴일인 월요일에, 더블린의 차량 정체를 피해 아침 일찍 출발했다. 그는 사전에 들은 바가 없어서 여행 목적에 대해 몰랐으나, 무슨 의도인지 설명 없이 행동하는 경우가 많은 헤스터가 결국에는 자초지종을 설명하리라는 것을 알고 있었다. 뭔가 추측도 해볼 수 있었겠지만 그래야겠다는 생각은 떠오르지 않았다.

"플루잇이라는 남자가 있어." 헤스터가 차 안에서 쪽지에 직접 쓴 글씨를 읽으며 말했다. "그 사람이 말해줄 거야."

"뭘 말이야, 헤스터."

그러자 그녀가 말했다. 아주 조금, 많지도 않고 전부도 아닌

만큼. 과거에만 목적대로 쓰였던 오스카리의 작은 성당이 다시 입길에 오르고 있다. 아일랜드 성공회 신자들로 이루어진 궁핍한 공동체가 있는데, 저택의 입주 하인, 정원사, 농장 일꾼 등으로 일하던 이들의 자손이 포함된 그 구성원들에게 신앙생활을 할 편리한 수단이 없다. 축성된 건물이 쓰이지 않아 썩어 들어가고 있다.

블레싱턴을 통과해가는 동안 바살러뮤의 매우 오래된 A-30 밴—주로 일요일 산행에 사용하던 차—에서 전에 없던 금속성 소리가 났다. 그는 이 소리에 대해 아무 말 않고 별것 아니기를 바라면서 계속 차를 몰았다.

"그래서 생각이 난 거야." 헤스터가 말했다.

"그런데 그 플루잇이라는 사람이 누구야?"

"근처에 사는 사람들 중 하나야."

그녀는 어떻게 이 사람에 대해 듣게 되었는지 말하지 않았고, 그 사람에 관한 다른 정보도 알려주지 않았다.

"플루잇 씨가 뭐라고 하는지 들어보자." 그녀가 말했다.

헤스터와의 대화는 종종 그런 식이었고, 바살러뮤는 거기에 익숙했다. 대화에 흥미를 북돋우려고 일부러 그러는 것처럼, 그녀가 전하는 말은 감추거나 간략하게만 알려주는 세부들이 대부분을 차지했다. 모르는 사람들이 오해를 할 때도 있었지만 조금만 시간이 지나면 헤스터에게 그런 교묘한 의도는 전혀 없음을 깨달았다. 그녀가 대화를 그런 식으로 복잡하게 하는 것은 어떤 목적도 없는 기벽에 지나지 않았다. 그것이 어디에서 비롯되는지 그녀는 알지 못했고 의문을 품지도 않았다.

"어떻게 생각해요?" 바살러뮤는 기름을 넣으려고 들른 정비소의 남자에게 물었고, 남자는 쇳소리의 원인은 다양하다고 말했다.

"엔진을 회전시켜보실래요?" 그가 기름을 넣고 나서 보닛을 열며 말했다. "최대한도로 밟아보세요, 선생님." 지시를 내린 후 그가 다시 말을 이었다. "제 생각을 말씀드릴까요, 선생님? 이 안의 낡은 카뷰레터가 약간 흔들려요. 이제 속도를 낮추세요, 선생님, 저희가 좀 살펴보겠습니다."

바살러뮤는 시킨 대로 했다가 엔진을 껐다. 그가 이해한 대로, 카뷰레터의 고정 부위가 헐거워진 것이었다. 정비소 남자는 멍키렌치를 조절하며, 2초면 손볼 수 있다고 말했다. 일을 끝내고 나서는 돈을 받지 않으려 했고, 바살러뮤가 아무리 받으라고 말해도 소용이 없었다.

"《가제트》에 오스카리에 대한 언급이 한두 줄 있었어." 다시 차를 몰아 나갈 때, 헤스터가 아일랜드 성공회에 관한 뉴스가 실린 잡지를 가리키며 말했다. "거기 사람들은 녹음한 의례를 틀어놓고 겨우겨우 미사를 드린대."

항상 그런 식이다, 그녀는 생각했다, 돈을 달라고도 않는 사람에게 돈을 주겠다고 하는 바살러뮤. 이 집안에서 가장 물러빠진 녀석, 그들의 아버지는 아들을 그렇게 묘사했고, 그가 처음에 성직자가 되겠다고 했을 때도 허허 웃으며 똑같은 표현을 썼다. 그렇다고 아버지가 언짢아한 것은 아니고 어머니도 그러지 않았으며 헤스터 자신도 마찬가지였다. 바살러뮤의 소명은 그에게 잘 맞았다. 그를 완성시키고 보호해주었다. 이는 다른 방식으로 헤스터가 하고자 한 일이었다.

"거기 들렀다 와서 참 다행이야." 그가 그렇게 말하자, 헤스터는 그가 오스카리에 가는 목적을 짐작했음을 감지했다. 그는 모든 것을 파악했으며, 바로 그래서 정비소에 들른 일을 다시 언급했던 것이다. 그는 종종 말해져야 하는 것을 말하기 싫어하며, 그게 무엇이든 저절로 사라지기를 바라고만 있을 때가 많으니까. 하지만 이것은 아무리 말하기 어색하고 힘들어도, 그냥 사라지게 내버려두어서는 안 되는 일이었다.

"저렇게 도와주려 하고, 참 좋은 사람이야." 그가 말했다. 헤스터는 차가 지나갈 때 한 무리의 떼까마귀가 나무 위로 빙글빙글 날아오르는 모습을 바라보았다.

"참 재미있어, 돌아가는 상황이." 그녀가 말했다. "오스카리에서 말이야."

그들이 도착했을 때는 아직 이른 시간이었다. 열시 오십분쯤에 바살러뮤는 교차로에 있는 스파 식료품점 밖에 차를 세웠다. "플루잇 씨라는 분이?" 그는 딱 하나 있는 계산대에서 물었고 찾아가는 방법을 들었다.

그는 주도로에서 빠져나와 미로와 같은 시골길을 따라 천천히 차를 몰았다. 여기저기에 이정표가 있었다. 예전에 오스카리 저택의 뒤편 진입로였으나 지금은 풀만 무성한 길로 접어들자 거의 곧바로 성당이 보였다. 무덤들이 있었으나 교회 부속 묘지라고 할 만한 곳은 따로 없어, 그곳은 성당 건물 옆으로 가까이 지나는 오솔길이 주위를 빙 둘러싼 좁다란 땅에 지나지 않았다. 묘비가 없는 무덤 하나는 다른 무덤들보다 더 최근에 생긴 듯했다. 성당은 작았고, 거의 검정에 가까운 어두운 색 돌로 지어져서 접근을 막는 듯한 분위기를 풍겼다.

"지성당(支聖堂)*이었을 것 같군." 바살러뮤가 말했다.

"플루잇 씨가 모두 알고 있을 거야."

성당 내부는 퀴퀴한 냄새가 났지만, 사용한 흔적은 있었다. 제단 위의 화병은 비어 있었지만 찬송가 안내판에는 찬송가 번호—8번, 196번, 516번—가 적혀 있었다. 성서대의 놋쇠 부분이 변색되었고, 기념패의 놋쇠도 마찬가지였다. 제단보는 너덜너덜하고 더러웠다. 살짝 색이 입혀진—푸른빛 도는 회색—창문들에 성경 속 장면은 담겨 있지 않았다. 성당이라고 할 수 있는 곳이 아니다, 바살러뮤는 그렇게 생각했지만 말은 하지 않았다.

"멋진 곳이 될 수 있겠다." 누이가 말했다.

---

* 전도구 내의 주성당에 다니기 어려운 오지 주민들을 위해 별도로 지은 소규모 성당.

*

플루잇 씨는 헤스터가 예상한 대로 노인이었다. 요즘은 혼자 지낸다, 그가 그렇게 말하며 쟁반에 차와 깡통에 든 비스킷을 내왔다. 그는 현관문에서 손님을 반갑게 맞이했지만, 그들을 안으로 들이기 전에 꼼꼼히 살펴보았다.

"맞아요, 미사 의례 녹음본이 있지요." 그는 말했다. "내가 직접 관리하고 있소. 아침기도에만 써요."

오스카리 성당은 통합 성직록(聖職祿)* 구역으로 묶인 성당 몇 곳 가운데 하나로, 그중 가장 가까운 성당은 약 27킬로미터 떨어져 있었다. "캐넌** 퍼니 신부님이 오시기엔 너무 멀어요. 어떤 사람들은 녹음기 소리에 마음을 못 붙이고 클론바이어나니드의 캐넌 신부에게 다녀오기도 한다오. 다른 한편으로는, 물론, 워튼 부인이 베풀어주신 선의도 있었고."

그 점에 대한 설명에는 상당한 시간이 걸렸다. 오스카리는 이제 가난한 이들과 부유한 이들이 산발적으로 섞여 사는 소규모 공동체였다. 저택 일꾼들의 남은 자손들 외에 새로 온 사람들도 있었다. 워튼 부인은—이젠 고인이 되었지만—후자에 속하는 인물이었다. 그녀는 유언을 통해 가택과 상당한 유

---

* 교회법에 따라 교회가 성직자에게 부여하는 물질적인 직봉을 의미한다. 교회의 동산, 부동산, 국가의 지원금, 신자의 헌금 등을 포괄한다.

** 교구 전체 또는 대성당에서 광범위한 역할을 하는 고위 사제를 칭하는 존칭.

산을 오스카리 성당에 남기며, 그 돈으로 적당한 재임 신부를 구해 급료를 줄 것과 가택을 오스카리 사제관으로 쓸 것을 당부했다.

“바로 그렇게 된 거요.” 플루잇 씨가 차를 좀 더 따르며 말을 이었다.

헤스터는 고개를 끄덕였다. “비슷한 얘기를 들었어요.” 그녀가 말했다. “그래서 좀 젊은 사람이 온다면……”

“그렇지요.”

바살러뮤는 마음이 불편했다. 헤스터는 자기 생각에 휩쓸릴 때가 많았다. 이 처량하고 지저분한 성당에서 그는 누이의 상상력이 어떤 자극을 받았고 또 여전히 받고 있는지 알 수 있었지만, 이곳의 곤궁함은 돌이킬 수 없는 느낌이 들었고, 방치된 상태를 가리려는 시도조차 그런 느낌을 주었다. 불가능한 것을 반전시킬 방법은 없어 보였다.

“아일랜드 성공회는 일처리가 느려요.” 플루잇 씨가 말했다. “그 점에 관해서는 이견이 없을 거요. 그리고 워튼 부인이 돌아가신 지도 다섯 달밖에 안 됐소. 하지만 시간이 지나면 좋은 의도도 빛을 바래는 법이오. 부인의 소망은 존중되어야 해요. 그분은 우리의 조그만 묘지에 묻히셨지요.”

“저희도 본 것 같습니다.” 바살러뮤가 말했다.

“캐넌 퍼니 신부님은 일흔하나 되셨소. 은퇴는 안 하실 테고 그래야 할 이유도 없지. 선하고 상냥한 분이라서 그분이 은퇴하시길 원하는 사람은 없을 거요. 하지만 우리가 두려운 건, 그분이 가시면 클론바이어와 니드가 다시 오스카리와 합쳐질 테고 그러면 이렇게 멀리 있는 오스카리는 아마도 버려질 거라는 점이오. 하지만 워튼 부인의 집은 지금 클론바이어에 있는 것보다 더 나은 사제관이 될 것이고, 부인이 너그러이 물려주신 다른 유산은 이곳의 성직록을 위해 절실히 필요한 자원이 될 것이오."

"친절한 말씀 감사합니다, 플루잇 씨." 바살러뮤가 말했다. "흥미롭게 잘 들었습니다. 하지만 저희가 시간을 너무 많이 빼앗았군요, 그러면 안 되는데요."

"전혀 그렇지 않아요. 전혀요."

"모든 일이 잘 성사되기를 빕니다."

"오스카리 사람들 모두의 바람이지요."

바살러뮤는 자리에서 일어섰다. 그는 악수를 청했고, 플루잇 씨는 그 다음으로 헤스터와도 악수를 했다.

"편지에 한 말은 진심이오." 그가 말했다. "언제라도 와요. 난 항상 여기 있소. 두 분이 오시면 사람들이 기뻐할 거요."

헤스터는 고개를 끄덕였다. 그녀는 특유의 웃음기 없는 표정을 보일 때가 있는데, 지금이 그런 때였다. 하지만 그녀는 그런 표정을 만회하려는 듯 다시 고개를 끄덕였다.

차 안에서 바살러뮤가 물었다. "무슨 편지?"

헤스터는 대답하지 않았다. 골똘히 생각에 빠져 앞만 응시했다. 2월이었고, 봄이 오려면 아직 멀었지만 날씨는 화창했다.

"저분한테 편지를 쓴 거야, 헤스터?"

"《가제트》에 실린 짧은 기사 내용이 그 여자가 돈과 집을 남겼다는 거였어. 거기에 저 사람 이름도 있었지."

바살러뮤는 아무 말도 하지 않았다. 누이는 항상 최선이라 여기는 일을 했고, 그는 항상 그것을 알았다. 때로 아닌 것처럼 보일 때도 있지만, 결국은 그게 최선임을 그는 알았다.

"성당을 한 번 더 둘러볼까?" 그녀가 말했다.

성당에 도착하자 그는 안으로 들어섰다. 좀 전에 보았던 흙더미, 가장 최근에 생긴 그 무덤은 풀이 막 덮이기 시작했고 잘 관리되고 있었으며, 봉분 주위 풀밭이 사각형으로 깎여 있었다.

"자기들이 무슨 짓을 하는지 저 사람들이 좀 알았으면 좋겠네." 헤스터가 무거운 서쪽 문을 밀어 열며 말했다. "나 같으면 여길 잠가놓겠다."

헌금함 옆에 놓인 선교 책자들은 얼룩이 심하고 귀퉁이가 잔뜩 접혀 있었다. 바살러뮤는 제의실 문을 대신한 커튼 위에 새를 잡는 끈끈이가 발려 있는 것을 보았다.

"나 같으면 저 야자매트도 치워버릴 거야." 헤스터가 말했다.

그들은 한 번도 쉬지 않고 더블린으로 돌아갔다. 헤스터는 자주 그러듯이 조용했고, 몬더 스트리트에 도착할 때까지 아무 말도 하지 않았다. "스크램블을 만들 달걀이 있어." 도착하자 그녀가 말했고, 바살러뮤는 그녀를 따라 빈 방들을 지나갔다.

"여기 기한이 얼마나 남았지?" 그가 묻자, 누이는 다음 주말까지라고 대답했다. 페어뷰 파크 근처에 집을 얻는다는 얘기가 있었던 터라 그는 경과를 물었다. 안 됐어, 그녀가 말했다, 드럼콘드라에서도 마찬가지고.

"일이 잘 안 풀려서 안됐네. 나도 계속 살펴보고 있어."

"가스 보드에서 날 다시 받아줄 거야. 갑자기 나간 사람이 생겼대."

"음, 최소한 그건 잘됐군."

헤스터는 열의가 없었다. 말은 안 했지만 바살러뮤는 알았다. 아무것도 없는 부엌에서 그는 누이가 달걀노른자를 포크로 깨트려 섞은 다음 우유와 버터를 넣고 후추를 뿌리는 모습을 지켜보았다. 말은 안 했지만 그는 유년기부터 누이의 간섭을, 그를 대신해 터트리는 분노를, 동생에 대한 소유욕을 원망했다. 누이도 어쩔 수 없는 것이기에 그는 용서했으며, 그에게는 그러는 것이 자연스러웠다. 누이에게 멸시와 까칠함이 자연스러운 것과 마찬가지로. 그가 어떻게 느끼는지 그녀는 한 번도 주목한 적 없었고 알아차린 적도 없었다.

"넌 오스카리를 좋아하게 될 거야." 헤스터가 말했다.

*

바살러뮤와 그의 누이가 오스카리에 터를 잡기 전까지, 여러 일들이 불가피하게 흘러갔다. 혼자 있을 때면 바살러뮤는 일어나는 일들을 헤스터의 측면에서 생각하지 않았고, 그저 이것이 자신에게 예정된 길이며 헤스터가 상황을 정리하는 것도 그 예정된 길의 일부라고 여겼다. 15년 전, 샐리 카버리가 마지막 순간에 결혼 결심을 철회한 것은 헤스터를 두려워했기 때문이다. 그녀는 한동안 정신이 딴 데 가 있는 사람 같더니 갑자기 의심을 품고 속내를 잘 드러내지 않았다. 당시에 아무것도 몰랐던 바살러뮤는 당혹스러웠으나, 시간이 흐른 뒤에는 샐리 카버리가 돌이켜 생각하도록 영향을 미치는 과정에서 누이가, 그때 역시, 그들보다 더 지혜로운 존재가 정한 방식에 따라 부과된 역할을 수행했던 거라고 믿게 되었다. 샐리 카버리와 바살러뮤가 서로 사랑하게 되기 전부터 헤스터는 샐리 카버리를 '얼뜨기'라고 표현했다.

교단에서는 오스카리의 구제를 승인했다. 플루잇 씨의 추측대로, 연로한 캐넌 퍼니 신부가 사망하면 클론바이어와 니드와 오스카리의 성직록은 다시 하나로 합쳐질 것이고, 그때는 쓸데없이 넓고 외풍이 심하고 관리 상태가 나쁜 클론바이어의 사제관 대신에 더 작고 편리한 오스카리의 사제관이 사용될 거라고 예견되었다. 그 일은 정말로 이루어졌으며—시간과 우연의 변덕에 좌우되는 것처럼 보이는—인간 존재가 실은 어떻게 의지에 복종하는가 하는 문제는 두 번 이상 바살러뮤의 설교 주제가 되었다. 그가 성서 구절들을 불러내 신빙성을 보강한 그 설교들의 결론은 신비는 영원히 신비로 남아 항상 거기에, 영적인 삶의 한가운데에 있을 것임을 무엇보다 강하게 주장했다. 사물의 물리적 존재, 그리고 말과 인간의 물리적 존재는 별 의미가 없다는 생각은 바살러뮤에게 전적으로 타당하게 여겨졌다.

그런 생각은 헤스터도 마찬가지였다. 헤스터는 믿음을 자신의 일부로서 당연시했다. 믿음은 그녀에게 자신감을 심어주는 막강한 확신으로서, 자신을 본모습 그대로 받아들이라고 우기거나 개인적 특성을 감추는 것은 모두 거짓이라고 비난할 수 있도록 허용했다. 바살러뮤가 담당한 오스카리의 신자 열네 명과 클론바이어의 신자 스물일곱 명, 그리고 니드의 신자 열한 명이 그의 누이를 알게 되었을 때, 그들은—전에 다른 곳에서도 종종 그랬던 것처럼—그녀와 바살러뮤가 완전히 다르다는 데 의견을 같이했다. 전도구의 신자 중에 샐리 카버리만큼 헤스터를 두려워한 사람은 없었다. 다른 신자들이 지닌 것은 약혼자의 직감이 아니라 낯선 이의 통찰력일 뿐이었으므로. 샐리 카버리의 두려움은—미래에 대한 전망, 헤스터와 좀 더 밀접하게 얽힐 가능성과 연관이 있었는데—이해할 만했다. 오스카리와 클론바이어와 니드에는 본모습 그대로의 헤스터, 바로 그 때문에 논란거리가 되는 헤스터만이 있었다.

그들이 나이가 들자, 몬더 스트리트의 비좁은 환경을 견뎌낸 서로에 대한 이해를 추억이 지탱해주었다. 매일 새벽 올라오던 신선한 빵 냄새, 어머니의 갑작스러운 죽음, 아버지의 가혹하게 느린 죽음, 글래스네빈에서 치른 두 번의 화장. 러시와 베티스타운에서 찍은 바닷가 사진들이 앨범 안에 있었고, 양쪽 할머니들과 이모, 고모들을 찾아간 일이나 다른 세대들에 관한 얘기를 듣던 일들이 기억에 소환되었다. 현재는 조금 옆으로 밀쳐졌다. 어디에서나 신자 수가 계속 줄어든다는 것, 교회의 입지가 회복되지 않았고 앞으로도 그럴 것 같다는 것은 자주 언급되지 않는 화제였다. 헤스터는 그런 문제에 무관심했다. 바살러뮤는 점점 우울감에 빠져들었지만 겉으로 드러내지 않았다. 헤스터에게나 다른 누구에게도.

헤스터로 말하자면, 오스카리 성당 부흥이라는 책무에 몸바친 그녀는 타일 바닥을 문질러 닦고 제단보를 빨고 방치된 신도석과 놋쇠 장식들을 반짝반짝 닦았다. 성당은 그녀 자신의 것이다, 라고 그녀는 생각했다. 자신이 성당을 발견했고 생명을 불어넣었으며, 그곳에서 외적이고 가시적인 표지 이상의 의미를 발견했기 때문이라는 것이다. 모두 잘되고 있다고, 자신의 노력 덕분에 만사가 순조롭다고 말하는 것은 그녀의 방식이 아니었다. 그런 말에 담긴 주제넘은 태도가 그녀는 싫었다. 신물이 나는 감성이었다. 하지만 동생 앞에서 제단의 난간에 무릎을 꿇고 있을 때, 그가 컵을 들어 올렸다가 가장자리를 다시 깨끗이 닦는 동안, 그녀는 이 모든 것이 운명임을 알았다. 동생은 여기 있었다. 그가 있어야 하는 곳, 그녀 역시 있어야 하는 곳, 그녀의 굴하지 않는 정신이 두 사람을 데려온 곳에. "주님의 평화." 바살러뮤는 매번 그 말로 미사를 갈무리하고 축복의 말을 해주었다. 그 말은 특별했다. 오스카리 성당에 온 몇 안 되는 사람들 사이에서 헤스터가 아직 무릎을 꿇고 있을 때, 바스락거리는 소리와 속삭이는 말소리가 시작되기 전의 정적 속에서 그녀의 남동생이 그 말을 하는 모습 또한 특별했다.

결혼식이나 때로 그 뒤로 이어지는 세례식을 제외하면 세 곳 성당의 신자 중에는 젊은이가 없었다. 이따금 바살러뮤는 청년 선교와 청년 활동, 그리고 킬마쇼그와 투록으로 떠난 토요일 산행을 떠올리며 향수를 느꼈다. 토요일마다 설교단에서서 나이 든 얼굴과 피곤한 눈과 그의 말을 더 잘 들으려고 외로 튼 고개를 내려다볼 때, 그리고 나중에 문 앞에서 악수를 나눌 때, 그는 미사 동안에 깜빡깜빡 되살아난 희망을 감지했다. 약속된 그 모든 것에서, 찬송가와 복음에서, 그 자신의 해석에서도, 끝은 끝이 아니라는 희망을.

그러다—공교롭게도 일요일 밤에—어떤 깨달음이 가혹할 정도로 갑작스럽게 찾아들자 바살러뮤는 한 대 얻어맞은 것 같은 느낌이 들었다. 고통까지는 아니지만 정상적인 기능을 잃은 듯한 강력한 일격이었다. 그 일은 침실에서 막 옷을 벗으려는 참에 일어났다. 침대 가에 전등이 켜져 있었다. 문을 닫고 블라인드 두 개를 내린 후 신발 끈을 막 풀고 침대 옆에 서 있던 참이었다. 한순간 그는 쓰러졌다고 생각했지만 사실은 그렇지 않았다. 앞을 볼 수 없다고 생각했지만 사실은 볼 수 있었다. 한 손에 들려 있는 구두가 현실감을 조금이나마 되돌려주었고, 침대 가장자리에 앉은 것도 같은 효과가 있었다. 손에서 미끄러진 구두가 리놀륨 바닥으로 덜거덕거리며 떨어지자 현실감은 더 살아났다. 거기 그렇게 앉아 있는 동안 혼란스러운 감각이 한참 지속되다 결국 사라졌다.

"아버지의 나라가 오게 하시며, 아버지의 뜻이 하늘에서와 같이 땅에서도 이루어지게 하소서……"

그 자신의 목소리가 내는 말이 의미를 이루지 못하는 채로 계속 흘러나왔다.

*

나중에 바살러뮤는 그때 일어난 일이 불만스러운 기분의 표출에 지나지 않는다고 스스로를 타일렀다. 믿음을 수월하게 해주는 자극적이고 감상적인 이야기들, 그가 싫어하는 찬송가들이 자수와 주름 장식이 되어 진실의 단순함을 덮어버리는 것을 보고 느낀 짜증이 반쯤 억눌려 있다가 폭발한 거라고. 바살러뮤에게 모든 영적인 믿음의 원천이며 재난과 역병과 악을 통해 존재하는 신비는 지금도, 또한 과거 어느 때보다 더 그에게 힘을 주었다. 하지만 그의 마음에는 자신이 스스로 도맡았으되 지금은 그러지 않았기를 바라는 천직에 대한 불안, 동요가 있었다. 길잡이를 구하며, 그는 그 직업이 자신을 위해 선택되었다고 처음 느꼈을 때 경험한 희열을 곱씹었다. 그때는 아무런 의구심이 없었다. 그는 자신 안에서 그런 의심 없는 믿음을 가능하게 한 것이 무엇인지 탐색했다. 하지만 먼 과거에서는 아무런 도움의 손길도 오지 않았고, 바살러뮤는—달리 무엇을 어찌 할 줄 몰라—계속 무의탁자들과 병자들을 방문하고 〈테데움〉*과 사도신경과 호칭기도를 반복했다. 그러면 안 된다고 느끼면서도 그렇게 했다.

*

헤스터는 동생에게서 아무런 변화를 감지하지 못했고, 그는 누이에게 아무런 말도 하지 않았다. 동생을 통한 그녀의 성취감은 계속되었고 믿음은 사그라지지 않았으며 확신은 도전받지 않았다. 그녀는 일상생활에서 불신하던 모든 것을 여전히 불신했다. 눈빛은 차가웠고, 멸시는 양분이었다. 그러다 더 시

---

* 성부 하느님과 성자 그리스도에 대한 라틴 찬송가.

간이 지나자 헤스터에게도 역경이 찾아왔다. 그녀는 불평하지 않았다. "아, 사람은 누구나 죽어." 그녀는 말했다. 자신 역시, 예상보다 더 빨리, 그렇게 되리라는 것을 알았을 때였다. 오스카리에 와서 살면서 별로 얽힐 일 없었던 의사가 애초에 의심했던 병을 확진하여, 지난번 진찰 당시 남겨두었던 작은 희망을 살며시 거두어갔다. 의사는 그녀가 알아야 할 것들을 말해주었고 그녀는 아무 말도 하지 않았다. 나중에 혼자가 되었을 때 그녀는 울지 않았다. 그들 남매에게 다가올 일에 대비하도록 동생에게 알리지도 않았다. 하지만 어느 날 아침, 남은 봄날과 이어진 여름까지 다 지났을 때, 9월의 따뜻한 햇살을 받으며 조그만 정원에 함께 앉아 있을 때, 그녀는 동생에게 말했다. 그때 헤스터는 예순이 채 되지 않았다.

*

바살러뮤는 믿을 수가 없어 충격 속에서 이야기를 들었다. 하지만 자신에게 닥칠 일을 단순한 사실로 받아들이며 대담하게 말하는 헤스터를 앞에 두고 감정을 드러내는 것은 부적절해 보였다. 그녀의 말투는 무심했고 꼭 쥔 두 손은 차분했으며 눈빛 또한 흔들림이 없었다. 그녀는 동정을 구하지 않았다. 전에도 그런 적 없었다. 뒤이어 그녀의 입에서 나온 말은 인디언 서머에 대한 것이었다.

"마음이 안 좋네." 바살러뮤가 말했다.

누이에 대해 잘 모른다, 예전엔 해본 적 없는 그런 생각이 들었다. 누이의 엄격함이나 그녀에게 자연스러운 직설적 언사가 그녀에 대해 말해주는 것은 거의 없었다. 자신이 동생을 샐리 카버리에게서 구해주었다, 어쩌면 누이는 그렇게 말했을는지도 모른다. 그것이 그 상황에 대한 정직한 표현이라 진심으로 믿으며. 유년기에 그는 그녀가 사랑받지 못한다는 것을 알았다. 그래서 누이에게 보상을 해주려고 노력했으며 그런 사실이 지금은 다행스러웠다.

하지만 헤스터가 그토록 의연하게 감당하는 일은 그런저런 생각들을 흐릿하고 하찮은 것으로 만들었다. 그것은 과거를 뒤쫓았고 남아 있는 모든 시간을 지배했다. 그런데도 바살러뮤에게는 자기 자신의 문제가 더 큰 고통이었다. 그렇게 되는 것은 어찌할 수 없었고, 죄책감 역시 익숙한 방식으로 고개를 들었다. 그날 그는 누이의 일을 도맡아 집안일을 더 많이 했다.

*

"정말로 대단한 용기야!" 가을이 지나고 겨울도 지났을 때 바살러뮤가 말했다.

헤스터는 고개를 저었다. 용기는 불행과 더불어 온 것이므로 그녀는 그것을 자신의 공으로 여기지 않았다. 그녀는 바살러뮤에게 앵초를 따달라고 부탁한 뒤, 그가 앵초가 자라는 둔덕에서 꽃을 따는 모습을 바라보았다. 그날 밤, 그 꽃들은 몬더 스트리트의 집에서부터 있었던 유리잔 안에 꽂혀 그녀의 침대 옆 탁자 위에 놓였다.

"왜 내게 이런 끔찍한 이름을 지어줬을까?" 나중에 바살러뮤가 잠자리 인사를 하러 갔을 때 그녀가 물었다. 그것은 가족 아닌 누군가에게서 따온 이름이었고, 그녀는 그게 누굴까 궁금했다. 바살러뮤(Bartholomew)가 태어난 날은 프랑스에서 위그노가 학살당한 날*이라고 가족들은 말했다.

"오벌틴**을 가져왔어." 그가 말했다.

그녀를 잠에 들게 하는, 아니 잠에 들게 해준다고 생각되는, 음료였다. 하지만 아침마다 차를 가지고 방에 들어갈 때 그는 누이에게 밤새 깨어 있었느냐고 묻지 않았다. 밤은 길었다. 그는 최대한 일찍 차를 갖다주었다.

일요일이 와도 그녀는 더 이상 성당을 오갈 수 없었지만, 오스카리의 신자들이 소식을 전해주고 그녀를 위해 기도를 해주었다. "오, 주여." 그녀는 자신을 위해 탄원하는 바살러뮤를 상상했다. "하늘에서 굽어보시며 주님의 종을 구원하소서…… 주님의 자비로운 눈으로 누이를 굽어보시며…… 위안을 주시

---

* 1572년, 성 바르톨로메오 축일(St. Bartholomew's Day)부터 한 달여 동안 위그노(신교도)들은 구교도(가톨릭)에게 학살을 당했다.

** 맥아에 우유를 탄 음료.

고 주님을 확고히 믿게 하소서……"

그것이 그녀가 더 좋아하는 형식이었으며, 고요한 사제관에서 침대에 누운 그녀는 그런 말들이 흘러나올 것을 알았다.

*

바살러뮤는 궁금했다. 나중에 떠나고 싶을 것인지, 누이가 없으면 자신의 불행이 견딜 수 없이 황막하게 느껴질 것인지. 다시 더블린 북부로, 그는 생각했다, 시내의 다른 지역보다 더 익숙한 그곳으로. 어떤 식으로든 일자리는 있을 것이었다. 해낼 수 있는 것이기만 하다면 어떤 종류라도 상관없었다. 그는 상점이나 민박집에서 일을 거드는 건 어떨까 생각했다. 예전에 지도하던 청년들이 이제 중년이 되었으니 그를 직접 고용해주거나 아니라면 최소한 일자리를 구해줄 수 있을지 몰랐다. 그렇다 하더라도, 그런 극적인 변화를 상상한다는 것은 터무니없게 느껴졌다. 그는 자신이 그대로 남아 조용히 살 것임을 알았다.

"얼마나 깔끔하니!" 헤스터는 중얼거렸다. "주어진 시간을 살고, 그러다 더는 존재하지 않는다니. 얼마나 단정하니!"

그녀가 쓰는 표현이나 말투에서 만족감이 드러났다. 바살러뮤는 그것을 감지했고, 다시 자신보다는 누이를 더 중시하게 된 그는 기쁨을 느꼈다. 누이를 기만하고 그의 얼마 안 되는 신자들을 기만했던 일은 언젠가 그의 양심을 찌르겠지만, 언젠가 이대로 지속하는 것이 불가능해지는 날이 오겠지만, 그래도 최소한 그의 누이는 몰라도 될 것이다.

*

때가 왔을 때, 헤스터는 자신이 그날 밤 죽게 될 것을 알았다.

바살러뮤가 옆을 지켰다. 감상은 끼어들지 않았고, 그녀는 아무 말도 하지 않았다. 불현듯 바살러뮤는 이제 남은 것은 고통뿐임을 감지했다. 주님의 뜻, 그것이 누이가 스스로에게 되뇌는 말임을 그는 알았다. 자신의 병이 오로지 지금과 같은 방식으로만 끝나도록 정해진 운명임을 깨달았을 때부터 계속 그랬듯이. 그녀의 강렬한 신앙, 확고한 신뢰는 고통을 겪으면서도 흔들리지 않았다. 그는 누이가 어서 눈을 감고 세상을 뜨기만을 기도했다. 하지만 그녀는 떠나지 않았고, 바살러뮤는 전화를 걸어 모르핀을 더 많이 갖다달라고 요청했다.

"아냐, 견딜 수 있어." 그녀는 속삭였다. 그가 다른 방에서 통화를 했는데도 그의 간청을 들은 것이었다. 연락이 닿는 의사가 없어서 메시지를 남겨둬야 했다. "금방이야." 헤스터가 들릴락 말락 한 목소리로 말했다. "금방 끝날 거야." 그러고는 성체 성사를 요청했다.

밖에서는 하루 종일 걷히지 않던 서리에 얼음이 뒤덮이며, 조그만 정원과 한 조각 풀밭, 그 너머 들판까지 더욱 하얗게 변했다. 창가에 선 바살러뮤는 황혼이 어둠으로 변해가는 것을 바라보며, 지금 그들 사이에 누이가 알지 못하는 이 심연이 없었으면 하고 소망했다. 그녀의 용기는 믿음이자 어려움 속에서 지키는 위엄이었다. 이미 불을 밝힌 영생, 천국으로 데려가려고 기다리는 위풍당당한 천사들, 울려퍼지는 합창 소리.

바살러뮤가 침대 가로 돌아갔을 때 그녀는 조용했다. 그러다 알 수 없는 말을 했다. 눈을 꽉 감고 베개 위에서 머리를 홱홱 뒤틀며 온몸을 움찔거렸다. 그가 다시 전화기로 갔다. "제발." 그는 사정했다. "제발." 하지만 여전히 흘러나오는 것은 녹음된 메시지뿐이었다. 그는 이제 속삭임처럼 낮아진 목소리로 절망감을 감춘 채 몇 마디 더 말을 했다. 밖에서는 정원에서 길들여진 검은지빠귀가 서리를 긁어내고 있었다.

"헤스터." 그는 다시 옆으로 가서 말했다. 대답이 없었지만 대답을 기대했던 것은 아니었다. 누이는 죽을 것이며, 죽어서도 다른 어디도 아닌 바로 여기에 있을 것이다, 반발심에서 비롯된 그런 생각을 그는 피할 수가 없었다. "아무것도 없을 거야." 그는 그렇게 말할 수도 있었다. 그녀가 죽음의 고난을 그와 함께 나누듯이 그도 그런 괴로움을 누이와 함께 나누고 싶었다.

"헤스터." 그가 소곤거리며 누이를 불렀다.

고개를 돌린 그녀는 덜덜 떨면서 최대한 발작을 억눌렀지만 다시 발작이 찾아오자 안절부절못했다. 혼란스러운 정신에 일어나 앉으려 하는 그녀를 그가 다시 베개 위로 뉘었다. 그때 잠시 그녀의 눈빛이 맑아졌고 일그러진 얼굴이 풀어지며 고요해졌다. 바살러뮤는 누이에게서 고통이 거둬졌음을, 영생의 첫 순간에 누이가 자신을 너무 오래 괴롭히던 불만을 떨쳐냈음을 알았다. 평생 얻지 못했던 그 평화가 마침내 찾아온 것이다.

그는 누이의 손을 잡았고 그 온기를 느꼈다. "고마워." 그는 그녀가 그렇게 말했다고 생각했지만, 사실이 아니라는 것도 알았다. 그는 생명이 빠져나간 이목구비를 조금 더 바라보다 그 위로 이불을 당겨 덮었다.

그는 필요한 곳에 전화를 했고, 모르핀 요청 메시지를 취소했으며 장의사에 연락을 했다. 방을 청소하며 약과 찻잔과 잔받침을 치웠다.

아래층으로 내려간 그는 더 추워진 것을 느끼고 불가에 바짝 앉았다. 그는 지나간 나날을 추억했다. 몬더 스트리트를, 뒷마당에서 둘이서 하던 게임들을, 헤스터가 식물원에 데려가주었던 어느 오후를, 거리를 행진하는 밴드를 구경시켜주었던 또 다른 날을.

바살러뮤는 불길이 잉걸불로 변하는 모습을 바라보았다. 아무것도 먹지 않고 누구의 방해도 받지 않으며. 그날 밤, 누이의 죽음이 그 자신의 박탈감과 함께 꿈속에서 뒤엉키며 그는 밤잠을 설쳤다. 자다 깨다를 반복하던 그는 새벽이 오자마자 헤스터의 방으로 갔다.

이불을 걷었을 때, 고요의 순간이 그녀의 이목구비에 여전히 포착되어 있었다. 그는 누이 옆에 머물렀다. 그녀에게 찾아온 평온의 자비로움이 죽음의 순간에 그랬듯이, 생생한 기적처럼 느껴졌다. 그만하면 천국이라 할 만한, 천사들보다 더한 기적.

감응성 광기

가까이에 있는 사람의 존재를 의식한 월비는 막 읽기 시작한 책에서 고개를 든다. 거기 서 있는 남자는 아무 말도 하지 않는다. 미소도 짓지 않는다. 앞으로 매듭 지어 묶은 지저분한 앞치마 끈에 행주가 끼워져 매달려 있다. 남자는 주문한 생선 요리가 늦어진다고 사과하러 주방에서 파견된 특사라고 월비는 추정한다.

이곳은 세브르 가에서 갈라져 나온 피크 가에 있는 소박한 식당으로, 월비는 식당 이름이 무엇인지는 보지 못했다. 카페이기도 하고 브라스리*이기도 한 이곳은 바 근처를 제외하면 조명이 부실하다. 바에는 술잔 위로 고개를 숙이고 조용히 대

* 술, 특히 맥주를 함께 파는 대중식당.

화를 나누는 커플이 있다. 카페에 속한 몇 개의 테이블 중 하나에서 나이 든 여자 네 명이 카드를 치고 있고, 식당에 있는 테이블에도 사람들이 조금 있다.

주방에서 나온 사내는 여전히 말이 없다가 돌아서서 가버린다. 월비는 자신이 다른 사람으로 오인되었다는 인상을 받는다. 와인을 조금 더 따르고 다시 책을 읽는다. 월비는 책을 많이 읽는다. 그리고 술을 많이 마신다.

월비는 마른 몸매에 얼굴 윤곽이 각진 사십대 남자로, 수염을 말끔히 깎고 회색 정장을 입었다. 파랑과 빨강이 섞인 줄무늬 넥타이는 눈에 확 띌 정도는 아니지만 상당히 맵시가 난다. 그는 가끔씩 파리를 방문해 희귀 우표를 전문으로 하는 전시 경매장을 순회하는데, 그런 곳에 가면 최대한 시간을 끈다. 그럴 형편이 되기 때문이다. 3년 전에 그는 웨스트미스 카운티에서 가족이 경영하던 와인 사업을 물려받아 그로부터 18개월 뒤에 매각했다. 그 돈으로 살아가며 우표 수집 취미에 몰두할 계획이었다. 그는 당시에 물려받은 집에서 산다. 이제는 홀로, 그가 태어난 웨스트미스 소도시의 외곽에 있는 담쟁이로 뒤덮인 집에서. 그곳에 사는 동안 결혼 생활이 그에게, 그가 결혼 생활에 실패를 안겨주었으며, 그 방면에서 그는 또 한 번의 시도를 하게 될 것 같지 않다.

그의 음식을 가져온 사람은 체구가 작고 나이 든 웨이터로, 좀 전에 왔다 간 남자보다는 볼 만한 인물이다. 그는 세심하게 시중을 들며, 월비에게 웨이터의 관습적인 용어를 사용해 말을 건네고 소금과 후추를 달라는 요청을 받았을 때는 다른 테이블에서 가져다준다. "여기 있습니다, 손님(Voilá, monsieur)." 그가 미안한 말투로 소곤거린다.

생선 요리를 먹으며 월비는 그게 무슨 생선인지 궁금하다. 주문할 때는 알았다가 그 뒤로 잊어버렸는데, 맛으로도 알 수 있는 게 별로 없다. 식사에서 가장 훌륭한 음식은 빵이어서, 그는 웨이터의 주의를 끌어 빵을 더 달라고 한다. 그의 책은 예전에 읽었던 페이퍼백《에설버타의 손》이다.

한 페이지를 더 읽고 와인을 더 주문한 그는 감자튀김을 다 먹지만 생선은 남긴다. 그는 조용한 곳을 좋아하며 서두르지 않는다. 그는 커피를, 그리고—그럴 작정은 아니었지만—칼바도스를 주문한다. 술을 너무 많이 마신다, 그는 자신에게 그렇게 말하며 커피가 나왔을 때 술을 한 잔 더 시키고 싶은 생각을 억누른다. 그는 다시 책을 읽으며, 파리에 있는 즐거움을 만끽한다. 배경음악으로 녹음된 음악을 틀지 않는 브라스리의 구석 자리에 앉아, 익숙하기는 하지만 마치 좋은 추억처럼 군데군데 흐릿해진 이야기에 빠져 있는 즐거움. 그는 음식이 대단찮은 것은 신경 쓰지 않는다. 와인이, 그리고 고요함이 더 중요하다. 호텔 메르뇌이까지는 걸어서 돌아갈 것이고, 운이 좋다면 내일 경매장에서 성공적인 거래를 할 것이다.

그는 손짓으로 계산서를 요구하고 돈을 지불한다. 문간에서 그의 외투를 챙겨준 나이 든 웨이터에게 월비는 약간의 팁을 준다. 바깥은 11월 말이라 밤공기가 쌀쌀하다.

그를 보러 왔던 남자가 거리에 아까와 같은 차림으로 나와 있다. 그는 말없이 가만히 서 있다. 웨이터들이 가끔 그러듯이 담배를 피우러 밖에 나온 것인지도 모른다. 하지만 담배는 없다.

"안녕하세요(Bonsoir)." 월비가 말한다.

"안녕하세요(Bonsoir)."

그렇게 말하는 그 남자가 불현듯 다른 사람으로 보인다. 스치듯 드러나는 유사성. 매끄러운 검은 머리, 총알의 둥글린 끝부분 같은 두상, 옛날과는 모양이 다르지만 여전히 이마를 덮고 있는 앞머리, 검은 눈. 서 있는 자세도 마찬가지로, 불안이나 동요를 띠지는 않지만 어딘가 어색한 자세로 펼친 손을 축 늘어뜨리고 있다.

"이게 무슨 일이야?" 질문을 하는 와중에도 선택된 단어들이 월비의 귀에 어이없게 들린다. "앤서니?" 그가 말한다.

어떤 움직임이 있다. 한 손으로 하다 말아버린, 의미가 없고 대답이라고 할 수도 없는 손짓. 남자가 돌아서서 다른 문을 통해 식당으로 들어간다.

"앤서니." 월비는 다시 중얼거리지만, 자신에게만 하는 말이다.

사람들은 앤서니가 죽었다고 말했다.

*

거리는 더 한산해졌고 인도의 부산함도 사라졌다. 다시 빨리 달리는 차량들이 많아진 바빌론 가에서 신호등에 순종하며, 월비는 연한 색 방수 외투를 입은 여자와 함께 기다린다. 외투 아래로 날씬한 다리가 보이고 금발은 잘 빗어 넘겼다. 월비는 앤서니 생각을 하고 싶지 않아 여자를 보며, 외모가 그러했기 때문에, 창녀인가 하고 궁금해하다가, 어느 조그만 방에서 바닥에 떨어진 그녀의 연한 색 외투와 전기난로 불빛과 화장대에 놓인 돈을 잠시 떠올린다. 그는 여행 중에 가끔씩 여자를 산다. 하지만 이 여자는 그에게 눈길을 주지 않고, 빨간불은 초록불로 바뀐다.

앤서니였을 수는 없다, 당연히 그랬을 수는 없다. 앤서니가 살아 있다고 가정하더라도 그가 왜 파리의 식당 주방에서 일하고 있단 말인가? "맞아, 우린 최악의 상황을 각오하고 있단다." 그의 아버지가 전화에 대고 그렇게 말했다. 지금은 오래전이 된 과거에. "그 애가 소지품 몇 가지를 여기로 보내긴 했지만, 그건 한참 전 일이야. 네 앞으로 쓰다 만 쪽지 하나가 책 사이에 끼여 있더라. 아무것도 없어, 사실. 네 이름 말고는."

월비가 좋아하는 바크 가의 상점 진열장에는 대혁명을 주제로 한 복제화들이 있다. 진열된 그림은 그가 마지막으로 왔을 때와 달라진 것이 거의 없다. 마리 앙투아네트의 죽음, 단두대로 가는 지롱드 당원, 바스티유 습격, 당통의 죽음, 승리한 로베스피에르, 추락한 로베스피에르. 흐릿한 가로등에 의지해서는 세부를 살피기가 쉽지 않다. 전에 본 적 없는 복제화들은 뒤편에 있어 알아볼 수가 없다.

바에 들어가 칼바도스를 한 잔 더 마신다. 사람들이 물어봤을 때—언젠가 두세 명이 물었다—그 역시 앤서니가 죽었다고 생각한다고 말했다. 실종 상태가 그렇게 길어지고 여러 해가 가도록 언뜻 봤다는 사람조차 없다는 사실이, 처음에는 잠정적이었으나 결국 전혀 잠정적이지 않게 된 결론을 확인해주는 것처럼 보였다.

몽탈랑베르 가에서 한 커플이 지하철로 가는 길을 묻는다. 윌비는 그들과 함께 뒤로 조금 되돌아가 지하철 위치를 알려주고, 좀 전에 건널목에서 여자가 그의 관심을 끌었을 때처럼 생각이 중단된 것에 감사한다.

"안녕하십니까, 손님(Bonne nuit, monsieur)." 호텔 메르뇌이의 홀에서 야간 종업원이 엘리베이터 문을 잡아준다. 그가 문을 닫자 엘리베이터가 부드럽게 올라가기 시작한다. "살아가려는 의지가 사라져버린 걸 수도 있겠지." 앤서니의 아버지는 그에게 새로운 소식이 있는지 알아보려고 전화를 했을 때 또 한 번 그렇게 말했다.

*

아직도 가져가지 않은 급여 봉투를 보며 조티 씨는 고개를 젓는다. 봉투는 개수대 위쪽 창틀에 있으며, 거기에는 역시 거들떠보지 않은 다른 봉투들도 놓여 있다. 그는 봉투에 전할 말을 쓴 후 빈 병에 기대어 세워놓는다.

이런 늦은 시간이면 조티 씨는 주방을 독차지한다. 주문해야 할 것들을 조사하는 시간, 주방이 전반적으로 잘 돌아간다는 데 만족감을 느끼는 시간이다. 그는 장 앙드레가 내일 특별히 필요한 것을 적어놓은 쪽지를 집어 들고, 청소용품을 보관하는 선반장을 점검한다. 그는 최근에 장 앙드레가 일을 대충하는 것 같아 의심스럽게 지켜보고 있다. 그가 만드는 리조토는 예전에 인기 메뉴였지만 지금은 주문하는 사람이 거의 없다. 조티 씨가 보기에도 그럴 만한 것이, 원래 인기 요인이었던 강렬한 풍미를 잃었고 뻑뻑할 때가 많기 때문이다. 하지만 적어도 주방은 깨끗하여, 식사 도구와 접시들을 검사하는 조티 씨의 눈에 음식 찌꺼기는 그 어디에도 없고 컵 가장자리에 입 댄 흔적도 보이지 않는다. 예전에 조티 씨는 개수대에 설거지 담당을 두 명 고용했지만 지금은 한 명을 두고 있는데도 급료를 챙기지 않을 때가 반은 된다. 그 사람을 계속 데리고 있으려는 조바심에 조티 씨는 그가 숙소를 오가는 먼 길을 다니지 않도록 영업장 안에서 잘 곳을 찾으려 궁리해왔다. 하지만 빈 공간이라고는 식품저장실 귀퉁이조차도 없는 형편이고, 일전에 피크 가 근처에 숙소가 있는지 이웃에 알아봤을 때도 방법을 찾을 수 없었다.

빨아서 헹군 행주가 라디에이터 위에 널려 있어 아침까지는 마를 테고, 수프 그릇도 차곡차곡 쌓여 있다. 보조 탁자 위에 줄지어 늘어선 유리잔들이 반짝거린다. "아주 좋군, 아주 좋아(Très bon, très bon)." 조티 씨는 중얼중얼 혼잣말을 하며 불을 끄고 문을 잠근다.

*

윌비는 잠들지 못하고, 애써봐도 책을 읽을 수가 없다.

"놀랍지 않니?" 바로 어제 들은 말처럼 생생한 기억 속에서 더밸리 양이 말했다. 그런 기후에서 살구가 그리도 잘 익으리란 생각은 들지 않을 것이다. 벽돌로 벽을 세워 바람을 막아주었다 해도 그러리란 생각은 안 들 것이다. 그녀가 철사 받침을 타고 뻗어 나온 가지들을 가리켰고, 그곳에 조그맣게 송이를 이룬 과실이 보였다. "참제비고깔." 그녀가 다른 곳을 가리키며 말했다. 그러고는 정원을 통과해 지나가는 길에 나오는 꽃마다 이름을 하나하나 알려주었다. "그리고 얘는 앤서니야." 집 안에서 그녀가 말했다.

소년은 카드를 바닥에 늘어놓고 놀다가 고개를 들었다. "재

이름은 뭐예요?" 그가 묻자 더밸리 양은 이미 알려줬으니 알지 않느냐고 하더니, 그래놓고도 다시 이름을 말해주었다. "쟤는 이름이 왜 그래요?" 앤서니가 물었다. "넌 이름이 왜 그래?"

"그냥 내 이름이야."

"우리 정원에 나가서 놀까?"

그 첫날, 그리고 그 뒤로 날마다, 아침나절에는 생강쿠키가 있었다. "내가 너보다 더 나이가 많아?" 앤서니가 물었다. "여섯 살이면 더 많은 거야?" 정원 가장자리 수풀 속에 집이 있다, 그는 말했고 둘은 집이 있는 것처럼 가장했다. "제리코야, 쟤 이름은." 앤서니가 그들을 따라다니는 개를 보고 말했다. 다리 하나를 다쳐 축 늘어뜨리고 다니는 열세 살짜리 검은색 래브라도였다. "더밸리 양은 고아야." 앤서니가 말했다. "그래서 우리랑 함께 사는 거야. 너 고아가 뭔지 알아?"

마당에서는 위쪽 반이 뚫린 마구간 문 너머로 말들이 밖을 내다봤고, 사냥개들은 작은 마당에 있었다. 앤서니의 어머니는 점심을 함께 먹는 적이 없었다. 그때 말과 사냥개들을 운동시켰기 때문이다. 하지만 아버지는 항상 함께 식사를 했고, 매번 다른 트위드 재킷 차림에 희끗희끗한 콧수염을 짧게 자른 모습으로 나타났다. 그가 점심 식탁에서 기대하는 올리브, 건강을 위해 마시는 위스키가 항상 거기 있었다. "어이, 젊은 친구, 안녕하신가?" 그는 늘 물었다.

비가 오는 날이면 아이들은 부엌 통로에서 구슬을 치고 놀았고, 개는 그들 옆에서 널브러져 있었다. "여름에는 바다로 오는 거래." 앤서니가 말했다. "어른들이 말해줬어." 매년 7월, 웨스트미스에서 출발해 이름 없는 만을 굽어보는 절벽 위의 늘 똑같은 휴양용 별장으로 가는 긴 여정. 앤서니에게 그 모든 것을 말해준 것은 더밸리 양이었고, 이윽고 그녀는 자주—자신을 거둬준 가족에게 답례가 될까 하여—앤서니를 차로 그곳에 데려갔다 데려오곤 했다. 나들이 삼아 다녀오면 된다, 그녀는 그렇게 말하곤 했으며 때로는 직접 만든 케이크를 가져가기도 했는데, 그것이 그녀가 사람들의 집에 갈 때 선물을 들고 가는 방식이었다. 그녀는 앤서니만큼이나 바다를 좋아했고, 별장 부엌에서 풀무 바퀴를 돌려 활활 일어나는 불꽃을 바라보는 것을 좋아했다. 그리고 앤서니는 해변의 단단한 모래를, 부싯돌 채집을, 그물을 이용한 새우 낚시를 좋아했다. 개는 바위 사이를 돌아다니며 해초 냄새를 맡고 말미잘을 파냈다. '우리 집.' 둘이서 바위 사이에 난 구멍으로 기어 들어가 발견한 동굴을 앤서니는 그렇게 불렀다. 아무도 거기에 동굴이 있는지 몰랐다.

*

윌비가 살짝 열어놓은 꼭대기 창문을 통해 들어오는 공기는 상쾌하고, 그와 함께 잠시 동안 두시를 알리는 벨소리가 흘러

든다. 책은 읽은 곳을 표시하기 위해 펼친 채로 엎어놓았고 침대 가 전등은 아직 켜져 있다. 하지만 어둠이 더 나아 그는 불을 끈다.

계단 벽의 벽감에 파란 화병이 하나 있었고, 그 외에는 아무것도 없었다. 계단참의 얕은 선반에는 문진(文鎭)들이 다닥다닥 들어차 있었다. 마흔다섯 개다, 앤서니가 말했다. 앤서니의 어머니는 응접실에서 피아노를 쳤다. "안녕." 그녀가 미소를 머금고 손을 내밀며 말했다. 폭스하운드를 운동시키는 사람처럼은 보이지 않았다. 날씬하고 자그맣고 향수 내음을 풍기는 그녀는 또한 아름답기도 했다. "봐봐!" 앤서니가 홀의 벽난로 선반 위에 걸린 그림 속 여인을 가리키며 말했다.

더밸리 양은 고아일 뿐만 아니라 먼 친척이기도 했는데, 수영을 하고 나서 모래밭에 앉으면 종종 유년기에 자신을 양육해준 집에서 살던 시절에 대해 이야기했다. 특히 기분 나쁜 어떤 남자애가 몸에 기어 올라와 귀에 대고 폭죽을 터트리던 일, 양 갈래로 땋아 리본을 묶은 머리가 너무 싫어서 순박한 하녀를 설득해 잘라버리게 했던 일, 부엌 고양이에게 춤을 가르쳤던 일과 그랬더니 사람들이 그런 건 생전 처음 본다고 말했던 일 등을.

점심시간이면 매번 앤서니의 아버지는 그의 두 청자가 아직 알지 못하는 세계에 대한 대화를 이어갔다. 그는 바람둥이 권투선수 잭 도일에 대해 애정을 담아 이야기하면서, 그의 오른 손 펀치의 섬세함을 실례를 들어 보여주었고 그가 가난에 무너지기 전까지 일삼았던 온갖 놀라운 기행을 회상했다. 그는 기발한 탈출곡예사 팻 리드 소령의 활약에 대해서도 이야기했다. 인치퀸 백작 1세에 대해서는 아일랜드가 배출한 가장 수치스러운 인간이라고 비난했다.

다른 많은 정보가 점심 식탁에서 전달되었다. 비행기가 왜 나는지, 시계는 어떻게 시간을 재는지, 거미는 거미줄을 왜, 그리고 어떻게 치는지. 정보가 가장 중요하다, 앤서니의 아버지는 주장했다. 그러한 점심시간 정보 전달은, 더밸리 양의 회상 이야기와 더불어, 호기심을 키워냈다. 미지(未知)는 매혹을 낳았다. "먹지 않으면 어떤 일이 생길까?" 앤서니는 궁금해했다. 해가 쨍쨍할 때 급수용 호스로 무지개를 만들 수 있는지 보려는 시도와 그것이 실제로 가능하다는 발견도 있었다. 새우 그물로 해파리를 건져내 모래에 쏟아놓고 죽는지 사는지 보려고도 했다. 더밸리 양은 그것을 도로 갖다놓으라고 하면서, 해파리는 말벌만큼 심하게 사람을 쏠 수도 있다고 경고했다.

더밸리 양과 윌비의 어머니 사이에 우정이 생겨났다. 격식을 차린 사이여서 서로 이름을 부르는 일은 없었다. 대화를 할 때도, 한 여름과 다음 여름 사이에 둘 사이를 오가게 된 편지글에서도. 앤서니가 참 총명하다고 하네요. 더밸리 양의 거미 다리 같은 글씨가 말했다. 그러더니 더 완곡히 얘기했어야 했나 싶은 듯이 덧붙였다. 뭐, 사람들 말이 그래요. 또한 매년 7월이 다가오면 앤서니가 날짜를 세기 시작한다고도 알려왔다. 그 애는 이 우정을 정말로 소중히 여긴답니다! 더밸리 양이 평했다. 외동아이 둘에게 이런 우정이 생기다니 얼마나 행운인가요!

정말로 행운인 것처럼 보였다. 싸움도, 권위 다툼도, 경쟁도 없었다. 어느 여름, 노란색 라일로*가 부풀려진 그대로 떠밀려 왔을 때, 두 소년은 아무도 모르는 그 동굴로 그것을 가져갔고 둘 중 누구도 자기가 먼저 봤으니 제 거라고 주장하지 않았다. "누가 저걸 잃어버렸나봐." 앤서니는 말했지만, 라일로를 찾으러 오는 사람은 없었다. 아이들은 그것이 무엇인지 모른 채로 그저 뜬다는 사실만 알았다. 직접 띄워보기도 했다. 그것을 바다로 가지고 나갔을 때, 개가 뒤쪽에서 절룩거리고 다니며 꼬리를 죽어라 흔들고 머리를 갸우뚱거렸다. 동굴 안에서 개는 라일로를 침대 삼아 피곤할 때면 그 위로 올라갔다.

라일로는 동굴과 마찬가지로 그들의 우정에 생긴 또 하나의 소중한 비밀이었다. 다른 용도는 찾을 수 없었지만, 그것을 지녔다는 사실 자체가 그 여름의 최고 사건이 되기에 충분했다. 7월의 마지막 날, 그것은 다시 바닷가로 운반되었다. 개가 흥분하자 "야, 야" 하며 진정시켰다. 그날 아침의 파도는 파도랄 것도 없었다.

---

* 공기 주입식 매트리스의 브랜드명.

*

어둠 속 텔레비전 어딘가에서 바늘구멍만 한 붉은빛이 보인다. 방으로 들어오는 공기가 차가워졌다. 월비는 살짝 열어두었던 창문을 닫아 멀리에서 낮게 웅웅거리는 비행기 소리를 줄인다. 추억은 지금 그를 놔주지 않는다. 놔주지 않을 것을 알기 때문에 그는 저항하려 애쓰지 않는다.

개가 익사하는 모습을 바라보며 둘 다 아무 말도 하지 않았다. 제리코 녀석은 총명해서, 재미있는 일이 있을 때는 갈팡질팡하지 않았다. 개는 꼼짝하지 않았고 늘 그랬듯 말을 잘 들었다. 제리코는 물에 띄워진 라일로를 타고 가는 제 역할에 충실했다. 샛노란 바탕에 선명하게 찍힌 짙은 검은색 점이 되어. 두 소년은 그 모습을 바라보았다. 수도 호스 무지개가 만들어내는 색깔을 바라보았을 때처럼, 더밸리 양이 춤추는 고양이의 휘청거리는 발짓을 바라보았다고 한 것처럼. 이미 저 멀리 밀려간 라일로의 노란색이 물 위의 흐릿한 점이 되었고, 그러다 사라졌고, 다시 나타났다가 또다시 사라졌다. 개 짖는 소리가 시작되었다가 울부짖음으로 변했다. 그때도 둘 사이에는 아무 말도 없었다. 자갈밭과 바위를 타고 오를 때나 지름길로 올라서서 가시금작화가 핀 들판을 질러갈 때도. 절벽에서 그들은 다시, 마지막으로, 저 멀리 수평선을 바라보았다. 바다는 잠잠했고 햇빛을 받아 반짝였다. "그래, 오늘 아침엔 너희들

뭐하고 놀았니?" 더밸리 양이 물었다. 다음 날, 다른 어딘가로, 개가 파도에 떠밀려 왔다.

더밸리 양은, 천성이 그런 사람이었기 때문에, 자신을 탓했다. 하지만 그녀를 탓할 수는 없었다. 그럴 수 없다는 것이 모두의 의견이었다. 제 한계를 망각하고—눈이 상당히 먼 데다 제대로 움직이는 다리가 셋뿐인데도—제리코 녀석은 유목(流木)이 물 위에서 깐닥거리는 것 같다 싶으면 바다로 달려 나가는 습성이 있었다. 녀석은 여러 번 그런 짓을 했다. 개의 무덤은 정원에 있었고, 이름과 날짜를 새긴 조그만 점판암 명판이 잔디 위에 세워졌다.

두 소년은 익사한 개에 대해 서로에게 말하지 않았다. 일부러 그런 것이 아니라는 말도 하지 않았다. 탓하거나 비난하는 말도 없었다. 그들은 그것을 게임이라 하지 않고, 그냥 어떤 일이 벌어지는지, 개가 어떤 행동을 할 것인지 궁금하다고만 말했었다. 침묵은 라일로를 바다로 밀어내기 전부터 시작되었다.

다른 여름에는 다른 사건들과 다른 경험들이 있었지만 그와 같은 일은 다시 일어나지 않았다. 그들의 우정도 흐르는 시간의 요구에 맞게 조정되었다. 다른 게임들이 등장했고 다른 대화와 새로운 발견들이 있었다.

그러던 어느 겨울, 더밸리 양의 편지에서 평소와 같은 활기가 사라졌다. 폐쇄적으로 변해버려서, 그녀가 편지에 썼다, 다들 걱정이 많아요. 그녀가 그렇게 전한 말은 다음 편지에서 더 자세히 설명되었고 여름이 왔을 때 직접 확인되었다. 앤서니는 정말로 달랐다. 그는 매년 여름 더욱 달라져서 갈수록 말이 없고, 소심하고, 때로는 넋을 놓은 것 같이 보였다. 정원에서 개의 묘비가 사라진 것은 수수께끼 같은 일이었다.

*

어둠 속에서, 텔레비전의 선홍색 점 같은 불빛은 아직도 그곳에서 날카롭게 빛나고, 월비는 전에도 자주 그랬듯이 자문한다. 어떤 영향이 작용하여 그들은 아무런 자극이나 설득 없이, 아무런 말도 없이, 그 일을 했던 것일까. 그때 그들은 아홉 살이었다. 둘 사이의 비밀들이 기만으로 변했던 그때.

그가 앤서니를 다시 만난 저녁에는 눈이 내렸고, 둘 다 신입생으로서 예배당 회랑에서 자기 이름이 불리기를 기다리고 있었다. 앤서니가 거기 있다는 것은 놀랄 일이 아니었다. 이전 학교에서 몇 년 전부터 총명하다고 인정받던 아이였으므로. 남은 기간의 교육을 둘이 같은 곳에서 받게 된 것도 우연이 아니었다. "아는 애가 있으면 앤서니에게 좋을 거야." 그의 아버지가 전화로 그렇게 말하며 앤서니는 변한 모습 그대로임을 확인해주었다.

흐릿한 초저녁 빛 속에서 눈이 회랑 안으로 부드럽게 들이쳤다. 출석 확인이 끝나고 학생들이 시끄럽게 흩어지기 시작했을 때, 검은 머리가 여전히 매끄럽고 서 있는 자세도 전혀 변하지 않은 채로 혼자서 그 자리에 남아 있는 인물이 있었다. "잘 있었니?" 윌비가 물었다. 예전엔 그렇게 환했던 친구의 미소가 그림자처럼 떠올랐다 어색하게 사라졌다.

특이한 아이, 앤서니는 학교에서 그렇게 불렸지만 괴롭힘을 당하지는 않았다. 마치 괴롭혀봤자 재미없다는 사실을 다들 깨달은 것 같았다. 그는 놀이에 재주가 없었고, 의무적이지 않은 모든 활동을 피했으며, 총명함을 직접 증명해 보였는데 특히 과학과 수학 과목이 강했다. 신앙심이 강한 아이들은 자신들의 의무라고 믿고 그와 사귀어보려 했고, 상냥한 교사들은 그를 외부세계로 끌어내려고 애썼다. "아, 맞아, 알던 애야." 윌비는 지금 사귀는 친구들과는 너무도 다른 누군가와의 관계를 궁색하게 설명했다. "아주 오래전에." 거의 항상 그는 그렇게 덧붙였다.

텅 빈 교실의 창가를 지나다가 그는 몇 번쯤 빈 책상 사이에서 외톨이처럼 혼자 있는 앤서니를 보았다. 그리고 그렇게 혼자 있는 모습이 멀리에서—학교 교문까지 이어지는 진입로에서나 종종 다른 곳에서—자주 눈에 띄었다. 고학년 학생들의 이용이 허용되는 골프장에서 앤서니는 때로 벽에 가로 놓인 좌석에 앉아, 골프 치는 아이들이 다가오는 것을 바라보고 계속 걸어가는 것을 바라봤다. 대화가 시작될 기미가 보이면 슬그머니 피해 자신만의 그늘진 세상으로 숨어들었다.

어느 날, 그가 없어졌다. 책은 가지런히 책상 위에 놓여 있었고 옷은 기숙사 사물함에 걸려 있었으며 잠옷은 베개 밑에 있었다. 집으로 가는 길일 것이었다. 혼자서만 지내는 아이들은 집을 그리워하는 경우가 많으니까. 하지만 그는 집에 가려는 시도조차 하지 않았고, 하루 내내 수업 종소리를 무시한 것 말고는 어떤 규칙도 어기지 않은 채로 여전히 학교 안에 있다가 사람들에게 발견되었다.

*

새벽이 침침하게 다가오고 월비는 잠이 든다. 하지만 잠은 짧고, 꿈은 깨어나면 잊힌다. 말없이 자갈밭과 바위를 기어오를 때, 그리고 가시금작화 들판을 질러갈 때 그들을 짓누르기 시작한 죄책감이 곧이어 당혹감과 뒤죽박죽 섞였다. 그것은 어린 마음을 괴롭히는 극심한 공포였으며, 시간이 지나면 억제를 통해 통제할 수 있게 되겠지만 아직은 그럴 수 없는 감정이었다. 시간이 많이 흐른 뒤, 앤서니가 죽었다는 말을 처음 들었을 때—그리고 그 자신도 그런 말을 했을 때—죄책감에서 수치심으로 변한 감정의 잔재가 씻겨 나갔다.

그는 면도하고 세수하고 천천히 옷을 입는다. 홀에는 막 교대를 한 접수대 직원들이 있다. 그들은 고개를 까닥하며 아침 인사를 한다. 오늘 아침엔 우산이 필요 없을 것이다, 누군가 그렇게 말한다.

밖에 나오니 아직 날이 완전히 밝지 않았다. 혹은 전혀 밝지 않았거나. 청소 트럭들이 거리에 나와 배수로에 물을 쏟아내고 있지만, 바크 가에는 아무도 없고 쓰레기 자루들은 아직도 수거를 기다리고 있다. 저 앞에 문을 연 바가 하나 있고, 카운터 앞에 서 있는 남자들은 서로 대화를 나눌 생각이 없다. 출입구에 잠들어 있는 인물은 아직 깨어나지 않았다. 어떤 누추한 곳일까, 윌비는 지나가며 생각한다, 식당의 주방 일꾼이 사는 곳은?

피크 가에 가보니 브라스리는 셔터로 닫혀 있고 어디에도 불빛은 보이지 않는다. 2층 창문 세 개에는 유리에 바짝 대고 판지 상자들이 쌓여 있고 다른 창문에는 커튼이 없다. 사람 사는 곳의 가정적인 분위기는 찾아볼 수 없다. 그곳의 상호는 르 페르 조티.

윌비는 근처 거리를 배회한다. 카페 몇 곳이 문을 열고 있고, 그중 한 곳에서 커피가 그에게 제공된다. 그는 커피를 마시며 크루아상을 쪼갠다. 바텐더를 제외하면 다른 사람은 아무도 없다.

그는 떠나야 한다는 것을 안다. 파시로 가는 기차를 타고 그곳에서 방문할 계획이었던 경매장으로 가야 한다. 피크 가로 다시는 돌아오면 안 된다. 그는 일탈을 저지르고도 쉽사리 살아왔고 그러다 떨쳐버렸다. 그때 일어난 일은 별것 아니었다.

다른 남자들이 들어오고 그다음에는 여자 혼자 들어온다. 얼굴 한쪽에 멍이 들었는데 검어지고 있는 자국을 가리려고 애쓰지 않는다. 여자는 낮은 목소리로 바텐더에게 부상에 대해 설명하며 가끔씩 손가락으로 상처를 만진다. 코냑을 받아 테이블로 간 여자는 소리 없이 운다.

아, 이건 말도 안 돼! 더밸리 양의 편지가 오고 그 안에 담긴 의미를 혼자서만 이해했을 때, 말로 표현되지 않은 그의 반응은 그러했다. 맙소사! 그는 짜증을 내며 다른 사람에게는 들리지 않게 중얼거렸다. 회랑에서 앤서니에게 인사했을 때도, 그리고 골프장에서 그의 모습이 눈에 띌 때마다 또다시. 그 늙은 개는 어차피 살날도 얼마 남지 않았었다. 그리고 지금 월비는—간밤에 그랬던 것만큼이나 혹독하게—기억한다. 큰 기쁨을 주었던 우정이 파괴되었을 때, 앤서니의 세계—정원, 집, 아버지, 어머니, 더밸리 양—가 더는 거기 존재하지 않게 되었을 때 그가 느꼈던 쓰라린 원망을.

"그 애는 우리를 싫어해." 그의 아버지가 말했다. "누구 할 것 없이 다 싫은가보다."

*

피크 가로 들어서며 앤서니는 리본 가게 밖에서 기다리고 있는 인물을 바로 알아본다. 11월 24일, 이달의 마지막 목요일이다. 이날은 다시 오지 않을 것이다.

"안녕(Bonjour)." 그가 말한다.

"잘 있었니, 앤서니?"

그러자 앤서니가 휴점일은 월요일이라고 말한다. 그렇다고 일요일은 쉬지 않는다는 말은 아니지만. 월요일이나 일요일에 리본 가게 앞에서 기다리는 사람은 헛물만 켤 것이다. 그렇다고 거기서 기다리는 사람이 많다는 말은 아니지만.

그들이 서 있는 곳 근처에서 바람이 종잇조각 하나를 여기저기로 날린다. 리본 가게 진열장에는 다양한 넓이와 색깔의 리본들이 사리로 감겨 있고, 다른 용도의 조각천 견본들, 레이스와 벨벳, 무늬 없는 흰 테두리 천, 그리고 단추 장식 카드들까지 진열되어 있다. 앤서니는 바뀐 게 있는지 자주 들여다보지만 그런 적은 없었다.

"잘 있었니, 앤서니?"

바람에 날리는 종이는 흰 종이봉지 조각이다. 앤서니는 뒤팽 가에 있는 빵집을 광고하는 붉은 글씨 일부를 보고 그것을 알아본다. 종잇조각이 가까이로 날려 오자 그는 구두 밑창으로 잡는다.

"네가 어디에 있는지 사람들이 궁금해했어, 앤서니."

"난 아일랜드를 떠나왔어."

앤서니는 허리를 숙여 잡아놓은 쓰레기를 줍는다. 그는 오늘 오븐들을 청소해야 한다고 말한다. 목요일마다, 그리고 오전에 일한다.

“더밸리 양이 아직도 편지를 보내 네 소식이 있는지 물어.”

목요일 근무는 여덟시 반부터다. 그렇게 말한 앤서니는 주방에서 절대로 불평이 나오지 않는다고 덧붙인다. 포크에 작은 입자 하나만 붙어 있어도 불평으로 이어질 수 있고, 생선 껍질 하나, 양배추 조각 하나가 발견되어도 그럴 수 있다. 하지만 불평은 절대로 없다.

“사람들은 네가 죽었다고 생각했어, 앤서니.”

*

월비는 와인 상점을 팔았다고 말한다. 어린 시절에 앤서니에게 그곳에 대해 설명해준 적이 있다. 붉거나 흰, 혹시 사람들이 원할 경우에는 분홍색까지, 액체가 든 각기 다른 모양의 병들이 선반에 놓여 있다고. 몇 번 맛본 적도 있다, 라고 말했던 기억도 떠오른다.

“네 아버지도 돌아가셨어, 앤서니. 어머니도. 집은 더밸리 양에게 남겨졌지. 다른 사람은 아무도 없었으니까. 아직도 거기 사셔.”

아무런 반응이 없었지만 월비는 반응을 기대하지 않았다. 자신은 우표 수집가가 되었다, 라고 그는 말한다.

*

도로를 건너려고 기다리며 앤서니는 고개를 끄덕인다. 아버지가 돌아가신 것도, 어머니가 돌아가신 것도 그는 안다. 더밸리 양이 집을 물려받았을 거라고도 추측했다. 사망 소식은 〈아이리시 타임스〉에 나왔다. 그가 달키에서 클리프 캐슬 호텔의 야간 종업원으로 일하던 시절 내내 항상 앞표지부터 뒤표지까지 읽던 신문이다.

그는 클리프 캐슬 호텔은 언급하지 않는다. 〈아이리시 타임스〉가 그립다고도 말하지 않는다. 아는 이름들이, 정치 뉴스가, 곳곳의 사진이, 지금 아일랜드의 변한 모습이 그립다고는. 〈르몽드〉는 더 고리타분하고 신중하고 진지하다. 앤서니는 그 말도 하지 않는다. 파리에 놀러 온 사람이 관심 가질 만한 얘기가 아니라고 생각하기에.

도로를 지나다니기 시작한 차량의 행렬에 틈이 생기지만 이 기회가 미덥지 않은 앤서니는 여전히 기다린다. 그는 도로를 조심한다. 잘 아는 도로라 해도.

"난 죽지 않았어." 그가 말한다.

*

그들은 완전히 하나가 되어 혼자 저지르기에는 너무 수치스러운 짓을 함께했다. 햇살이 화창한 아침 날씨에 운을 맡기고, 늙은 개의 총명함이 목숨을 구하는 역할을 할지 알아보려 한 것이다.

잠시, 앤서니가 도로를 건널 또 한 번의 기회를 놓치고 있을 때, 윌비는 그 일의 실상이 그러했음을 부인할 수 있는 문장, 그 일을 다른 식으로 표현할 수 있는 최선의 문장을 궁리한다. 사고, 예상을 넘어선 불행, 예기치 않았던 일. 조심스럽게, 왜냐하면 마땅히 조심스러워야 하므로, 그는 간곡히 호소할 참이다. 하지만 그때 앤서니는 길을 건너고 열쇠로 식당 옆문을 연다. 앤서니는 잘 가라는 손짓도 하지 않는다. 돌아보지도 않는다.

*

파시에서 경매장들을 둘러보려고 강변을 걸어가며 윌비는 친구가 죽지 않아서 기쁘다는 말을 했더라면 좋았을 거라고 생각한다. 그것이 유일한 생각이다. 그의 옆으로 유람선들이 물 위를 떠가는데 탄 사람은 거의 없다. 한 아이가 손을 흔든다. 답하기엔 너무 늦게 올라간 윌비의 손이 옆구리 아래로 떨어진다. 피크 가에서 쓰레기를 불어 날리던 바람이 더 쌀쌀해졌다. 몸통이 검은 나무들이 강줄기를 따라 한 줄로 정연하게 서 있고 거기 남아 있는 이파리들을 바람이 잡아챈다.

경매장들은 반대편 강둑에, 강의 성격을 바꿔놓는 라디오 방송국 건물과 아파트 단지 근처에 있다. 그는 세계의 우표들이 전시된 이 방대한 전시장을 수차례 방문했다. 그곳에서는 특히 귀한 우표는 유리 진열장 뒤에, 그렇지 않은 것들은 국가별로 탁자 위에 전시되어 있는데, 그 부산한 이미지는 언제나 윌비의 상상을 자극해왔다. 가까이 있는 다리 위로 계단을 올라가며 그 기대감을 되살려보려 해도 잘 되지 않는다.

다른 목요일 아침에도 오븐이 깨끗이 닦인다는 것이 형벌을 의미하지는 않는다. 이제 곧 점심시간이 되어 그날의 첫 음식 찌꺼기들이 접시에서 닦여 나간다는 것이 속죄를 의미하지는 않는다. 굳이 구원을 찾아 애쓰는 일도 없다. 다리 아래로 강물의 둔한 흐름을 바라보며 윌비는 자신 있게 주장한다. 해질녘처럼 어두컴컴한 아침이라 아파트 단지에 불을 켠 곳들이 있다. 멀리 보이는 도로에서는 차들이 기어간다.

앤서니에게 그날의 배반은 중요하다. 그 어리석음, 그렇게 되지만 않았어도 용서받을 수 있었을 경솔함, 그 잔인함도. 침묵 속에서—둘이서 바다를 바라보았을 때, 자갈밭을 지나 바위를 기어올랐을 때, 가시금작화 들판을 질러갔을 때—그것은 중요했다. 지금도 중요하다. 앤서니에게 그 귀기 서린 바다는 존재하는 모든 진실이며, 아직도 중요하기 때문에 그가 기리는 대상이다.

구매자들이 탁자들 사이를 누비고 다닌다. 윌비는 이 안전하고 간접적인 우표의 세계에서 자신은 평온을 되찾을 것임을 안다. 이 모든 일에 대한 자신의 입장을 인지하고 있으며, 정돈된 삶의 다른 측면에서도 그렇듯이 맞닥뜨린 상황에 어떻게 대처해야 하는지도 안다. 그런데도 오늘 아침 그는 친구를 좋아하는 만큼 자신을 좋아할 수가 없다.

단편집 《그의 옛 연인》의 전체를 관통하는 주제는 죄책감이다. 소설의 인물들은 저마다 마음 깊이 자리한 죄책감을 느끼며, 그들의 행동이나 삶의 결정은 그 감정의 자장을 벗어나지 못한다. 그들의 죄책감은 어찌 보면 보통사람들이 외면하거나 합리화하며 잊어버리려 애쓰고 대개는 그럴 수 있는 정도의 감정일 수도 있겠으나, 이들에게는 삶을 조용히 뒤흔들고 다시는 예전의 자기로 되돌아갈 수 없게 만드는 거대한 힘이다.

단편의 주인공들은 저마다 어떤 사건을 경험하고, 같은 경험을 한 다른 이들과 반드시 일치하지는 않는 무게의 죄책감에 짓눌린다. 처음에는 이 무거운 감정을 이해하지 못하고 어떤 경우에는 부인하려고 애쓰기도 하지만, 마지막에는 그 실체를 깨닫고 받아들이는 어려운 일을 해낸다. 그리고 그 이해는 결국 속죄라고도 할 수 있는 자기희생으로 귀결되며 그리하여 비로소 이들은 죄책감에서 해방된다.

첫 단편 〈재봉사의 아이〉에서는 어두운 길에서 차 사고를 낸 카할이 나중에 그곳에서 죽었다고 알려진 아이가 자신이 친 아이인지 확신하지도 못하는 채로 괴로움에 시달리다 결국 아이 어머니에게 자신을 내맡긴다. 〈객기〉에서 십대 소녀 애슬링은 남자친구가 자신에게 멋있어 보이려고 저지른 폭력 사건의 방조자가 되었던 일에 대해 속죄하듯 고립된 삶을 살아간다. 〈아이들〉에서는 죽은 엄마를 잊을까봐 두려운 코니의 죄책감과 그런 아이의 뜻을 무시하고 재혼하려는 아버지의 죄책감이 갈등을 빚고, 결국에는 아이를 위해 눈앞에 보이는 행복을 포기하는 아버지가 있다. 또한 〈신앙〉에서는 신앙을 잃고도 목회자의 길을 버리지 못하는 바솔로뮤의 죄책감이 누이의 독단을 견디고 살게 하며, 〈감응성 광기〉에서는 어린 시절 장난질의 충격적인 결과를 감당하지 못해 모든 것을 버리고 숨어 사는 앤드류와 적당히 합리화하고 잘 살아가다 앤드류를 만나고 자신을 되돌아보는 윌비가 나온다.

이 여린 사람들에게 죄책감은 외면하려 할수록 더욱 옥죄어 드는 올가미다. 그들은 핑계를 대고 빠져나갈 수 없기에 모든 짐을 오롯이 떠안는다. 심지어 자신이 직접 저지르지도 않은 일도 떠맡는데, 〈아일랜드의 남자들〉에 나오는 은퇴 신부는 고향에 돌아온 부랑자가 과거에 자신을 성추행했다는 혐의를 씌우려 할 때 자신은 그런 일이 없음에도 다른 사제들의 죄를 떠올리며 대리로 죄책감을 느낀다. 또한, 〈올리브힐에서〉처럼 죄책감은 개인적인 차원을 넘어서기도 해서, 아일랜드의 역사적 격동을 버텨낸 유서 깊은 저택에 닥쳐온 현대화의 파괴적 힘을 감당하지 못한 노인은 마치 조상과 죽은 남편에게 속죄하려는 듯 바깥세상과 단절된 삶을 택한다.

사실상 이 책에 나오는 등장인물들은 죄책감을 일으키는 사건의 주 행위자도 아니다. 많은 경우 방관자이거나 어쩔 수 없는 사건의 목격자이거나 심지어는 피해자가 될 뻔한 사람이기도 하지만, 이들은 직접 사건을 일으킨 사람들보다 때로는 더한 죗값을 치른다. 왜일까? 이들이 모두가 선한 사람들이기 때문이다. 여기에는 악인도, 폭력적인 인물도, 무감하게 이기적인 사람도 없다. 동생을 억압하는 누이(〈신앙〉)도, 한 번의 외도로 자신과 아내의 삶을 무너뜨린 남편(〈방〉)도, 나이 많은 사윗감을 박대하는 엄마(〈완벽한 관계〉)도 피해를 보는 당사자들에게는 더 없는 악인일 수 있지만, 전지적 시점으로, 이해하는 눈으로 바라보면 모두 안쓰러운 인간일 뿐이다.

그렇게 바보스러울 정도로 안쓰러운 사람들이기 때문일까? 너무 큰 사랑에 파묻혀 자신을 잃을까봐 두려워 연인을 떠났지만 안정을 원해 되돌아온 여자와 그런 여자의 두려움을 뒤늦게 깨닫고 사랑하기에 떠나보낼 결심을 하는 남자의 이야기

(〈완벽한 관계〉)도, 대중가요에서 숱하게 들어온 합리화의 논리이건만, 여기에서는 극적일 것 없는 조용한 감동을 준다. 그리고 어찌 보면 무용한 듯한 이들의 죄책감은 따스하고 조용하고 공감하는 삶을 위해 필요한 것임을 알려주듯 〈속임수 커내스터〉에서는 주인공의 상상 속 아내의 목소리가 말한다. "수치심은 나쁘지 않아 …… 수치심의 선물인 겸허함도 마찬가지야."

윌리엄 트레버는 영어권에서는 단편소설의 대가로 알려졌고 영예로운 문학상을 여러 번 수상했으며 2016년에 88세를 일기로 별세하기까지 수많은 작품을 썼지만, 한국 독자들에게 소개된 지는 불과 삼 년여에 지나지 않는다. 계속 듣고 싶은 목소리를 만나자마자 이별한 듯한 아쉬움도 있지만, 세상 어딘가에서 이런 이야기를 들려주는 작가가 있다는 것을 뒤늦게 알고 나서 그의 인생 끝자락에서라도 동시대를 살았다는 사실만으로도 묘한 위안이 든다. 이제 그의 수많은 이야기를 뒤로 거슬러 올라가며 하나하나 읽어나가면 우리가 함께한 동시대의 시간도 비록 과거형으로나마 계속 늘어날 것 같기도 하다.

그렇지만 트레버의 단편을 번역한다는 것은 오금이 저리는 일이다. 긴장을 느낄 수밖에 없는 이유는 문장이 워낙 함축적이라서 단어 한두 개를 잘못 이해하면 작품 전체의 요지를 오독할 수도 있기 때문이다. 작가 자신도 "글쓰기에서는 무슨 말을 하는가만큼이나 무슨 말을 하지 않는가가 중요"하다고 말했다. 특기인 단편들에서도 그는 조곤조곤하게 펼쳐온 이야기를 마지막 한두 문장에 의미를 실어 마무리하는 형식을 취하는 경우가 많아서, 그의 단편을 읽을 때는 마무리 문장에 특히 정신을 쏟아야 한다. 따라서 어떤 단어나 절이 구가 명사인지 동사인지, 능동태인지 수동태인지도 의미가 있는 그런 함축적인 글을 번역하다보면 우리말에 자연스러운 문장으로 풀어쓰고 싶은 유혹을 계속 억눌러야 한다.

하지만 어휘의 형태와 구조, 화법에도 의미가 있는 문장과 과감하게 생략하고 뛰어넘는 설명에 주의를 집중하고 읽다보면 머릿속에서 그 공백이 채워지며 이야기가 그려지는 신기한 경험을 할 수도 있으며, 그런 채워 넣기야말로 소설을 읽는 큰 기쁨 가운데 하나가 아닐까 하는 생각이 든다. 따라서 그만큼 긴장을 늦추지 않고 읽어야 하는 것은 그 기쁨을 누리고 싶은 독자의 의무다. 또한, 그런 노력에 값할 만큼 작가의 목소리를 그대로 전달하는 것은 역자의 의무이건만 미진함이 느껴지는 건 어쩔 수 없으니, "수치심의 선물인 겸허함"이 다음 작품에서 더 좋은 번역을 내도록 도와주리라 믿어봐야겠다.

트레버의 단편은 마지막에 의뭉스러울 정도로 슬쩍 던져놓은 메시지를 놓친다면 작품을 읽었다고 할 수도 없을 정도일 때가 많다. 하지만 그런 한마디를 던지고 나서 작가는 표지 안쪽에 실린 사진 속에서처럼 살짝 미소 띤 인자한 할아버지의 표정으로 기다려줄 것 같다. 그리고 구구절절 설명할수록 그 의미가 한정되는 어떤 큰 진실을 그렇게 해서 깨닫고 나면, 이제는 세상을 떠난 노작가와 우리 사이에는 수많은 말로도 이을 수 없는 공감의 길이 열릴 것이다.

민은영

옮긴이 민은영

고려대학교 영어교육과를 졸업하고 이화여자대학교 통번역대학원에서 석사학위를 받았다. 현재 전문 번역가로 활동중이며 윌리엄 트레버의《여름의 끝》, 이언 매큐언의《칠드런 액트》, 윌리엄 포크너의《곰》, 아모스 오즈의《친구 사이》, 파울로 코엘료의《불륜》, 폴 하딩의《에논》 등을 우리말로 옮겼다.

그의 옛 연인

초판 1쇄 인쇄 2018년 8월 10일
초판 1쇄 발행 2018년 8월 20일

지은이 윌리엄 트레버
옮긴이 민은영
펴낸이 이상훈
편집인 김수영
기획편집 김수현 임선영 김준섭 류기일
마케팅 조재성 천용호 박신영 노유리 조은별
경영지원 이해돈 정혜진 장혜정 이송이

펴낸곳 한겨레출판(주) www.hanibook.co.kr
주소 서울시 마포구 효창목길 6(공덕동) 한겨레신문사 4층
전화 02-6383-1602~3
팩스 02-6383-1610
메일 munhak@hanibook.co.kr

ISBN 979-11-6040-187-5 03840

• 책값은 뒤표지에 있습니다.
• 파본은 구입하신 서점에서 바꾸어 드립니다.